한국의 일본어교육

著者 김숙자

제이앤씨
Publishing Corporation

머리말

한국의 일본어교육이 전 세계의 일본어교육에서 중요한 위치에 있다는 사실을 부인하기는 어렵다. 그렇다고 해서 한국의 일본어교육 종사자들이 반드시 특별한 책임감이나 의식을 가지고 자신의 교육현장에서 일하고 있는 것은 아니다. 그러나 우리가 자각하지 못하는 사이에 일본어교육에 종사하는 교사들의 세대가 바뀌었고 동시에 학습자들의 속성이 크게 달라져가고 있다. 그 변화는 2,000년대에 들어와 더욱 급격히 그리고 다양한 방향으로 일어나고 있다.

더 이상 해외에서도 일어나고 있는 현상들이 이웃나라나 지역적으로 민족적으로 자신에게는 직접 영향이 미치지 않을 것 같은 현상이 나의 문제로 내 앞에 닦아와 있는 것을 깨닫게 되는 경우도 있다. 그런 의미에서 우리가 흔히 "보더레스(borderless)"라고 말하는 것이 아닐까? 아침 저녁으로 대하는 우리의 식생활에서부터 의생활, 그리고 정보의 공유, 발신 등의 문제가 모두 일본어교육의 영역에도 변화를 전제하며 가까이 와 있는 것을 느낀다.

한국의 일본어교육은 다른 외국어 교육에 비하면 특별한 면이 있다고 말하는 이들이 많다. 과거의 한·일 간의 갈등관계, 일본과의 불행한 역사적 경험, 전 세대에서부터 강하게 유산으로 전해 내려져 온 반일감정 등은 결코 무시할 수 없는 일이다. 그래서 일본어를 순수한 외국어로 받아드리는데 거부감을 느끼는 이들이 많은 것도 사실이다.

　한국에서는 1960년대에 대학에서 전공학과가 개설되었고 1970년대에는 전국의 많은 대학에 일본어와 일본문학 관련 학과가 활발히 개설되었다. 1980년대에 들어오면서 일본의 해외 일본어교육에 대한 발전의 전성기를 맞이하게 되었고 1989년에는 일본의 외무성 소속인 국제교류기금의 일본어국제센터가 개설되어 해외의 일본어교육의 진흥에 큰 역할을 하게 되었다. 주로 해외의 일본어교육의 정보를 수집하고 이를 제공하는 일, 해외의 일본어교사들을 초청하기도 하고 연수회를 개최하는 일, 일본어교재를 제작하고 해외의 일본어 교육기관에 기증하는 일들을 해 오고 있으며 한국에서는 서울과 부산에 파견되어있다.

　한국의 일본어교육도 80년대에 들어오면서 고등학교의 일본어학습자와 대학의 일본어강좌, 각 종 사설교육기관의 일본어 강좌들이 양적으로 질적으로 성장하면서 그 체제를 갖추게 되었다. 90년대에는 해외 유학을 마치고 귀국하여 대학의 강의를 맡게되는 신진 학자들도 늘어나게 되어 한국의 일본어교육도 다른 외국어 교육과 같은 수준으로 모든 체제가 정비되고 교육과정의 마련 등이 가능해졌다.
　더구나 한국 정부가 주도한 일본문화의 개방으로 학습자들은 더욱 다양한 리소스에 접근할 수 있게 되었고, 때를 맞추어 일본측에서 일본어교사로 전문적인 훈련을 받은 젊은 일본어교사들이 해외의 교사경험을 쌓기 위해서 가까운 이웃나라 한국에 지원하는 케이스가 많아진 것이다. 현재는 중학교와 고등학교, 2년제 대학과 4년제 대학에 일본인 원어민교사가 많이 와 있고 이들은 한국에서의 몇 년간의 경험을 토대로 자신의 커리어를 구축해가는 것이다.

　한국 국내에서 뿐만 아니라 1980년대 후반부터 한국과 일본을 포함하는 아시아, 특히 동북아의 문제는 서서히 그 인식의 틀이 바뀌어가고 있다. 대중문화의 개방은 물론, 정치체제의 개방화, 민주화, 화해협력 등의

문제가 논의되어오고 있다. 개인이나 국가가 스스로 국제적 이해를 넓히
는 것이 건전한 발전을 향한 출발점이 된다는 강한 인식이 싹트고 있다.
한국과 일본은 지리적인 근접성과 문화적인 공통점도 있어서 일본어교육
을 통해서 세계와 공존하며 우리들 자신이 새로운 변화를 구축하는데 있
어서 유효한 부분도 있다고 말 할 수 있다.

이 책은 한국에서 실시되어온 일본어교육의 약 30년간의 흐름을 정리
한 것이다. 완벽한 자료가 완성될 때까지 기다리면서 출판하지 않은 것
들이 이제는 너무 진부한 자료로 변해 버렸다. 그러나 각 단계단계에 일
어났던 생생한 경험과 사실들을 정리해 보는 것이 좋을 것 같아서 부족
한 자료이나마 출판하기로 한다. 필자의 이러한 의도를 흔쾌히 받아주시
고 출판에 응해주신 도서출판 제이앤씨의 윤사장님과 윤석현 부장님, 그
리고 꼼꼼히 원고작업을 맡아 주신 조성희 대리님께 진심으로 감사드립
니다.

2007. 2월
저자

目　次

제 I 장 일본어 교육사정

Ⅰ.1 한국의 일본어교육의 현황과 과제*
— 대학의 실태를 중심으로 —

1. 머리말

일본어가 외국어로서 세계적으로 인식되어지기 시작한 것은 세계 제2
차대전 이후로 볼 수 있다. 그리고 일본어교육이 외국어 교육 내지 제2
언어교육의 한 분야로서 그 교육의 내용과 교육이론의 체계를 갖추기 시
작한 것도 그와 시기를 같이하는 것으로 본다. 일본어교육은 그 교육되
어지는 현장을 크게 일본의 국내와 해외로 나누고 있다. 일본 내에서 일
본어를 배우는 학습자들은 대학에서의 학문연구를 전제로 하는 해외유학
생들이 전체 학습자의 44.1%를 차지하고, 그들은 주로 일본의 대학에 진
학하고자 하는 대학입시 지망자, 전문학교, 고등전문학교, 그리고 대학원
에서의 학술연구를 희망하는 자들로서 国費유학생과 私費유학생들이다.
그 밖에 초등, 중등교육기관에 있는 외국인 자녀와 기술연수생, 과학연구
가, 비즈니스맨, 선교사, 난민 정착자들과 같은 일반 성인에 이르기까지
학습자의 분포는 다양하다. 한편 해외에서의 일본어 학습자도 80년대에
들어오면서 급격한 양적 증가 현상을 보여, 1970년대 초기의 두 배의 학
습자로 늘어나 1985년에는[1] 백만 명 이상의 숫자를 나타냈다. 더구나 그
중 동아시아가 약 84%를 차지하고 그 중에서도 한국과 중국이 가장 높
은 수치를 나타냈다. 한국에서의 일본어교육의 큰 특징 중의 하나가 중

---

*『日語日文学研究』第25輯, 韓国日語日文学会, 1994
 1) 1985年度 外務省, 国際交流基金調査 발표에 의함.

등교육기관인 고등학교에서부터 일본어를 가르치고 있다는 점과, 대학과 전문대학 등의 공적교육기관에서 일본어교육을 실시하고 있다는 것이다. 80년대에 들어오면서 한국 내에서의 일본어 학습자의 분포는 더욱 다양화 현상을 보여준다. 즉 일반 성인들의 사회교육 내지는 평생교육 프로그램의 일환으로 각종 사설학원, 문화센터, 기업체의 사원교육, 기술자 훈련과정, 공무원교육 등에 일본어 과목이 포함되고 있는 것이다.

이와 같은 양적 증가와 더불어 질적 다양화 추세에 있는 한국의 일본어교육에 관하여 本稿는 일어일문학회가 실시한 제3차 「일본어교육 실태조사」를 중심으로 공적 교육기관에서의 일본어교육에 대하여 고찰해 보고자 한다.[2]

조사의 개요는 다음과 같다.
 ① 조사시기 : 1993년 8월말
 ② 조사대상 : 전국의 일본어교육을 실시하고 있는 교육기관
        고등학교(971교), 전문대학(95교), 대학(129교)
 ③ 조사방법 : 설문지를 발송하여 1994년 2월말까지 회수된 응답지를 집계하였다. 설문지의 내용은 교육기관 별로 문항을 달리하여 세 가지 종류로 작성하였고, 대학원과 연구소에 관한 문항들은 대학의 설문지에 첨부하였다.

2. 교육기관 별 일본어교육

2.1. 한국의 일본어교육의 흐름

학교교육으로 일본어가 한국인에게 실시되기 시작한 것은 1910년 한일

---

2) 이 조사는 한국일어일문학회가 창립 15주년 기념사업의 일환으로 실시하였고 당시 본인은 일본어교육분과 이사로서 실태조사의 대학분야를 맡았다. 당시의 학회 회장은 박희태 교수가 역임하였다.

합병까지 거슬러 올라간다. 명치유신 이후 일본은 팽창주의 정책을 통하여 중국과 러시아에 이어 1905년에 한국을 보호령으로 만들고 1910년에는 한국을 합병하여 식민지로 하였다. 1906년에 조선 총독부의 学務部에서 일본어독본을 편찬하였다. 1938년에 일본은 「新朝鮮教育令」을 공포하여 학교교육에서의 한국어 사용을 금지시키고, 1941년에는 「朝鮮語教育令」의 개편안을 마련하여 동화교육정책(同化教育政策)을 써서 국민학교의 정규과목에서 일본어를 필수로 하고 한국어를 보조적 수단으로 정했다.3) 이와 같이 한국에서의 일본어교육은 순수한 외국어 교육으로서가 아니고 국어교육으로서 초등교육과정에서부터 의무적으로 전 국민에게 강요함으로 시작되었던 것이다. 즉 이 시기의 일본어교육은 「외국어 교육」으로서가 아니라 「국어교육」으로 타의적으로 강요되었던 것이다.

1942년의 조선어학회 사건4)은 그러한 일본정부의 조선어 말살 정책에서 일어났던 불행한 역사적 사건이었다. 이러한 역사적 특수성에서 일본어교육은 한 세대가 가깝게 공백기를 가져오게 되었고, 현재까지도 학교교육에서의 일본어교육정책은 빈번하게 바뀌어 일관성을 잃게 되었다.

그 후, 1945년 해방과 더불어 1946년에는 서울대학교에 일찍이 영어영문학과, 독어독문학과, 불어불문학과가 개설되어 교과과정에 외국어 교육이 시작되었다. 1955년에는 불어와 중국어가 추가되었고, 1969년에 다시 스페인어가 추가되었다.

1961년에 이르러 비로소 한국외국어대학교에 일본어과가 개설되었고, 그 이듬해인 1962년 현재의 서경대학교인 국제대학교에 일어일문학과가

---

3) 1937년에 中日전쟁이 시작되었고, 1938년에는 만주에서 신학제를 실시하여 일본어를 国語로 정하여 중국에서도 필수과목으로 교육하였다.

4) 1942년 한국의 학자와 지식인들로 구성된 조선어학회의 35명의 회원들을 일본 경찰이 체포하여 반국가적 선동이라는 혐의로 2년 이상 모진 고문을 하였다. 그들의 죄목은 한국의 문화를 발전시키고, 한국의 민족의식을 고양시키며 한국의 독립을 준비하는 의도로 「조선어사전」을 편찬하려고 했다는 것이었다. 회원 2명이 사망하였다. 이정식. 1986. 「한국과 일본」, 교보문고, 22쪽.

개설되었다. 해방이후 근대교육의 실시로 외국어 교육이 시작되면서 일본어 관련학과가 대학에 개설되지 않았던 1961년까지를 일본어교육의 「공백기」라고 구분하기로 한다.

1965년 韓・日 国交정상화 이후 1972년 해외유학생 선발고사 과목에 일본어가 포함되었고, 같은 해에 15개의 사설학원이 인가(認可)를 받게 되었다.

1973년 2월에 이르러 비로소 문교부령으로 인문계 고등학교의 제2외국어 과목5)으로 일본어가 추가됨으로 본격적인 외국어 교육으로서의 일본어교육이 체계적으로 실시되기 시작하였다. 이 시기를 일본어의 학교교육의 「태동기」라고 볼 수 있다.

그러나 1975년 봄 문교부는 1977년도 대학입시 과목에서 일본어를 제외시키기로 발표하자 1976년도 대학입시에서는 전기 대학(前期大学) 입시생의 1.1%의 학생들만이 일본어를 선택하였다. 이렇게 문교부의 정책의 변화에 따라 일본어교육은 전반적인 침체기에 들어갔다.

1980년 문교부는 대학입시를 학력고사로 통일하는 새로운 입시 제도를 마련하였다. 1983년 전기대 입시생의 17.3%의 학생이 일본어과목을 선택하였다. 그러나 1986년 대학입시에서는 영어를 제1외국어로 정하여 필수과목으로 하고 불어, 독일어, 스페인어, 중국어, 일본어 5개의 외국어 중 한 과목을 제2외국어로 선택하도록 개편안이 마련되었다. 그 결과 1986년의 입시에서 일본어 선택율은 전체 입시생의 41.7%로 증가하였다. 그러나 1987년 문교부는 학력고사 과목을 축소하면서 필수과목으로 국어, 영어, 수학, 국사, 윤리, 그리고 선택과목으로 실업과 외국어과목 중 한

---

5) 현재 고등학교에서의 외국어 과목은 영어, 독일어, 불어, 중국어, 스페인어, 일본어로 되어있다.

과목을 택하도록 한 결과 1987년의 대학입시생의 95.6%가 실업 또는 가정 과목을 선택하고 4.4%의 입시생만이 제2외국어를 선택하였다. 1988년에는 다시 개선책이 마련되어 제2외국어 과목에서 일본어는 제외되었다.

1992년 봄에 문교부는 1994년도 입시요강을 발표하여 수학능력 평가시험을 실시하도록 하였는데 현재 일본어를 포함한 제2외국어는 수능고사 과목에서 제외된 상태이다. 1980년대에 들어와 고등학교에서 일본어가 선택 과목으로 지정되고 대학과 전문대학에 일본어 관련 학과들의 개설이 본격화되고 있는 현재까지를 「초창기」라고 구분해 본다.

2.2 고등학교의 일본어교육

1945년에 제2차 세계대전이 끝나고 해방과 더불어 초등교육에서의 일본어교육은 폐지되었다. 1947년에 고등학교에 외국어 교육이 개설되었고 1954년에서 1955년 사이에 문교부의 제1차 교육과정이 개정되어 영어, 독일어, 불어와 중국어가 개설되었다. 그후 1969년에는 다시 스페인어가 추가되었다. 1973년 2월 문교부는 문교부령 제 301호를 공포하여 인문계 고등학교의 제2외국어 과목에 일본어를 추가시켰다. 그것은 1965년 한일 국교정상화가 이루어 진 후 8년이나 지난 후였으나 찬반의 의견 대립은 커다란 파문을 일으킬 정도로 저항이 강했다.6)

한편 일본 정부는 1954년 「国費外国人 留学生招致制度」를 발족시키고, 제1기생으로 23명을 초청하였다. 그리고 東京外大와 大阪外大에 留学生別科로 1년제 과정을 개설하였다. 그 후 1957년에는 「日本国際教

---

6) 김종학, 1976, 「韓国の高教における日本語教育」, 『日本学報』 제4집, 韓国日本学会, 152쪽.

育協会」를 발족시켜 국비 유학생을 전담하는 文部省의 관련기관으로 정하고 100명의 국비유학생을 초청하게 되었다.

우리 정부는 1972년에 해외 유학생선발시험 과목에 비로소 일본어를 포함시키고, 1973년부터 교직과목에 일본어를 포함시켰다. 이와 때를 같이하여 15개의 사설강습소에 정식으로 일본어교육의 인가를 해 주었다.[7]

이와 같이 시작된 고등학교의 일본어교육은 1973년 첫해의 1학기에 130개교(전체 고등학교의 약 14%)에서 채택한 것으로 시작하여, 점점 늘어나 1975년에는 제2외국어를 가르치는 1015교(인문계 452교, 실업계 563교)중에 일본어를 제2외국어로 채택한 고등학교는 350개교에 달하였다.

그러나 이와 같은 일본어교육의 태동기는 오래 계속되지 않았다. 일련의 정치적 사건들[8]로 인해 70년대 후반에 들어와 일본어교육은 침체기에 접어들게 되었다. 1975년 봄의 「대학입시요강」에서는 서울대학교를 비롯한 대학들에서 일본어를 입시과목의 외국어선택과목에서 제외시키기로 하여 1976년도 전기대학의 입시생 중 1.1%의 수험생들만이 일본어를 택하였다. 그리하여 1981년 새로운 입시제도가 마련되기까지 한동안 고등학교의 일본어교육은 침체기에 들어갔다. 즉 1980년에 교육부는 대학별 본고사를 폐지하기로 하고 대학입학학력고사로 통일하였다. 이러한 외국어정책의 빈번한 변화로 수험생의 일본어 선택은 <표 1>과 같이 민감한 반응을 보여주고 있다.

---

7) 정부는 일본어 사설 강습소 양성화 방안을 세워 서울에 12, 대전에 2, 광주에 1곳에 정식 인가해 주었다.
8) 1973년 8월의 김대중 납치사건과 1974년 8월 박정희 대통령 영부인 육영수여사 암살사건 등, 그리고 1982년의 교과서 왜곡사건 등을 들 수 있다.

<표 1> 학력고사의 일본어선택 학생 분포추이

년도	전체수험생에 대한 비율
1976	1.1%
1983	17.3%
1984	11.8%
1986	41.7%
1987	4.4%

1987학년도 학력고사는 제2외국어와 실업과목 중 한가지를 선택하도록 되어 있어서 전체 수험생의 95.6%가 공업, 농업, 상업, 수산업, 그리고 가정과 같은 실업과목을 선택하였고 나머지 4.4%의 수험생들만이 외국어를 선택하였다. 제2외국어의 선택의 분포를 살펴보면 <표 2>와 같다.

<표 2> 1987학년도 대학입시 수험생의 외국어선택 현황

독 어	일본어	불 어	중국어	스페인어
2.7%	0.8%	0.7%	0.1%	0.1%
				합계 4.4%

1988년도 입시에서는 이와 같은 실업과목 편중현상의 부작용을 개선하기 위하여 교육부는 각 대학이 자율적으로 선택과목을 정하도록 하였다. 서울대학교는 제2외국어 과목을 필수선택 과목으로 지정하면서 그 중 일본어과목을 제외시켰다. 그러한 서울대학교의 일본어 과목에 대한 배타적 입장은 타 대학에도 영향을 미치게 되었다.

1994년도 입학시험은 다시 「학력고사」가 폐지되고 「수학능력평가시험」으로 바뀌고 각 대학별로 본고사를 실시하는 방안이 1992년 봄에 발표되었다. 1992년 당시 전국의 1,702개교(외국어과목을 복수 설정하는 408교 포함)중 일본어를 제2외국어로 채택하고 있는 학교는 942교(56%)로 가장 많았고, 그 중에는 일본어만을 제2외국어로 가르치고 있는 학교도

700개교에 이르렀다.9)

「修学能力評価試験」은 언어영역, 수리탐구영역, 그리고 외국어영역의 3가지 평가를 하게 되어있으나 외국어영역에 있어서는 수험생의 영어능력만을 평가하도록 되어 있어 일본어를 포함한 다른 제2외국어의 고등학교에서의 교육은 균형을 잃고 학생들의 영어 이외의 외국어에 대한 학습의욕 저하현상이 나타나고, 그 영향으로 고등학교의 일본어 담당교사들은 현재 가장 어려운 현실에 처하게 되었다.

1993년 현재의 고등학교의 일본어교육실태 결과를 이하에서 간추려 보기로 한다.

2.2.1 일본어과목 개설 고등학교

전국의 고등학교는 1,684교이며 그 중 인문계 고등학교는 1,036교, 실업계 고등학교는 648교이다. 전국에서 일본어과목을 개설한 학교는 모두 971교로서 전국의 고등학교의 57.7%에 해당한다. 인문계에서는 424교(41%), 실업계에서는 453교(70%), 합계 971교이다.

<표 3> 일본어개설 고등학교수(1993)

도별	학교수	광역시별	학교수
경기도	167교	서울	132
강원도	59	인천	31
충청북도	28	대전	8
충청남도	46	광주	29
전라북도	77	대구	32
전라남도	35	부산	42
경상북도	161	합계	274
경상남도	107		
제주도	17		
합계	697	총계	971교

---

9) 조선일보, 1992년 4월 7일

2.2.2 일본어교사

〈표 4〉 전국고등학교의 일본어 교사수

성별	교사수	백분율
남자	809	58.5%
여자	575	41.5%
합계	1,384	100%

〈표 5〉 일본어교사의 교육경력

교육경력	교사수(백분율)
1년~ 5년	419(30.3%)
6년~10년	564(40.8%)
11년~15년	222(16.0%)
16년~20년	52(3.8%)
무응답	127(9.1%)

그리고 이들 교사들의 수업 담당 시간 수는 평균 16시간으로 나타났다.

2.2.3 교육기자재 현황

전국의 일본어 교사들의 대부분이 일본어 주교재인 8종 교과서 중 자신의 학교에서 채택한 1종류의 교과서에 따라서 학습지도안을 작성하고 수업하고 있다고 응답하였다. 그 밖에 카세트 녹음테이프 이외에 궤도, 그림카드, VTR, OHP를 사용한다고 응답한 교사는 극소수였다.

2.2.4 전반적인 문제점

자신이 속해 있는 고등학교의 일본어교육의 문제점을 3문항 표시하도록 조사한 결과 교사들이 느끼는 문제점은 그 순위별로 다음과 같은 항목에서 부족현상을 느끼고 있다고 응답하였다.

<표 6> 일본어교육상의 문제점(순위별)

1위	학습자의 일본어학습 욕구	7위	교육시설
2위	교재	8위	학습자감소
3위	정보(일본문화, 사회)	9위	교수방법
4위	이수단위	10위	일본어구사능력
5위	교사의 재교육	11위	교사의 대우
6위	교수법정보	12위	교사의 수

2.3 전문대학의 일본어교육

현재의 전문대학은 1964년 「실업고등전문학교」로 시작되었다. 제1차 경제 개발 5개년 계획의 수립으로 기술자의 인력이 요구됨에 따라서 이를 목적으로 고등학교 3년 과정에 전문대학을 2년으로 하는 안이 마련되었다.

1970년에 「전문학교」로 바뀌었고, 그 후 1979년에 「전문대학」으로 명칭을 바꾸어 종래의 초급대학과 전문학교의 기능을 합치게 되었다. 1972년에 최초로 현재의 계명전문대학에 관광과가 개설됨으로 일본어 과목이 포함되었다. 그 후 1980년에 개설된 부산여자전문대학의 관광통역과는 본격적인 일본어 관련 전공학과로 시작되어 1994년 현재 전국의 일본어 전공학과는 35교(37개 학과)와 일본어 관련학과 37개교(38개 학과)로 늘어났다.

<표 7> 전문대학의 일본어 강의 실시학과

일본어전공학과	일본어 관련학과
일어과 / 일본어학과	관광과
일어통역과	관광경영과
관광일어통역과	항공관광과
관광통역과	항공운항과

　　전국의 전문대학 128교와 이에 준하는 각종 학교 2개교를 조사한 결과 그 중 일본어관련 전공학과가 설치된 전문대학은 50교였고 교양일본어로만 교육하고 있는 전문대학이 45교로 나타났다. 전문대학은 1980년대 후반에 이르러 양적으로 급격히 증가하였다. 이하에서 전문대학의 일본어교육 현황을 간추려 보기로 한다.

2.3.1 교육기관

　　부산 경남지역이 가장 많은 일본어 전공학과와 일본어 관련학과를 합쳐서 14교에 23개 학과로서 가장 많고 서울이 4교, 인천, 경기 지역이 7교로 나타났다.

2.3.2 일본어 학습자 수

〈표 8〉 전문대학생 중 일본어 수강자 수(1993)

일본어전공학과	일본어 관련학과	교양과목으로
6,323	3,190	22.362 (전공/교양동시 실시교)
		6,736 (교양과목으로만 실시교)
		38,633명

2.3.3 일본어교원 수

〈표 9〉 전문대학의 일본어 교원 수

구분	전임교원	시간강사	합계
일본어전공학과	102	137	239
일본어관련학과	23	19	42
교양과목으로개설교	4	30	34
합계	129	186	315

3.3.4 교육기자재 현황

일본어 수업에서 사용하고 있는 기자재에 대하여 알아 본 결과 다음과 같은 순위로 그 보유와 사용현황을 알 수 있었다.

〈표 10〉[10]

순위	기자재명	사용학교 수	전체교에 대한 비율
1	카세트녹음기	47	94%
2	VTR	44	88%
3	기타	20	40%
4	영사기	14	28%
5	슬라이드 프로젝터	11	22%
6	컴퓨터	11	22%
7	OHP	10	20%

2.3.5 일본어교육상의 문제점

현장 일본어 교수들이 느끼는 일본어교육상의 문제점을 10개 항목으로 제시하고 이에 대해서 3개 항목을 표시하도록 한 조사에서 다음과 같은 순위로 부족함을 느낀다고 답했다.

〈표 11〉 일본어교육상의 문제점(순위별)

1위	일본문화/사회정보	6위	교원 수
2위	일본어 교수법정보	7위	교사의 일본어교수방법
3위	교재·교구	8위	교사의 대우
4위	학생의 학습 의욕	9위	학습자의 감소추세
5위	시설·설비	10위	교원자신의 일본어구사능력

전문대학의 일본어교육은 학문성보다는 실용성에 중점을 두고 교과과정을 설정하고 있다. 그러한 교육목표를 충실히 수행해 가기 위해서는

---

10) 1994년 한국일어일문학회 보고서의 유진우 교수의 전문대학의 실태보고 참조

교수확보율, 교재, 시설확충 등 여러 가지 조건을 들 수 있겠으나 현실적으로는 여러 가지 문제점들이 많은 것으로 나타났다. 일본어 관련학과도 대체로 단위 클래스가 80명인 학교가 많고 효율적인 수업을 기대하기 어렵다는 지적이 있었다.

3. 「실태조사」를 통해 본 대학의 일본어교육

3.1 제3차 실태조사의 개요

1978년에 창설된 韓国日語日文学会는 학회창설 15주년을 맞아 1993년 6월에 한국의 일본어교육의 실태조사를 실시하기고 하고 전국의 회원들에게 협조를 요청하기로 하였다. 1994년 6월 현재 회원 수는(정회원과 준회원 포함) 약 650명이며 년2회 전국의 각 대학에서 학술대회를 개최하고 있다. 그리고 학회지 「日語日文学研究」는 년2회 발행하며 일어학, 일문학, 일본학, 그리고 일본어교육 부문의 회원들의 논문을 게재하며 1994년 6월에 제24집을 출판하였다.

① 제1차 『日本語教育実態調査』
1981년 본 학회가 실시했던 제1차 日本語教育実態調査 보고서는 일본어 관련 학과가 고등학교에서(전수학교 포함) 281교, 전문대학에서 20교(전공학과 5교 포함), 대학에서 51교(전공학과 33교 포함)교로 총 352개의 교육기관에서 일본어교육이 실시되고 있는 것으로 밝힌바 있다.

② 제2차 『日本語教育및 研究 実態調査』
이어서 1985년의 제2차 일본어교육 실태조사의 보고서에 나타난 고등

학교는(전수학교포함) 360교이고 대학과 전문대학의 전공학과 설치 교는 60개교이며 교양과정의 개설학교는 20개교로 총 440개의 교육기관에서의 일본어 학습자수와 교사 수, 학습시간, 단위, 그리고 사용하고 있는 교재까지 잘 밝혀주고 있다.

③ 제3차 『韓国의日本語教育実態』

제3차 실태조사는 1993년 8월에 실시하였다. 먼저 교육기관별로 고등학교용, 전문대학용, 4년제 대학용의 세 가지 설문지를 작성하였다. 먼저 전국의 일본어 강좌를 개설한 976교의 고등학교에 설문지를 발송하였고, 그 조사 결과는 1994에 보고서로 발행되었다.

전문대학의 경우는 1994년에 신설된 학교들을 제외하고 전국의 130개의 전문대학 중 전공 또는 교양과목으로 일본어교육을 실시하고 있는 95개교를 조사대상으로 선정하여 총 68개교(전공 50교 포함)로부터 응답을 얻었다.

대학은 1993년 현재 전국의 138개교(산업대학 및 사관학교 제외)중 일본어교육을 실시하는 110개교(캠퍼스 기준으로 123교)로서 일본(어) 관련 전공학과가 있는 61교와 교양일어로서만 일본어교육을 실시하는 62개교를 대상으로 하였다.

설문지는 17개의 문항으로 구성되었고 그 내용은 다음과 같다.

    1. 학교명
    2. 학과명
    3. 교육기관의 소재지
    4. 대표자 성명
    5. 학교 설립 주체(国, 公, 私立)
    6. 학교 설립 시기
    7. 일본(어) 관련학과 설립시기
    8. 교양일본어 강좌 개설시기

  9. 교원수
10. 교육기자재 사용
11. 학생수
12. 대학원 설치 여부
13. 일본어교육상의 문제점
14. 문제점에 관한 견해
15. 일본어교육의 효과
16. 교원 명단
17. 교과운영

3.2 대학의 일본어교육

1946년에 서울대학교에서 일찍이 영어영문학과, 독어독문학과, 불어불문학과가 개설되었고 1954년에 한국외국어대학에 영어과, 독어과, 불어과가 그리고 중국어과가 개설되었다. 그러나 1961년에 이르러 비로소 한국외국어대학에 일본어과가 개설되고 그 이듬해인 1962년에 현재의 서경대학교인 국제대학교에 일어일문학과가 개설되었다. 그 후 1970년대에 들어서서 여러 대학에 일어일문학과와 일어교육과가 급격히 늘어났다. 한국대학교육협의회가 제시한[11] 일어일문 관련학과의 교육목표를 살펴보면 다음과 같다.

첫째로, 일본어(학)와 문학, 그리고 일본의 역사와 문화에 대한 지식습득을 통해 교양과 지성을 갖춘 인간을 길러내는 것을 목표로 삼아야 한다. 둘째로 일본어학이나 일본문학, 더 나아가서는 일본의 역사와 문화에 대한 전문지식을 갖춘 인재 양성에 목표를 두어야 한다고 하고 있다. 각 대학마다 학과의 명칭에 따라서 그 지향하는 교육목표는 조금씩 다르기는 하나 대체로 전공과목의 교육에 중점을 두고 있는 듯 하다. 현재 한

---

11) 한국대학교육협의회, 『일어일문관련학과 교육프로그램 개발연구』, 1991. 12쪽.

국의 대부분의 대학에서는 졸업에 필요한 최저 학점을 140학점으로 설정하고 있고, 교양교육과 전공교육의 비율은 대학에 따라 차이가 있다. 대학의 일본어교육에서 문제가 되는 것은 학문성과 실용성의 균형을 어떻게 유지해 나아가느냐에 있다. 현재는 대부분의 대학들에서 교양과목은 전체 이수학점의 30%정도 차지하고 있고 그 대부분의 학점을 저학년에서 취득하도록 되어 있다.

3.3 대학의 일본어교육 현황

대학교용 설문지는 17개의 문항에 대하여 총 13쪽이었다. 문항의 번호에 따라 집계된 몇 가지 결과들을 검토해 보기로 한다.

3.3.1 전공학과의 명칭

70년대까지는 일어일문학과와 일어교육과라는 명칭이 많았으나 80년대에 신설되는 학과의 명칭은 다양하게 나타난다.

〈표 12〉 전공학과의 명칭

일어일문학과	39	일어과	1
일본문학과	1	일본어과	2
일어교육과	5	일어학과	1
일본어교육학과	2	일본어학과	1
일본어교육과	1	관광일어과	1
일본학과	4	관광통역학과	1
일어일본학과	1	아주어과	1

학과의 명칭은 여러 가지로 나타나고 있으나 크게 일어일문학과, 일어교육과, 일본학과로 특징지을 수 있다.

3.3.2 소재지

일본어교육을 실시하고 있는 대학의 지역별 분포를 6개의 직할시와 도별로 정리해 보았다.

1993년 현재 전국의 110개 4년제 대학의 123개교(캠퍼스 기준)에서 일본어교육을 실시하고 있다. 이를 다시 전공학과가 설치된 대학과 교양일어로만 실시하는 학교로 구분해 보면 <표 13>와 같다.

<표 13> 일본어교육 실시교의 지역별 분포

지역	대학수	지역	대학수	지역	대학수
서울	27	대전	5	전남	5
부산	12	경기도	21	전북	6
대구	2	강원도	6	경남	6
인천	3	충남	10	경북	8
광주	4	충북	6	제주도	2

<표 13>에서 보는 바와 같이 전공학과가 설치되어 있는 학교가 서울과 경기도에 편중되어 있고, 부산과 충청남도, 경상북도 순으로 인구집중지역과 관계있는 것으로 보인다. 또한 교양과목으로 실시하는 학교에서도 서울과 경기도가 가장 많았다.

<표 14> 일본어교육 실시교의 지역별 분포

지 역	전공학과	교양과목	전 체
서 울	12	15	27
부 산	7	5	12
대 구	2	0	2
인 천	2	1	3
광 주	2	2	4
대 전	4	1	5

경 기 도	7	14	21
강 원 도	2	4	6
충청남도	3	7	10
충청북도	2	4	6
전라남도	2	3	5
전라북도	5	1	6
경상남도	5	1	6
경상북도	5	3	8
제 주 도	1	1	2
전　　국	61	62	123

3.3.3 학교 설립 시기

전공학과의 설립은 1961년에서 1985년 사이에 49개교로 급성장하였고, 그 후 꾸준히 증가 추세를 보이고 있다.

그 밖에 동시개설 야간학과로 계명대학교(일본학과), 동덕여대(일어일문학과) 및 부산외국어대(일본어과)가 주간학과와 별도로 개설 운영되어 있었고, 미조사교로 배제대학교(일본학과)와 대전대학교(일어일문학과)가 있다.

<표 15> 전공학과 설립 년도

설 립 연 도	학 교 수	설 립 연 도	학 교 수
1960 ~ 1985	49	1990	2
1987	1	1991	4
1988	2	1992	2
1989	1	1993	3
			64

<표 15>에서 나타난 바와 같이 1985년부터 약 20개 학과가 늘어났다. 학과명칭 별로 보면 일어일문학과가 가장 많고 일본어학과(일어과, 일본어과, 일어학과 포함) 9개교, 일어교육과(일본어교육학과, 일본어교육과

포함) 8개교, 일본학과 5개교(일어일본학과 포함), 일본관계학과, 일본문예학과 등이다.

3.3.4 학생수

1993학년도의 전국 4년제 대학의 일본관련학과 모집정원은 다음과 같다.

<표 16>[12] 일본관련학과 신입생모집 정원

학 과 명	학 교 명(모집정원)		
일어일문학과	경북대(40)	군산대(40)	목포대(20)
	부산대(20)	순천대(34)	전남대(60)
	전북대(40)	제주대(40)	창원대(30)
	충남대(30)	경기대(40)	경성대(40)
	경희대(50)	계명대(50)	고려대(50)
	관동대(50)	단국대(40:40)	대구대(40)
	대전대(30)	덕성여대(40)	동국대(30:50)
	동덕여대(50)	동아대(50)	동의대(40)
	부산여대(40)	상명대(40)	서경대(60)
	성신여대(40)	세명대(40)	세종대(40)
	울산대(50)	인제대(30)	인천대(40)
	전주우석대(40)	중앙대(30)	청주대(35)
	한남대(40)	한양대(60)	효성여대(50)
일어교육과	경상대(15)	건국대(40)	경남대(40)
	부산여대(30)	상명대(40)	영남대(30)
	원광대(30)	전주대(30)	
일본학과	계명대(80)	배제대(40)	한림대(30)
일본어과	수원대(40)	조선대(40)	한국외대(100:40)
일어과	부산외대(60:60)	중앙대(50)	
일본어학과	한서대(40)		
일어일본학과	인하대(87)		
관광일어과	한국관광대학(30)		
일본문예창작과	명지대(60)		
9개학과	55교 (2,707명)		

---

12) 한국대학연감, 1993년 자료 참조.

한편 제3차 실태조사에서 얻어진 집계는 전공학과의 학생총수는 1994
년 2월 현재 4개 학년 재학생 11,669명으로 나타났다. 이를 학과 명칭에
따라 분류하면 <표 17>과 같다.

<표 17> 전공학과별 재학생수

학과	학생수	학과	학생수
일어일문학과	6,909	관광통역과	250
일본어과	1,396	일어일문과	210
일어교육과	711	일본어교육학과	208
일어일본학과	512	일본문예학과	160
일어학과	357	일어과	120
일본학과	336	일본어학과	120
일본어교육과	270	아주어과	20
			11,669

전공학과가 개설된 대학의 신입생 모집정원은 2,971명으로 나타나 교
육부 자료와 다소 오차가 있었다. 이를 학급단위로 나누어 클래스의 사
이즈별로 비교해 보면 <표 18>과 같다.

<표 18> 일본어 관련학과의 클라스 단위

인 원	학교수	인 원	학교수
15명	1교	40명	8교
20명	1교	50명	5교
30명	12교	60명	1교
34명	1교	87명	1교
35명	1교	100명	1교

위의 표에서 보여주는 바와 같이 현재 국내의 일어일문관련 전공학과
의 클라스의 평균 단위는 30명, 40명, 50명이 가장 많아서 교원은 강의

준비와 교수법의 적용, 교재의 선택 등에 있어서 이러한 현실을 고려하여 이에 알맞은 수업을 준비해야 할 것이다.

교양일어의 수강 학생 수는 학기에 따라 유동적이며 전공학과의 학생들로 선택과목으로 택하거나 재수강의 경우 대치과목으로 수강하는 경우도 있어서 정확한 집계로 보기는 어려웠으나 실태조사에서 얻어진 통계에 따르면 85,189명으로 나타났다. 특히 전공학과가 설치되어 있지 않고 교양일본어로만 일본어강좌가 개설된 대학들로부터의 설문지 회수율이 전공학과가 설치된 회수율이 전공학과가 설치된 대학으로부터의 회수율이 약 70%이었음을 감안하면 그 신뢰도가 떨어지기는 하나 비전공학생들의 교양일어 선택 학생 수는 63,575명으로 나타났다. 이는 교양만으로 선택한 25개교의 집계이었다.

현재 전공학과는 개설되어 있지 않으나 교양일어 강좌를 개설하고 있는 대학을 도별로 그 분포를 보면 <표 19>와 같다.

<표 19> 교양일어만 개설된 대학

지 역	학 교 명	학교수
서 울	서강대, 서울교대, 숙명여대, 숭실대, 연세대, 한양대	6교
부 산	동서공과대, 부산교육대, 부산수산대	3교
경 기 도	경원대, 성결교신학대, 성심여대, 용인대, 한국한공대	5교
강 원 도	상지대, 연세대	2교
충청남도	건양대, 공주교육대	2교
충청북도	서원대, 청주교육대	2교
전라남도	목포해양대	1교
경상남도	해국사관학교	1교
경상북도	육군제3사관학교, 안동대, 포항공대	3교
		25교

3.3.5 교원수

전임강사 이상 전임교원의 총수는 297명이며 그 외 시간강사를 포함한 비전임 교원의 총수는 426명으로 비전임의 수가 전임교원의 수보다 압도적으로 많다.

전공학과의 학생 수를 11,669명으로 보고 전임교원의 수를 297명으로 보았을 때 약 39.3명으로 학생과 교수의 비율은 40:1로 볼 수 있다. 그러나 교양일어의 수강자 총수에 대한 전체 교원의 비율을 보면 85,189명을 733명의 교원이 담당하는 것으로 되어 116:1의 비율로 나타나 교원의 부담량이 커진다.

3.3.6 교과운영

<표 20>[13) 일본어전공학과 교과목

교과목 \ 학과	일어일문학과	일어교육과	일본어과	일본학과
일본어기초과목	35.23%	52.28	49.68	36.77
일어학과목	23.47	15.59	19.41	12.38
일문학과목	35.09	22.90	17.88	21.01
일본학과목	06.13	6.61	12.85	29.85
일본어교육과목		3.15		

한편, 집계된 설문지의 주요 전공학과의 교과과정을 전공과목의 의도와 강좌내용에 따라 대략 다음과 같이 분류하고 유사한 명칭의 과목들은 이에 통합하였다.

    ① 일본어기초 과목
    ② 일어학 과목

---

13) 朴熙泰, 1994, 「韓国の日本語教育現況」. 『世界の日本語教育(日本語教育事情報告編)』1, p.25. 国際交流基金日本語国際センター

③ 일문학 과목

④ 일본학 과목

⑤ 일본어교육 과목

⑥ 실용일본어 과목

① 일본어 기초과목

기초 일본어(교양일어, 초급일어, 중급일어)

강독(초급일어강독, 일어강독, 현대일문강독, 중급일어강독, 고급일
　　어강독, 일본어강독)

회화(일회화, 초급일어회화, 중급일어회화, 고급일어회화, 비디오일
　　어회화, 비즈니스일어회화)

작문(일작문, 고급일작문, 일실용작문, 일관용작문, 일문구성법)

한자(일한자독법, 일상용한자)

청해

② 일어학 과목

일어학 개론	구문론
일문법	의미론
일고전문법	문장론
음성학	담화론
음운론	어휘론

③ 일문학 과목

일문학 개론	작가론
일문학사	작품론
일문학연습	비평론
일문학특강	문학연구방법

등의 과목이 개설되어 있고 장르별로 나누어 보면 다음과 같다.

소설 분야 : (일소설, 소설연구, 근대소설)

시 : (시가론, 현대시, 일시개론)

희곡 : (일희곡)

수필 : (일수필)

일고전문학 : (일고전문학특강, 일고전, 일고전문학연습, 고전강독)

한문 : (일한문, 한문학, 한문연습)

한・일 비교문학

④ 일본학 과목

일본사	일사회론
일본학사	일사상사
일본학개론	일문화사
일정치론	일본의 민속

한・일 관례론 일경제론 등의 과목이 개설되어 있으며 대부분 선택
과목으로 되어 있다.

⑤ 일본어교육 과목

일교수법   교과교재 지도법 등의 교직과목만 개설되어 있다.

⑥ 실용일본어 과목

언어실습	시청각 일본어
일어실습	서간문
시사일어	일어통역
상업일어	관용표현연구
생활일본어	

한국대학교육협의회(1991:40)의 모형교과과정을 보면 일어일문학과, 일
어교육과, 일본어과, 일본학과 등의 각 학과명칭에 따라 다소 특징적으로
변화시켜 가면서 잘 적용할 수 있을 것 같다. 모형의 제시를 위해서 고
려되었던 점은 일본어 기초과목을 저학년에서 많이 넣고 어문학 전공과
목에서 필수과목으로 묶어두는 것을 피하고 가능한 한 선택과목으로 폭
을 넓히자는 것이었다.

3.3.7 대학원

대학원은 일반대학원 17교와 교육대학원 17교, 그밖에 특수대학원 1교가 개설되어 있고, 1993년 특수대학원 인가를 받고 학생모집이 되어 있지 않은 경주대학의 관광개발 대학원이 있다.

<표 22> 대학원 개설 현황

일 반 대 학 원	건국대, 경북대, 경희대, 계명대, 고려대, 단국대, 동국대, 동아대, 부산대, 상명대, 성신여대, 세종대, 중앙대, 청주대, 한국외대, 한남대, 한양대
교 육 대 학 원	건국대, 경기대, 경남대, 경북대, 경상대, 계명대, 고려대, 관동대, 상명대, 영남대, 원광대, 인천대, 조선대, 중앙대, 충남대, 한국외대, 전북대
특 수 대 학 원	통역대학원(한국외대), 관광개발대학원(경주대)

4. 문제점

일본어교육상의 문제점을 묻는 설문의 문항은 다음과 같다.

13. 현재 貴校의 문제점은 무엇입니까? 해당번호에 3개까지 ○표를 하십시오
   ① 교사수가 부족하다.
   ② 교사의 일본어 구사능력이 충분하다고는 볼 수 없다.
   ③ 교사의 일본어 교수방법이 충분하지 못하다.
   ④ 교사의 대우가 충분하지 못하다.
   ⑤ 적절한 교재가 부족하다.
   ⑥ 시설, 설비가 불충분하다.

⑦ 일본어 수강학생수가 감소 추세이다.
⑧ 학생의 일본어 학습열이 부족하다.
⑨ 일본어교수법에 관한 정보가 부족하다.
⑩ 일본문화, 사회에 관한 정보가 부족하다.
⑪ 기타

전공학과가 개설되어 있는 학교에서의 문제점과 교양일어만 개설되어 있는 학교의 문제점을 구분해 보았다. 빈도수에 따라 문제점을 진단해 보니 다음과 같다. 먼저 전공학과가 개설되어 있는 학교의 문제점으로 지적된 사항들은 다음과 같다.

① 교재의 부족(35교)
② 일본의 사회 문화에 관한 정보부족(29교)
③ 교사수의 부족(26교)
④ 시설 불충분(24교)
⑤ 교수법에 관한 정보 부족(11교)

① 교재의 부족(35교)

일본어 기초과목에 대한 교과서와 참고서의 구입이 어렵고, 원본을 구하기 어렵다는 지적이 나왔다. 복사본을 사용할 수밖에 없다는 점이 지적되었고, 지방대학의 경우 그 사정이 더 어렵다고 나타났다.

둘째, 오래된 교재이거나 한국의 학습자에게 적절하지 않은 교과서를 그대로 사용할 수밖에 없다는 의견이 나왔다.

셋째, 강독교재는 그 종류가 많으나 작문교재, 일본사정, 일본사회, 문화에 관한 교과서나 자료를 구하기 어렵다는 의견이 있었다.

넷째, 교재의 개발이 시급하다.

이상 교재부문의 문제점이 전공학과가 개설된 대학들의 가장 어려운 문제점이 되고 있음을 알 수 있다. 일본어문학에 종사하는 연구자들은

강독교재 이외에 작문, 회화, 사회문화에 관한 교재를 개발해야 할 것이
과제로 남는다고 지적하였다.

② 정보의 부족

지방대학과 학과개설 연한이 짧은 대학들에서 이 문제가 심각한 문제
로 지적되었다. 일본관련 자료를 도서관이나 자료센터와 같은 곳에서 얻
고 싶다는 희망일 것이다. 현재 각 대학에는 전공학과와 관련된 도서와
시청각 자료들이 구비되어 있으나 충분한 단계에 이르지 못한 것 같다.
광보관에서 오는 소식지와 학회를 통한 관련정보 만으로는 부족하다는
지적이었다. 해결책으로는 각 대학의 도서관의 도서구입과 기타 시청각
교재의 구입을 늘리고 개인적으로 사회단체, 연수원, 국회도서관 등을 활
용하는 방안, 학회의 데이터 시스템을 통한 정보의 입수 등을 들 수 있다.

③ 교사수의 부족

이 문제는 일본어관련 전공학과들이 직면하는 문제만이 아니라 한국의
대학이 전체적으로 직면하고 있는 문제점일 것이다. 특히 일어일문학과는
다른 외국어 과목에 비교해 볼 때 학문적으로 역사가 짧고 개설연한이
짧기 때문에 교수확보율이 미흡할 수도 있을 것이다. 시간강사에게 의존
한다는 것도 한국의 대학전체의 문제점일 것이다. 교사의 강의부담이 크
다고 지적되었다. 따라서 과중한 강의 부담으로 교수들 자신은 충분히 연
구하지 못하고 따라서 학생들도 도움을 받지 못하고 있을 것이라고 하는
의견이 나왔다. 교사수가 충분하지 못하고 강좌의 수강인원이 너무 많아
서 효과적인 수업을 진행해 나가기 어렵다고 하였다. 일본어를 모국어로
하는 원어민(native) 교사가 필요하지만 확보되지 않고 있다는 점도 지적
되었다.

④ 시설 불충분의 문제

각 대학이 어학실습실을 모두 다 갖추고 있지 못하므로 발음지도 회화수업들에 곤란을 겪고 있다. 학교 전체로는 Lab실을 갖추고 있다 해도 학과 전용시설이 아니므로 사실상 도움을 받지 못한다고 하였다. OHP같은 시설이 수업에 필요하다고 하는 희망이 있었다. 학생 수에 비하여 아직도 시청각교재는 너무도 부족하다고 하였다.

⑤ 교수법의 문제

일본어 기초과목을 전담할 교사가 절대적으로 부족한 현실임이 지적되었다. 교수는 개인 연구영역이 한정되어 있으므로 여러 과목을 담당할 수 없음에도 불구하고 기초과목과 전공과목을 동시에 담당하고 있으므로 학습자들의 흥미를 떨어뜨리거나 점차적으로 수강생이 감소하는 현상까지도 나타난다고 지적하였다. 지방대학의 경우와 전공학과 개설연한이 짧은 대학들에 있어서 이 문제가 더욱 심각하다. 그 밖에 입학정원에서 여학생의 비율이 해마다 증가해가고 있어서 균형이 잡히지 않는다는 지적도 있었다. 그 외에도 전공학과 명칭이 관광통역이라는 이유에서 관광이론 과목과 일본어과목을 같이 학습해야 하므로 일본어 기초숙련 과목을 충분히 학습할 수 없다고 하는 문제가 제기되었다.

한편, 전공학과가 설치되어 있지 않은 교양일어만 개설되어 있는 대학들이 직면하는 몇 가지 문제점들은 다음과 같다.

① 교수확보의 어려움

교양일어를 전담할 전임교원이 없는 학교가(교양전임 등) 많아서 외래강사에게만 의존하는 데에서 여러 가지 문제가 따른다. 강사확보의 문제, 같은 강좌를 정해진 강사가 지속적으로 전담해 주지 않는데서 오는 수업의 효과 등에 관한 어려움 등이 지적되었다.

② 학생 수와 교사수의 불균형

교양일어 강의는 대부분의 대학들이 60명 이상의 대형 강의로 운영하고 있는데 시간 강사들의 대부분은 강의의 경험이 많지 않거나 초급과정의 수업에만 치중하므로 초급 클래스와 중급반과의 연계가 이루어지기 어렵다는 점이다.

③ 어학실습실 등의 시설부족.

④ 지역적으로 여건이 좋지 않아서 일본어문학, 일본학 등에 관한 정보를 얻기 힘들다고 하는 문제 등이 제기되었다.

이상에서 우리는 교사들이 적절한 교재와 이상적인 수업환경, 시설확보를 강하게 희망하고 있음을 알 수 있었다.

그리고 정보의 교환교재의 개발과 같은 문제점들은 일본어문학 또는 관련분야의 전공자들이 협력관계를 가지고 노력함으로 점차로 해결해 나아가야 할 과제라고 생각한다.

5. 맺는말

제3차 「일본어교육실태 조사」를 통하여 1994년 현재의 한국의 학교교육에서의 일본어교육의 현황을 몇 가지 측면에서 조명해 볼 수 있었다. 일본어 관련 전공학과는 다른 외국어문학의 경우보다 그 개설연한도 짧고 연구자의 수도 적은 것은 사실이다. 막연히 시간이 흐르면서 모든 문제점들이 개선되어 질 것으로는 생각하지 말아야 할 것이다. 한국어와 일본어의 특질을 잘 이해하고 한국인 학습자에게 알맞는 교재의 개발과 교수법 연구 등을 통하여 한국의 일본어교육은 발전할 것이다.

Ⅰ.2 한국일본학회 주최 국제학술회의 회고[*]

1. 한국일본학회는 지금으로부터 23년 전인 1973년 1월 27일 서울대학교 교수회관에서 발기인 모임을 가지고 같은 해 2월 1일에 창립총회가 열림으로 탄생하였다. 초대회장에는 구병삭님, 그리고 부회장에는 정명환님과 이영구님이 선출되었다. 총무, 학술, 편집간사와 감사가 각각 1명씩 선출되어 임원진이 구성되었다. 창립총회와 더불어 열렸던 첫번째 임원회에서 학보발간의 계획이 논의되었고 이를 위하여 연구위원 6명을 위촉하였다. 당시의 회칙에는 ① 학술연구발표 ② 학회지 발간 ③ 학술연구활동의 국제적 교류 등을 본 학회의 사업으로 밝히고 있다.

현재 일본학회의 학술연구발표는 크게 두 가지로 행해지고 있다.

첫째, 분과별 연구발표회 : 어학분과, 문학분과, 교육분과, 사상분과, 역사·민속분과가 연간 3,4회씩 연구발표 모임을 갖는다. 그밖에도 영남지회의 분과활동이 이에 포함된다.

둘째, 학술연구발표회 : 초창기에서 1995년까지는 년 1회씩 발표회를 가졌다. 그러나 발표자가 늘어나고 있고 회원들의 연구활동을 보다 적극적으로 지원하기 위하여 1996년부터는 2월과 8월로 년간 2회씩 전체회원의 학술발표회를 갖기로 하였다. 그리고 특별초청강연이 동시에 마련되고 있다.

---

*『日本学報』 제37집 1996. 韓国日本学会

「일본학보」(日本学報)의 창간호는 1973년 학회창립과 같은 해 8월에 만들어 졌다. 창간호에는 6편의 논문들이 실렸고 임원진과 학보발간 연구위원들에 의해 쓰여진 논문들이 대부분이었다. 제2집에서도 마찬가지였다. 1983년, 즉 학회창설 10주년 까지는 년1회의 학회지가 발행되어 왔다. 그러나 1984년 2월에 발간된 일본학보 제12집은 전체 면수가 383쪽에 달하고 게재논문도 11편으로 급증하게 되어 같은 해 11월에 다시 13집을 발간하게 되었다. 이때부터 연2회로 학회지 발간을 늘리기로 하고 8월말과 2월말로 원고마감을 하기로 결정하였다.

2. 국제학술발표는 1974년에 시작되어 매년 개최되었다(1회~2회). 그러나 1984년 2월의 정기총회에서 국제학술발표회를 격년제로 개최하기로 결정하였다. 그러나 12회(1990년 개최)부터 다시 매년 개최하기로 되어 현재에 이른다. 1회에서 18회(1996년 10월)까지의 내용은 <표 1>과 같다.

<표 1> 한국일본학회 국제학술대회

회	주 제	개최연도	분야별	국내강사	일본강사	학회지수록
1	일본의 전통과 근대화	1974	사 상	2인	2인	3집
2	현대일본의 사회와 문화	1975	사 상	2	2	4
3	일본인의 미의식	1976	문 학	2	2	5
4	일본인의 종교의식	1977	종 교	2	2	6
5	경제성장과 일본	1978	정치경제	2	2	7
6	일본문학의 특성	1979	문 학	2	2	8
7	일본사회발전과 교육의제문제	1980	교 육	2	2	9
8	한일근대교류사	1981	사 상	2	2	10
9	일본의 민속	1982	민 속	2	2	11
10	일본문학의 양상과 교류	1983	문 학	3	4	12
11	일본어문법론의 재조명	1986	어 학	3	4	17
12	일본의 철학사상	1990	사 상	2	2	25
13	일본의 국학사상	1991	사 상	2	2	27
14	일본의 예도사상	1992	사 상	2	2	29
15	일본의 시가론	1993	문 학	2	1	31

16	일본어교육의 현재와 미래	1994	일본어교육	10	2	33
17	한일문화 교류의 재조명과					
	21세기 한일 관계의 전망	1995	문 화	2	2	35
18	한국과 일본에 있어서의	1996	일본어교육	8	3	37
	외국어 교육의 현실과 과제					

<표 1>에서 보는 바와 같이 국제학술대회의 주제는 사상(6회), 일문학(4회), 일본어교육(2회) 그리고 종교, 정치경제, 교육, 민속, 문화, 일본어학(각 1회씩)의 순으로 나타난다. 그것은 초창기로부터 회원의 구성과도 관련이 있다고 볼 수 있겠다. 초대회원으로부터 현재의 회원까지의 전공별 분포를 알아보니 다음과 같다.

<표 2> 한국일본학회 회원의 전공분포

전공분야\연도	1973	1983	1996	전공분야\연도	1973	1983	1996
정 치 학	1	3	2	수　학	1	1	1
사 회 학	1	-	-	서 지 학	1	-	-
행 정 학	1	3	-	문화인류학	-	1	-
법　학	2	1	1	박물관학	-	1	-
경 제 학	3	2	1	관 광 학	-	1	-
신 문 학	4	-	1	국 문 학	-	8	2
경 영 학	-	-	1	영 문 학	2	4	1
철　학	4	9	2	불 문 학	1	1	-
역 사 학	1	1	3	독 문 학	1	2	1
사　상	-	1	4	중국어학	-	-	1
교 육 학	2	4	13	국 어 학	1	3	4
민 속 학	-	2	5	언 어 학	-	1	1
인 간 학	-	-	1	일 본 학	-	1	4
심 리 학	-	-	1	일 문 학	5	42	210
사 회 학	-	-	1	일본문화	-	-	5
전자공학	-	-	1	일 본 사	-	-	2
산업조직론	-	-	1	일본어학	5	45	203
동아시아학	-	-	1	일본어교육	-	-	12
미　학	1	1	-	기　타	-	-	12
				합　계	37	138	498

(-는 없음을 가리킴)

<표 2>의 회원분포를 일어일문학, 일본학, 일본문화, 일본어교육 등의
전공자의 전체회원에 대한 비율로 정리해 보니 다음과 같다.

<표 3> 한국일본학회 회원의 구성

년 도	총 회원 수	일본관계전공자	백 분 율
1973	37	10	27.0%
1983	138	86	62.3%
1996	498	436	87.1%

<표 3>에서 나타난 바와 같이 현재(1996)는 일본어문학관련 전공자가
전체회원의 87.1%를 차지하는 것으로 초창기의 창립멤버들의 구성분포
와는 상당한 변화를 보여주고 있다. 따라서 국제학술회의의 개최에 있어
그 주제와 초청강연자에 대한 사항도 이와 관련해서 그 성격이 규정되어
질 것으로 예상된다.

제1회에서 제10회 가지의 국제학술발표회에서는 대체로 발표자는 한국
학자와 일본의 학자가 각각 2명씩 초청되었다.

한편 1978년부터 여름방학에 한·일학자공동세미나가 1984년까지(제 7
회) 매년 개최되어 국내 또는 일본에 있는 일본학자들과 한국학자들이
함께 연구발표회를 가졌고, 1984년부터는 지방에서 개최하기로 결정하였
다. 그밖에 정기 학술발표회에 특강형식으로 있었던 초청강연과 특별기획
등을 정리해 보면 다음과 같다.

<표 4> 정기학술대회 내용

종 류	주 제	강 사		년 도	학회지
특 강	日本と韓国との文化交流について	일본	1	1985	15
특 강	예술로서의 하이쿠	국내	1	1987	19
특별기획	한국에서의 일본연구 -회고와 전망-	국내	4	1988	20
특별좌담	한국에서의 일본연구	국내	8	1988	21
특별기획	일본문화수용에 따른 문제점	국내	2	1989	23

특별기획	한국의 일본연구 어디까지 왔나?	국내 12	1993	30
특 강	日本文化論の変容	일본 1	1995	-
특 강	日本文芸学について	일본 1	1995	-
특 강	日本における韓国語教育の現況と	일본 1	1996	-

3. 이상에서 살펴본 바와 같이 학회창설 초창기에서 부터 계속되어 온 국제학술대회, 한일학자 공동세미나, 초청강연 등을 회고해 보면 창설 10주년이 지난 후부터는 회원들의 분포가 일어일문 관련으로 증가추세를 보이고 있다.

실제로 1984년(제10회)부터 1996년(제18회)까지의 국제학술대회의 주제는 일문학, 일본어교육 사상이 2회, 일어학, 철학, 어학이 1회씩으로 나타난다. 즉 일본어문학 관련전공에 대한 관심이 점차로 증대하는 것 같다. 마찬가지로 <표 4>의 초청강연들은 대체로 일본어문학, 일본문화, 일본학 등 회원들의 전공분야를 고려하여 이루어지고 있다고 볼 수 있겠다. 특강은 최근에는 학회로부터의 초청이외에도 일본학자들의 신청에 따라 정기 학술발표회와 동시에 이루어지고 있는 실정이다.

이제 한국일본학회는 각 분야의 다양한 전공자 500여명의 회원으로 구성되어져 매년 주제를 정하여 국내외 학자들이 자리를 같이하고 공동의 주제를 가지고 심도있는 발표와 토론을 계속해오고 있다. 해를 거듭하면서 연구와 발표의 질적 양적인 향상이 보이고 있다고 보며 창설 당시의 초창기 임원진들의 구상과 계획이 잘 계승되어지면서 학회의 발전이 기대되어지고 있다는 느낌을 갖게 되는 바이다.

Ⅰ.3 일본어교육의 흐름과 정책*

1. 들어가기

'일본어교육'이라고 말할 때 우리는 일본어를 모국어로 하지 않는 외국인학습자에게 '일본어' 그 자체가 학습의 대상언어(target language)가 되고, 일본어를 커뮤니케이션의 수단으로 하도록 하는 이른바 외국어 교육의 영역에 속하는 분야를 가리킨다.

일본어가 외국어로서 세계적으로 인식되어지기 시작한 것은 세계 제2차대전 이후로 볼 수 있다. 일본 내에서 일본어를 배우는 학습자들은 대학에서의 학문연구를 전제로 하는 해외유학생들이 전체 학습자의 44.1%를 차지하고, 그들은 주로 일본의 대학에 진학하고자 하는 대학입시 지망자, 전문학교, 고등전문학교, 그리고 대학원에서의 학술연구를 희망하는 자들로서 国費유학생과 私費유학생들이 주류를 이루고 있었다.

해외에서의 일본어 학습자도 80년대에 들어오면서 급격한 양적 증가현상을 보여, 1970년대 초기의 두 배의 학습자로 늘어나 1985년에는 백만 명 이상의 숫자를 나타냈다. 더구나 그 중 동아시아가 약 84%를 차지하고 그 중에서도 한국과 중국이 가장 높은 수치를 나타냈다. 21세기에 들어와 일본어교육의 학습자는 사회적 변화요인과 교수법의 영향으로 새로운 양상을 나타내고 있다. 양적으로는 완만한 증가추세를 보이며 일본어교육의 이론이나 연구내용이 서양으로부터의 모방 단계에서 벗어나고 있는 것이다.

---

* 이중언어학회 제16차 전국학술대회 춘계대회
  주제 : 「외국어 교육학으로서의 한국어 교육학」 주제강연 2004. 4 .10 경희대학교

본 발표에서는 일본 국내의 일본어교육의 동향을 파악하는데 초점을 맞추어 그 중 몇 가지 새로운 변화를 중심으로 살펴보고자 한다.

2. 일본어교육의 발전과정

2.1 일본어교육의 시대 구분

일본어교육의 시대 구분을 2기로 나누어 보고자 한다.

① 제1기:
「식민지형 일본어교육기」라고 말할 수 있으며, 이 시기에는 해외의 다른 지역을 국내화[1] 하려고 생각해 왔다. 시기적으로는 세계 제2차대전 전과 전쟁 중에 해당한다. 이미 일본어교육이 해외에 상당히 보급되었던 시기이나 교수법은 확립되지 못했던 시기이다. 해외의 일본어교육은 전적으로 일본의 국가정책의 틀 안에서 이루어졌다.

1881년 조선은 서양의 문명을 일본을 통해 받아드리려는 목적으로 2명의 유학생을 일본에 보냈고 1895년에는 195명으로 늘어났다. 마찬가지로 중국의 청(淸)으로부터도 청일전쟁이 끝난 이듬해 1896년에 13명의 유학생이 당시의 東京高等師範学校(현재의 츠쿠바대학)에 갔으며 1899년에 200명, 1902년에 500명, 1906년에는 10,000명으로 늘어났다. 그들의 절반 이상이 청국정부 파견유학생이었다.

② 제2기:
일본에 있어서의 일본어교육의 이론은 상당 기간 동안 외국어 교육 이

---

1) "국내화"란 자국의 영토를 확장하려는 식민지화를 뜻한다.

론의 틀 안에서 외국어 교육학의 성과에 의존해 왔던 것 같다. 그 과정을 거쳐서 서서히 일본 독자적인 교육의 틀을 갖추게 되는 시기이다. 당시의 교수법에서는 전통적인 교수법이라고 말하는 '직접법'이 상당 기간 동안 계속되었다. 매개어나 문법 설명을 하지 않고, 그림이나 실물 자료, 동작을 통해서 설정된 장면에서의 언어사항을 습득시키고자 하였다.

21세기 현재는 외국어 교육 이론의 변화에 발맞추어 일본어에서도 커뮤니케션 중심의 외국어 교육 이론을 받아들이고, 절충주의적 입장의 언어교육을 지향하고 있다. 그런 의미에서 제2기는 다시 전기와 후기로 나누어 볼 수 있다.

일본어교육의 발전과정을 상징적으로 나타내는 '나가누마'에 대하여 살펴보는 것은 일본어교육이 어떻게 싹텄고 언어이론을 정립해 가는 과정을 잘 나타낸다.

나가누마 나오에(長沼直江:1894-1973)

히토츠바시 대학 졸업 후 약 2년 간 무역회사원. 미국인 선교사에게 일본어 가르침.

이때 사용한 교재는 문부성의 국어독본(소학교 용)이었다.

영국의 Harold E. Parmer가 문부성의 초청으로 와서 교수법 가르침 받음.

3명의 미국대사관 육군무관의 개인교사

처음으로 일본어교과서 제작 :문형연구, 어휘의빈도수 조사하여 어휘를 선정, 한자인쇄

『표준일본어 독본』1권 완성. 육,해,공군, 외교관의 교육에 활용됨.

6권까지 완성, 현대문어문, 서간문(외교문서), 일상회화까지 가능하게 되었고, 2차 대전 중 Army Inensive Language Course의 교재로 쓰였다.

1940년 大東亜省

1941년 문부성의 위촉으로 大東亜共栄圏에서 사용할 일본어교과서 위촉.

종전과 더불어 미8군 도쿄교육본부(육군대학)에 일본어 주임교관으로 취임.

1948년 재일미국선교사단이 신임 선교사들에게 언어와 문화를 가르치도록 '언어문화연구소(일본어교육진흥회)'의 사업을 계승. 이런 업적을 인정받아 일본 정부로부터 문화훈장 수여. 이것은 일본어교사의 사회적 지위가 국가로부

터 인정받게 된 첫 사건이라고 평가되고 있다.

'도쿄일본어학교': 초기에 서양인 학습자들에게 일본어를 영어나 기타 매개어
로 가르쳤다. 교사는 영어를 구사했다.
Basic Japanese Course에서 사용하는
Grammar&Glossary,
Substitution Table
Practice Book
소도구 상자, 가미시바이
교수법은 직접법으로 문답, 교사 양성
일본어교육진흥회『일본어』발행(1941)
1946 재단법인 언어문화연구소
1949 언어문화연구소 부속 도쿄일본어학교 설립
1962(쇼와37) 일본어교육학회『일본어교육』발행

1973년 발행 된 일본어교육 19호에는 세계 각국의 일본어교육 현황 보고가
전 세계를 대상으로 실시되고 있었음을 나타내고 있다.
국제기독교대학
전쟁 중 문부성이 동남아시아에 파견 할 일본어교사 모집
(6000명 중 60명 선발)
필리핀에 가서 일본어 가르쳤다.
1953년 ICU 일본어과에서 일본어 강좌 담당

전후 인도, 필리핀,
인도네시아:1958 쟈칼타에 일본문화학원에 일본어코스 개설. 1960년 인도네시
아 정부가 일본 정부에게 교사 파견 의뢰,

말레시아, 호주, 뉴질랜드
미국의 미쉬간, 스탠포드. 하와이, 브라질, 프랑스

2.2 교재

'외국어학습(外国語学習)'의 효과를 최대한으로 높이기 위하여 학습자

는 모국어와의 대조를 통하여 그리고 효과적인 교수법을 통하여 가능하면 훌륭한 교사에게서 학습 받기를 원한다. 이 때 학습자와 교사에게 매개체가 될 수 있는 것이 '教材'일 것이다.

1980년대까지 「교재(教材)」의 연구는 「교수법(教授法)」의 연구에 비해서 그다지 중요한 영역은 아니었다. 일본어 학습자가 급증하기 시작하는 80년대에 들어와 교재의 문제는 대두되기 시작하였다. 그것은 학습자의 다양화현상에 그 원인이 있다. 즉 연령층, 지역, 학습의 목적의 다양화로 인해 종래의 단일 교재만으로는 학습자의 욕구(needs)에 부합해 낼수 없게 되었다.

1980년대까지의 일본어 학습자는 어문학연구를 목적으로 하는 유학생과 전문인과 종교인들 정도였다. 그 단계에서는 교과서와 문법참고서, 과제장, 그리고 부교재로서 녹음테이프 등의 교재로 학습이 이루어졌었다.

단일 그룹의 학습자들을 대상으로 편찬된 교재만으로는 학습의 효과를 기대하기 어려운 실정이다. 여기서 좀 더 체계적인 일본어교재가 개발되어야 한다는 점이 강조되기 시작했다.

① 중 상급교과서의 필요성:

② 학습자의 모국어가 고려된 교과서:

일본인들이 외국인 학습자를 대상으로 편찬한 교과서들의 내용에는 한국인에게는 적절하지 않은 것들이 많이 있다. 학습자의 목표에 맞는 효과적인 교재는 표기, 해설언어, 문법설명 등이 학습자의 모국어의 배경이 잘 고려된 것이라 할 수 있다.

③ 부교재(副教材)와 자습용 교재(自習用 教材)의 개발 등의 문제점이 지적되었다.

2.3 교수법의 변천과 연구내용

① 제2언어로서의 일본어습득연구

SLA(Second Language Aquisition)

1970대에 실증적 연구 성과 올렸다.

AJSL(Aquisition of Japanese as a Second Langage) : 오용연구
를 중심으로 출발해서 습득, 발달의 실태, 어용론 등으로 이어져 많
은 연구가 있었다.

일본어습득과정 : AJSL에서도 횡단적, 종단적 방법론에 의한 연구와
중간언어의 발달, 변화를 추적해가는 연구가 늘어났다. 통어구조의 5
단계, 6단계 등등

② 인풋과 인터액숀

교실에서의 언어 환경은 '외적'조건 즉 교사가 콘트롤 가능.

학습자의 내적 동기와는 다른 경우도 있을 수 있다.

일본어교육의 연구자들의 연구내용을 시대적으로 파악하기 위해 1962
년에 창립되어 현재 일본 국내뿐만 아니라 해외의 회원수도 상당수에 이
르며 착실하게 일본어교육을 리드하는 단체라고 말 할 수 있는 「일본어
교육학회(日本語教育学会)」의 정기간행물인 『일본어교육(日本語教育)』
을 분석해보기로 하였다. 이를 통해서 언어이론의 변화와 교육에의 응용
현상 뿐만 아니라 일본이 독자적으로 어떻게 발전해가는지의 모습도 살
펴볼 수 있었다.

『日本語教育 (Journal of Japanese Language Teaching)』

日本語教育学会 The Society for the Teaching of Japanese as a Foreign

Language

<표 1>『日本語教育』2) 창간호로부터 104호까지의 내용

호수	연도	논문 수	전체 쪽수	특기사항	특집
1	1962.12	8편	79쪽	창간호	
2	1963.3	7	79	신간소개	
3	1963.10	5	64		
4,5	1964.12	4	80		
6	1965.3	3	64	신간소개	추모특집
7	1965.9	5	72		
8	1966.12	4	56	학생작문2	
9	1966.12	3	64	신간소개2	
10	1967.11	5	64	회원명부	
11	1968.10	3	64	신간소개2	
12	1968.10	3	64	신간소개2	
13	1969.3	4	96	번역, 상용한자	
14	1969.10	4	64		
15	1970.12	5	64		
16	1972.5	4	72	좌담회	
17	1972.10		80		어휘, 사전
18	1973.3		96		로마자
19	1973.5		112	추모특집	해외일교육
20	1973.8	1	88	연구보고	문법
21	1973.9	6	98		도입기
22	1973.12	6	80	회원명부	일교육
23	1974.3	8	84		상급단계
24	1974.8	13	94		일교포
25	1974.12	11	66	빼넘버목차	교사론
26	1975.3	7	76	서평,교재소개	언어이론
27	1975.8	8	68		문화
28	1975.12	8	82	서평,신간소개	일본어변화
29	1976.4	7	113	회원명부	유학생
30	1976.8	13	129		초중등교육
31	1976.12		99	회원명부보충	교사양성

2) 일본의 日本語教育学会의 학회지로서 1년에 4번 출판한다.

32	1977.4	1	101		평가
33	1977.7	12	133	서평	관용구
34	1978.2	8	97		오용
35	1978.9	7	88	서평	경어지도
36	1979.2	9	109		문자 기
37	1979.3	8	116		중급
38	1979.7	7	95		시청각교육
39	1979.10	12	141	서평	나라별 제점
40	1980.3	12	133		모어별 재
41	1980.7	15	227	서평	중급
42	1980.10	8	103	교육사전 소개	가타가나 쓰기
43	1981.3	9	112		쓰기지도
44	1981.6	13	106		일교육 제언
45	1981.10	16	198		대양주일교육
46	1982.3	12	141		초급교수법
47	1982.6	9	124	신간안내	동사
48	1982.10	12	150	신간안내	한국
49	1983.2	11	144	신간안내	언어행동
50	1983.6	15	166	일본어교육반성	창립20주년
51	1983.10	16	157		기술계학생
52	1984.2	11	164	서평, 신간안내	부사지도
53	1984.6	17	179	신간안내	중남미 일교육
54	1984.10	15	169	신간안내	컴퓨터와 일교육
55	1985.3	11	161	신간안내	외국어 교육
56	1985.7	10	141		접속표현
57	1985.10	9	140	신간안내	유럽 일교육
58	1986.2	13	242	신간안내	평가, 측정
59	1986.7	14	197	신간안내	교과서론
60	1986.11	17	250	신간안내	일교육사
61	1987.3	12	154	신간안내	북미 일교육
62	1987.6	16	276	신간안내	조사지도
63	1987.10	13	172	신간안내	교원양성
64	1987.10				
65					
66					
67	1989.3	15	231	신간안내	언어/비언어전달
68	1989.7	25	289	신간안내	의태어, 의성어

69	1989.11	11	179	신간안내	대우표현
70	1990.3	12	163	신간안내	일교육과 사회
71	1990.7	17	243	신간안내	상급 일교육
72	1990.11	13	181	신간안내	대조연구
73	1991.3	15	236	신간안내	CA교수법
74	1991.7	15	199	신간안내	외래어
75	1991.11	14	200	신간안내	수업분석
76	1992.3	11	165		방언
77	1992.7	11	153		모달리티
78	1992.11	18	256	30주년 기념보고	일교육과 CAI
79	1993.3	15	198		어용론
80	1993.7	15	211		한자지도
81	1993.11	14	214		중간언어연구
82	1994.3	14	212		전문분야별
83	1994.7	13	203		연소자 일교육
84	1994.11	9	163		
85	1995.3	13	209		
86	1995.7	16	237		
86별책	1995.11	11	144		
87	1995.11	14	224		
88					
89					
90	1996.10	4		회원명부	
91	1996.12	12	159		
92	1997.3	18	203		
93	1997.7	10	295		
94	1997.10	6	150	전망	
95	1997.12	11	199		
96			196		
97					
98	1998.10	11			
99	1998.12	12	202		
100	1999.3	7	213	기간호 논문목록	
101	1999.7	9		문화총보고	
102	1999.10	8			
103	1999.12	12		조사보고	
104	2000.3	9			

3. 현재의 일본어교육의 흐름

문화청(文化庁)[3]국어과 平成7(1995)국내의 일본어교육 개요

시설 수 : 1,527기관

교원 수 : 16,276명

학습자 수 : 84,541명

완만한 증가 추세

변화 :

- 유학생, 취학생, 기술연수생, 귀국자녀 → 감소
- 국제교류관계단체(볼런티아단체, 국제교류회등 → 크게 증가
- 아동 학습자에 대한 일본어교육의 정책적 체계화

  외국인자녀(공립학교) → 3,921교 11.806인으로 늘어났다.

3.1 유학생에 대한 일본어교육

「유학생10만인계획」으로 순조롭게 증가하던 유학생이 1993부터 둔화 시작 1996년 감소 시작

국비유학생, 정부파견 유학생은 증가, 사비유학생(유학생 전체의 80%이상 차지)이 대폭 감소

감소 내용 : 대학원, 대학 보다 전수학교가 현저히 감소

「유학생10만인계획」의 중간평가 1992유학생을 받는 쪽의 '질적충실'이 지적된 바 있었다.

기반정비, 단기유학생을 받기 위한 영어로 교육하는 코스개설 등

---

3) 한국의 교육인적자원부에 해당한다.

〈A 대학의 경우〉

A대학은 도쿄에 있는 4년제 대학으로, 학부에 3개 학부에 2300명(문교육학부, 생활과학부, 이학부 2300명)과 대학원 1개학과에 약700명(인간문화연구과)의 학생이 있다. 그 중 해외유학생은 2004년 4월 현재 244명으로 전체 학생의 8%이다.

〈표 2〉 A 대학의 유학생의 구성

학생수	학부생	대학원생	연구생	1년국비유학생	청강생
전체인원	19	145	64	6	10
한국인유학생 수	4	53	19	2	2

위의 표에서 나타나는바와 같이 유학생 전체의 59.4%가 대학원생이다.

학부 : 유학생이 일본의 학부에 입학하려면 2번의 시험을 치러야한다 1차 시험에서는 6월과 11월에 실시되고 있는 '일본유학시험'을 치르고, 2차 시험은 A대학 독자적인 시험으로 매년 2월 하순에(다른 국공립대학에서도) 실시한다. '日本留學試驗'은 국공립대학에서 약 90%가 인정하고 사립대학에서는 약 50% 정도의 학교들이 인정한다. 대학 독자의 시험에서는 영어, 면접, 소논문 등이 포함된다.

대학원 : 석사과정을 대학원博士前期課程(修士課程)이라고 부르며 외국어, 전공과목, 면접, 일본어 시험을 치러야 한다. 박사과정은 大学院博士後前期課程이라고 한다.

면접을 중요시하고, 면접에서는 연구계획의 우수성을 인정받아야한다. 대학원 수업과 연구에서 요구되는 청해와 독해 내용이해와 논술문제가 많다. 일인당 약 10분~30분 정도의 심층면접도 매우 중요시한다.

유학생지원시스템

① 사비유학생을 위해서 장학금, 입학금, 수업료의 면제, 기숙사 이용제

도가 마련되어 있다. 신입생의 약 절반의 학생들이 장학금을 받는다. 그 밖에 민간장학금도 있다. 외국인 유학생의 경우 양친이 사망했을 경우나 재해를 당한 경우를 제외하고는 얻기가 어려우나 수업료는 전액 또는 적어도 50% 까지는 거의 모든 유학생이 면제혜택을 받는다. 유학생의 거의 전원이 국제학생기숙사에 들어갈 수 있다. (월 4700円 光熱비, 수도료9000円)

② 교통비 : 일반인의 약80%가 면제되는 학생할인 정기권. 의료비도 의료보조와 국민건강보험제도의 병용으로 약 94%를 면제받는다. 사비 유학생의 경우도 사실상 학비와 생활비에 이러한 혜택을 받게되는 것이다. 이것은 일본정부가 1983년이래 실시하기 시작한 '유학생 10만명 유치계획' 이후에 이루어졌다.

③ 국립대학의 경우에는 학비가 저렴하고 장학금도 사립보다 많다. 그러나 자기가 희망하는 전공학과가 없을 경우도 있다. 또한 입학시험의 일정이 사립대학 보다 늦어서 사립대학에 입학되어 등록을 마친 후에 발표를 보게 되는 경우도 있다.

재외공관, 외무성, 문부성, 일본국제교육협회, 대학, 법무성 등이 관련되는 사업으로 일본의 교육제도, 교육방법, 일본인의 유학생에 대한 인식, 유학생제도에 대한이해의 문제들과 함께 생각하지 않을 수 없다.

국비유학생

시험을 치고 일본의 대학에 입학하기까지의 과정

① 연구유학생 : 4월 또는 10월 1일에서 10일 사이 입국. 오사카외국어대학에서 6개월 내지 1년 일본어교육. 이를 포함해서 2년 반 일본에 체류

② 학부유학생 : 4월1일-10일 사이에 입국. 도쿄외국어대학에서 1년 일본어교육 받고 4년 간 학부생활.

문제점 :

① 최종합격통지서 받고 일본에 가는 날자가 촉박하다.

② 어학 실력이 뛰어난 학생들은 과정을 면제받게 된다. 어학 학습을 면제받게 되는 문부성의 기준이 너무 낮다. 유학생이 자국에서 받게 되는 유학생시험문제 지도교수의 부인에게서 일본어 개인지도 받는다.

③ 어학과정을 마친 후의 문제점
 - 어학의 아후터케어
 - tutor제도
 - 지도교수 제도
 - 유학생의 연구 의욕에 대한 자극의 결여
 - Guidance가 부족하다는 유학생의 불만

3.2 대학의 일본어교육 커리큘럼의 다양화

유학생센터의 설치

平成9(1997)까지 26개 국립대학에 설치

유학생센터 : 교육, 생활지도 일본어교육(국비유학생에 대한 일본어 예비교육 : 학부학생에게 정규과목으로서 '일본사정' 과목을 교육한다.

종래 : 전국의 8개 지역으로 블록화하여 대학원진학예정 학생을 집중적으로 교육

최근 : 예비교육 단계에서부터 국비유학생을 받아 새로운 커리큘럼으로 진행

「단기유학생제도」1995년부터 문부성이 실시 : 1년 정도

이 경우는 영어로 하는 특별강의도 포함

대학원 : 국립대학의 대학원 이공계 21의 특별코스

학부 : 11의 국립대학. 사립에서도 실시

입학선발의 검토

문부성유학생과의 보고서(1997)

1. 각 대학의 입학선발 제도 개선 : 도일전 입학허가 보급, 대학원 정규
   생으로 받고 복수로 실시
2. 일본유학에 관한 통일시험(새로운 시험 개발필요)
3. 입학시험 수속 등 정보제공의 충실
   일본인 학생과 똑같은 정도의 일본어능력이 필요하지는 않다. 입학
   후 보충 가능. 탄력성 필요

일본어학교와 대학의 연대

일본어학교의 커리큘럼은 대학의 입학선발제도에 크게 영향 받는다.

현재 : 일본어능력시험 1급

　　　　사비유학생통일시험

　　　　학부유학생의 약 70%가 일본어학교를 거쳐서 입학하고 있으므로
　　　　쌍방의 체제 정비가 필요

4. 새로운 변화

4.1 연소자의 학습자에 대한 일본어교육

외국인아동생도에 대한 일본어교육

　소위 日系人 노동자에게는 비자를 허용하는 정책의 전환으로 인하여
많은 외국인 노동자들이 들어오게 되었다. (브라질등으로 부터) 이들 노

동자들은 주로 도시보다는 지방에(3:1 정도로) 정착하게 되며 폴투갈어를 사용하는 이들이 많다. 그들의 자녀들에 대한 일본어교육 문제. 중국인들. 아동・생도에 대한 일본어교육

일본사회가 다문화 다언어사회화 로 질적으로 변모하고 있다.

출입국관리, 난민인정법의 개정으로 재류자격이 정비되고 확장되어 일본에 거주하는 외국인 수가 증가. 그 결과 일본어 지도를 필요로 하는 외국인 아동 급증. 새로운 언어교육의 과제.

현재 国, 都道府県에서 이런 외국인 아동을 위한 프로그램 개발에 고심하고 있다.

- 지도자 배치.
- 일본어교재 정비
- 일본어교실 개설
- 국제결혼지원센터 : volunteer
- bilingual 청소년(Tokyo의 스미다 区의 야간학교)
- 연소자연구회(OPI에도 연소자OPI)

4.2 지역사회를 근거로 하는 사회형 일본어교육

일본어교육의 확대효과를 높이기 위해서는 공적 지원이 필요하다는 인식이 높아졌다.

일본어교원 전임교원: 자원봉사교원/비 자원봉사교원으로 하위분류
실제 숫자 파악은 어려운 상태이나 적어도 자원종사 단체가 조사대상에 포함된 것에 의의
학교형 일본어학습→ 사회형 일본어 학습(지역사회와 밀착한 생활기반의 일본어학습)

일본계 노동자, 외국인배우자등 定住외국인에 대한 일본어학습자로서의 실태 파악이 안 된 상태이며 공적인 지원제도가 거의 없는 실정.

'중국귀국자' : 공적 원조체제 있으나, 본인과 지계가족 범위, 불러들인 가족은 해당되지 않음.

볼런티어 일본어교육의 경우 전용 시설이 없다.

생애학습적 경향. 일본사회에 적응하기 위해서

후생성의 중국귀국자에 대한 재연수프로그램이 시작됨.

종래 : 귀국 후 4개월 연수

현재 : 프로그램은 최장 5년으로 연장됨.

사회형일본어교실이 가져오는 의식의 변화

비모어화자의역할의 확대. 선배 학습자가 새로 들어온 학습자를 돕는 경우도 있고 볼런티어 교사가 반드시 일본어교수에 대한 전문적 지식을 갖추고 있지 않을 수도 있다. 역할의 이동이나 교대가 일어난다. 일본인과 외국인의 팀 티칭의 가능성. 행정주도적 통일적인 정비보다는 각 지역의 정보교환과 논의가 필요하다.

일본어교육의 역할의 변화

종래 : -일본어 비모어화자의 일본어습득

　　　 - 전문적지식과 기술을 가지는 교사의 육성에 관한 것을 대상으로

　　　　 해 왔다.

현재 : 위의 것에 더 첨가해서 일본어를 모국어로 하는 사람이 어떻게 하면 일본어를 쉽게 원활한 커뮤니케이션을 가능하게 하느냐에 그 목적을 두게 된다.

4.3 지역네트워크

자치체

은퇴 후 언어연구원 (은퇴 후 한글, 한국문화를 연구하려고 유학 온 장년층 학습자)

아동・생도에 대한 일본어교육

4.4 문화적 접근

일본인들은 외국의 문화를 이해하며 시야를 넓히고자 하는 욕구를 해외의 일본어교육 프로그램의 개발을 통해 실천하기도 한다.

이러한 보기로 중심으로 하는 전문직 종사자들의 일본인들의 단체가 실천해 오고 있는 일본어 강좌가 있다. 그들은 여름 휴가 기간 중 한국에 와서 일주일간의 집중강의를 개최한다. 수강료는 무료이며 초청 기관만 있으면 개최할 수 있다. 1년에 한 번 씩 한국에 오는 이들 회원들은 해마다 그 구성원이 부분적으로 바뀌고 있다. 담당자는 역시 현장의 전문가들이다. 한국일어교육학회[4]가 '日本語教室' 연수회 (1999)의 파트너 역할을 해 오고 있다.

<표 3> 일본어교실 강좌와 강사(1999)

과목	강사
日本語作文実習	藤井茂利(교수)
新聞記事の日本語	祝部幹雄(신문기자)
テレビ・ラジオの日本語	間島栄一(아나운서)
新聞広告と日本語	坂口隆義(신문기자)
歌謡の日本語	間富貴子(교사)
日本語会話実習	渡辺洋子(일본어교사)
新聞の見出しの日本語	水内純清(신문기자)
日本語の敬語	藤井茂利(교수)

---

4) 한국일어교육학회 http://www.kaje.or.kr

4.5 일본어교사 양성

국립대학에 일본어교원 양성학과를 개설하여 교사자격증을 주고 있으며 그 밖에 "日本語教育能力檢定試驗"을 통해서 일본어교사 자격을 갖출 수 있다. 최근에는 해외의 일본어교사 파견 프로그램을 고령화 사회의 고용 창출의 한 방편으로 활용하고 있다.

5. 맺는말

일본어교육연구의 미래
현재까지도 공동연구 부족 :
일본의 학문연구 특히 인문과학연구가 자연과학연구에 비해 공동연구 부족
"非發信型"→세계규모의 "發信型 연구자세"로 전환할 수 있는 가능성 가지고 있다는 인식

일본어교육의 가능성/ 책임 :

(1) 일본어교육의 대상영역은 전 세계: 발신형인 교육활동 즉 일본국내에서만 완결되는 것을 허락하지 않는다. 이 점은 세계 제2차대전이전에는 해외의 다른 지역을 국내화 하려고 생각했던 점에서 큰 차이 커뮤니케이션활동의 보편성 인정해야 일본인 교사가 주역이 되는 시대는 끝났다.

비모어화자인 외국인 교사들의 역할, 실천 활동이 중추적역할로 참여하고 있고 그렇게 되는 것이 바람직. 활동의 근거는 특정 언어이나 활동의 기반에는 모든 언어, 모든 문화가 존재.

(2) 일본어교육연구자들 자신의 연구 수준 변화, 타 학회에 비해 연구

뒤지지 않는다. 논문 테마 다양화(내용과 방법론의 향상)

기초연구→ 응용연구 가 아니라 현실의 事象(복잡한 사회현상)에서 연구를 출발해야 한다는 주장

앞으로 기대되는 연구테마

① 무엇을 가르칠 것인가?

일본어의 무엇을? 학습자는 목적: 심리학 사회학에 의존하지 말고 일본인의 마음을 파악하는 일본어용법사전 등 개발해야.

② 일본어교사 자신의 일본어능력과 관련된 연구

1960년대의 guidelin에서는 일본인 대졸자라면 일본어운용능력 충분하다고 믿었다.

교육능력검정시험에서도 중요시하지 않았다.

일본어운용능력: 학습지도 실천에서나 진단력의 기본

③ 획일적인 지도요령 교육관→ 개개인에게 대응하는 연구

Ⅰ.4 韓国における日本語教育[*]
－ 1993～1994年 －

1. 日本語教育界の概況

　韓国における日本語教育が学校教育として実施されたのは1961年からのことである。日本語教育は、わずか35年の歴史しか経っておらず、他の学問分野に比べて短い期間ではあるが、量的にも質的にも急成長している。1995年度全国142の大学の内、日本語関係専攻学科が開設されている大学は58校(66学科)であり、二年制の専門大学130校の中で35校(37学科)に至っている。

　高等学校における日本語教育は1992年4月, 教育部が1994年度からの大学入学試験制度を学力考査制から修学能力評価試験制に変更し、各大学別に本考査を実施することになってからは、急激な減少傾向を示している。日本語を含めた他の第二外国語の教育が、高等学校で減少している現象がみられる。

　一方、企業における成人向けの日本語教育は、政府の国際化努力とあいまって活性化しており、専門機関による外国語研究プログラムはむしろ増加している状況である。

　学習者の分布は高等学校生、大学生以外にも公務員、会社員、また社会教育として各新聞社が主催している文化センターの日本語講座および外国語専門学院の受講習など、多様である。

---

[*] 『世界の日本語教育(日本教育事情報告編)』第3号　国際交流基金　日本語教育センター, 1995

2. 各教育機関における日本語教育の現状

2.1 高等学校

　韓国の小学校, 中学校, 高等学校にはそれぞれ教育課程があり、そのなかで教育部が教育目標や教育内容を定めており、教師はその方針に従って教育を行なっている。

　1996年度から実施される新しい第六次教育課程は、その内容が基礎教育と職業教育とに区別されており、中等教育の充実と多様化に重きを置いている。(第六次教育課程は中等教育課程のみの改訂となっている。)

　第六次教育課程での中等教育における日本語教育の基本方針は次のとおりである。

　① 文法中心教育から脱皮し、表現力を培うようにする。
　② 日常生活で使われるやさしい日本語を聞き、話すことのできる能力を養う。
　③ 日本文化への理解を通じて、韓国文化に寄与することができるようにする。

　<表1>に示されているように外国語科目改正案では現行の第二外国語科目であるドイツ語、フランス語、スペイン語、中国語、日本語のほかにロシア語が新設された。また履修単位を10単位から12単位に増やし、外国語教育に力を入れている。

　1993年度の高等学校の外国語開設学科目は<表2>のとおりである。

　<表2>で明らかなように、人文系(一般高等学校)では、ドイツ語志望が1位であり、次いで日本語である。反面、実業系(工業高等学校・商業高等学校など)の学校では日本語がドイツ語よりも第二外国語として人気が高く、1位を占めている。

〈表 1〉第六次教育課程の外国語科目改定

	共同必須	人文社会系	自然系	実業系他
現況	英語 I (8)	英語Ⅱ(12) ドイツ語 フランス語 スペイン語 中国語 日本語の中で択一(10)		英語Ⅱ(8) ドイツ語 フランス語 スペイン語 中国語 日本語(6)
	共通必須	課程別必須		課程別選択
改定	共同英語(8)	英語(8) 英語読解(6) 英語会話(6) 実務英語(6) ドイツ語 I (6)Ⅱ(6) フランス語 I (6)Ⅱ(6) 日本語 I (6)Ⅱ(6) ロシア語 I (6)Ⅱ(6)		

資料：学校教育年鑑1993

〈表 2〉第二外国語教科目の開設の現況(1993年)　(単位：人)

		ドイツ語	フランス語	中国語	日本語	スペイン語	計
人文系	学級	10,406	5,965	885	6,886	220	24,362
	学生	504,767	288,373	42,312	324,750	9,103	1,169,305
実業系	学級	899	624	395	10,225	28	12,171
	学生	39,414	28,363	28,363	481,487	1,263	569,667

資料：教育統計年報 1993

　1993年当時、第二外国語の総学習者の46.36パーセントが日本語を学習していた。しかし1994年度から大学入試が「修学能力試験」[1]と「大学別本考査」と高等学校三年間の成績によって決定されるようになったう

---

1) 言語，数理探求，外国語の三つの領域で修学能力を試験する。外国語の領域については英語能力の評価のみである。

え[2]、修学能力試験科目には第二外国語が含まれず、また本考査科目からは日本語が事実上除外されていることから、それらが高等学校における日本語教育を萎縮させる要因としてはたらいている。このため、日本語を志望した学生達は日本語学習に対する意慾を失いつつある。

　1993〜94年、韓国日語日文学会が実施した「日本語教育機関調査（1993〜94年度」によると、アンケートに答えた878校の（全国日本語教育実施校の91パーセント）地域別分布は＜表3＞のとおりである。

<表 3> 日本語科目開設高等学校の全国分布

	地域	学校数		地域	学校数
直轄市	ソウル	119	道	京畿道	158
	釜山	35		江原道	54
	大邱	27		忠清北道	23
	仁川	31		忠清南道	43
	光州	26		全羅北道	65
	大田	7		全羅南道	31
				慶尚北道	143
				慶尚南道	99
				済 州 道	17
小計　245			小計　　633		
計　　878校					

資料：韓国の日本語教育実態[3]

　日本語学習期間は人文系高等学校では10単位[4]、実業系高等学校では6単位なので、1年間の授業期間は32週間（人文系160時間、実業系96時間）である。

---

　2) 従来は、内申成績（高等学校3年間）および政府が共通で実施する大学入学学力考査の結果により合否を決定していた。
　3)『韓国의 日本語教育実態'93〜'94』, 1994, 韓国日語日文学会.
　4) 1単位は1学期の間1週間に1時間、50分基準となっている。

<A モデル>

1年　　　1学期に週2時間・2学期にも週2時間
　　　→ 2時間×32週間=64時間(4単位)

2年　　　1学期に週2時間・2学期にも週2時間
　　　→ 2時間×32週間=64時間(4単位)

3年　　　1学期に週1時間・2学期にも週1時間
　　　→ 1時間×32週間=32時間(2単位)

3年間合計　　　　　　　160時間(10単位)

<B モデル>

1年　　　1学期に週3時間・2学期にも週3時間
　　　→ 3時間×32時間=96時間(6単位)

2年　　　1学期に週2時間・2学期にも週2時間
　　　→ 2時間×32時間=64時間(4単位)

3年なし

3年間合計　　　　　　　160時間(10単位)

〈表 4〉 全国高等学校における日本語学習機関

地　　域	1年	2年	3年
ソ ウ ル	3	47	66
釜　　山		9	26
大　　邱	2	7	18
仁　　川	2	13	16
光　　州	1	10	15
大　　田	1	2	4
京 畿 道	11	55	92
江 原 道	5	18	31
忠 清 北 道	3	7	13
忠 清 南 道	3	24	16
全 羅 北 道	3	16	46
全 羅 南 道	1	10	19
慶 尚 北 道	6	34	103
慶 尚 南 道	2	34	103
済 州 道		10	7
計	43校	296校	575校

資料：韓国の日本語教育実態

<表 5> 地域別・高等学校の日本語教師数

地　　　域	女 性 教 師	男 性 教 師	計
ソ　ウ　ル	102	145	247
釜　　　山	49	35	84
大　　　邱	33	32	65
仁　　　川	19	31	50
光　　　州	13	27	40
大　　　田	1	7	8
京　畿　道	103	137	240
江　原　道	7	15	22
忠清北道	18	15	33
忠清南道	26	41	67
全羅北道	23	72	95
全羅南道	16	21	37
慶尚北道	77	107	184
慶尚南道	55	83	138
済　州　道	18	11	29
計	560名	779名	1,339名

資料：韓国の日本語教育実態

2.2 専門大学

　韓国の専門大学(二年制大学)は、1964年第一次経済開発5ヶ年計画によって技術者養成を目的として設立された。日本語関係学科の開設は1972年、啓明専門大学の観光科が最初である。その後、1980年に釜山女子専門大学に観光通訳科が設立され、1994年現在、128校の中で日本語教育を実施している専門大学の総数は95校である。

　日本語関係学科の名称としては日語科、日語通訳科、観光日語通訳科、観光科、観光経営科、航空観光科、観光通訳科、航空運航科などがある。日本語関係の専攻学科(日語科、日語通訳科など)は全部で50

校であり、74の学科が開設されている。

　これら専攻学科の地域別分布をみてみると、釜山市と慶尚南道では11校に13学科で、そのほかの日本語関係学科を含めると14校で14学科が開設されている。これは全国の専門大学総数の3分の1に該当する。

　一方、一般教養の科目としての日本語教育のみを実施している専門大学は45校である。

〈表 6〉 日本語専攻学科および関係学科の入学定員(1993年度)

定員(人)	日本語専攻学科(校)	日本語関係学科(校)
40	7	3
60	0	1
80	15	14
120	8	7
140	0	7
160	5	1
200	2	6
240	0	3
280	0	1

資料：韓国の日本語教育実態

〈表 7〉 専門大学における日本語学習者数(1993年度)

区　　分	学　　科	人　　数
日本語専攻学科	日語科	2,000
	日語通訳科	475
	観光日語通訳科	1,928
	観光通訳科	1,920
日本語関係学科	観光科, 観光経営科, 航空観光科など	3,190
教 養 日 本 語	専攻科および関係学科	22,362
	教養日本語	6,736
総　　　　　計		38,611

資料：韓国の日本語教育実態

<表 8> 専門大学における日本語教員1人当りの平均学習者数

学　　　　科	担当学習者数	平　　　均
日語科	50	69.7名
日語通訳科	46	
観光日語通訳科	70	
観光通訳科	113	
日本語関係学科	144	144名

資料：韓国の日本語教育実態

2.3 四年制(昼・夜間)大学

1994年現在、全国の142の大学のうち、123校(キャンパス基準)で日本語教育が実施されている。地域別分布は<表9>のとおりである。

<表9> 日本語教育実施大学の全国分布

地　域(市)	学　校　数	地　　域(道)	学　校　数
ソウル	27	京 畿 道	21
釜 山	12	江 原 道	6
大 邱	2	忠清北道	10
仁 川	3	忠清南道	6
光 州	4	全羅北道	5
大 田	5	全羅南道	6
		慶尚北道	6
		慶尚南道	8
		済 州 道	2
計	53校	計	70校

資料：拙稿『日語日文学研究』第25輯, p.362, 日語日文学会, 1994.

　日本語教育および日本語の普及と直接的な関係を持つ師範大学における日本語教育科の減少が著しい。これは師範大卒業者の就職難と密接な関係がある。1995年度の新設学科名称にもこの傾向が表われており、日語日文学科、日語教育科という名称より、日本学科、日本語学科というように、語学および地域社会学科的な傾向を強めているところが前回の調査当時とは著しく異なる。

　<表10>の資料は韓国で出版された入試情報専門誌月刊『進学』1994年11月号による。

　<表13>のとおり日本語専攻学科は30名、40名、50名定員編成のクラスが多い。

　次に教員数についてみると<表14>のとおりである。

　常勤教員の中では副教授がもっとも多く、次いで助教授、専任講師であり、非常勤教員の場合は時間講師がもっとも多い。参考までにこの副教授制は専任講師と助教授を経て、正教授になる間の職位である。この職位は該当大学と教育部から大学の専任教育(常勤)の発令をうけて約十年くらい経た教育者が占めており、年齢的にも中堅層である。

　韓国の大学の日本語学習者数は1994年12月現在11,669名であり、専任教員(常勤)の数は297名であるから、教員対学生数の比率は39.3対1である。すなわち教員1人当り担当する学生数は39.1名である。しかし教養日本語の受講者総数に対する全体教員の比率をみてみると85,189対733となるので、実際の教員対学生数の比率は116対1という過重なものである。

〈表 10〉 全国大学の日本語関係学科の入学定員

学科名	大学名	入学定員	学科名	大学名	入学定員
日語日文学科	京畿大学	40	日語日文学科	蔚山大学	50
	啓明大学	50		済州大学	40
	慶南大学	40		全南大学	60
	慶北大学	40		全北大学	40
	慶星大学	40		全州大学	30
	慶熙大学	50		全州友石大学	40
	高麗大学	50		中央大学*	30
	関東大学	50		昌原大学	30
	群山大学	40		清州大学	40
	檀国大学*	40(ソウル)		忠南大学	33
		40(天安)		韓南大学	40
	大邱大学	40(夜)		漢陽大学	60(安山)
	大田大学	40(夜)		暁星女子大学	50
	徳成女子大学	40	日語教育科	建国大学	40
	東国大学*	30(ソウル)		慶南大学	40
		50(慶州)		慶尚大学	15
	同徳女子大学	40(昼)		釜山女子大学	30
		41(夜)		祥明女子大学	40(ソウル)
	東西工科大(新)	30(昼)		嶺南大学	30
		30(夜)		圓光大学	30
	東新大学*	16(夜)	日本語科	東新大学(新)	40(昼)
	東亜大学	50			40(夜)
	東義大学	40		釜山外国語大学	60(昼)
	木浦大学	20			40(夜)
	釜山大学	40		鮮文大学	80(昼)
	釜山女子大学*	40			40(夜)(新)
	祥明女子大学	40(天安)		水原大学	40(夜)
	西京大学	60(夜)		韓国外国語大学*	40(竜仁)
	世明大学	40(昼)			10(ソウル)
		40(夜)		湖南大学(新)	50(昼)
	世宗大学	40			30(夜)
	誠信女子大学	40	日語科	中央大学	50(安山)
	順天大学	40			
	仁済大学	30			
	仁川大学	40			
日本学科	啓明大学	40(昼)	日本語学科	韓瑞大学	40(昼)
		40(夜)			40(夜)(新)
	培材大学	40	日語日文学科	仁荷大学	81
	崇実大学(新)	40(夜)			
	翰林大学	40			
日本文芸科	明知大学	40	観光日語科	慶州大学	30
			計	60校 65学科	3,206名

資料：月刊『進学』1994年11月号, 進学社.

注 ： *は1校に二つの学科が併設されている場合、下線は女子大学(校)(全国の女子大学の総数は8校)、(新)は1995年度新設予定校を示す。

<表 11> 学科別募集定員(1995年度)

学科	学校数	募集定員
日語日文学科	43	1,940
日語教育科	7	225
日本語科	6	561
日本語学科	1	80
日本学科	4	200
日語日本学科	1	81
日語科	1	50
日本文芸科	1	40
観光日語科	1	30
	60校(65学科)	3,206名

資料：月刊『進学』1994年11月号、進学社

<表 12> 学科別学習者数(在学生)(1993年度)

学科	学生	学科	学生
日語日文学科	7,119	日語日文学科	512
日語教育科	1,189	日語科	120
日本語科	1,416	日本文芸科	160
日本語学科	477	観光通訳科	250
日本学科	336		
		計	11,579名

資料：韓国の日本語教育実態

<表 13> 日本語専攻学科一学年単位(1995年度)

単位(名)	学校数	単位(名)	学校数
15	1	41	2
16	1	50	10
20	2	60	4
30	12	80	1
33	1	81	1
40	12	100	1

資料：月刊『進学』1994年11月号、進学社。

<表 14> 教員数

役職	教員数	役職	教員数
専任講師	56	時間講師	410
助 教 授	84	待遇伝任	4
副 教 授	104	客員教授	11
教　　授	53	名誉教授	1

資料：拙稿『日語日文学研究』第25輯、p.368、日語日文學會 1994。

2.4 大学院

　1994年現在、全国の日本語専攻大学院の現況は<表15>のとおりである。

<表 15> 大学院開設校(1994)

大学院	学　　　校
一般大学院	建国大*，慶北大*，慶熙大，啓明大*，高麗大，檀国大，東国大，東亜大，釜山大，祥明女大*，誠信女大，世宗大，中央大*，清州大，韓国外大*，韓南大，漢陽大(17校)
教育大学院	建国大，京畿大，慶南大，慶北大，慶尚大，啓明大，高麗大，関東大，祥明女大，嶺南大，圓光大，仁川大，朝鮮大，中央大，忠南大，全北大，韓国外大(17校)
特殊大学院	通訳大学院(韓国外大) 観光開発大学院(慶州大)(2校)

資料：韓国の日本語教育実態

注：一般大学院(昼間，修士課程24単位と博士課程36単位)は17校である。

*は一般大学院と教育大学院の両方を併設している大学である。また教育大学院は原則的に各教職機関に従事する人材の再教育ないし高度の教育を実施することを目的としているため、夜間に開設される場合が多い。履修学期は5学期制である。

2.5 韓国の企業における日本語教育の現況

　企業における外国語教育はまず国内で実施されているものとして①社内集合教育、②委託教育、③研修院などでの集中教育、また④通信教育などがあげられる。このほかにも国外への派遣教育がある。

　<表17>は韓国の大企業の一つである大宇グループで行っている日本語教育のプログラムである。

<表 16> 主要企業の日本語教育実態

	金星	大宇	三星
教育内容	読解，作文，会話聴解，日本事情視聴覚，主題討論個人スピーチ現場学習	文法構造および日本語特性の理解、コミュニケーショ演習・日本人の生活様式・思考方式・日本文化の理解日本経済の理解	コミュニケーション日本語圏地域の習慣・文化・風習理解海外時事情報、科学常識、経済現況、ビジネス
教育対象	日本語中級以上の水準(JPT*400以上)一般社員と管理職	海外派遣勤務予定者海外開発業務担当者外国語必須部署勤務者	三星グループ日本語検定3級および4級資格所持者代理以上で1年以上勤務した者
教育方法	文法講義発表式ロールプレーなど	講義free talkingspeech role playグループ討論ケーススタディー	対話式方法討議発表ロールプレーセミナーなど
期間	年3回各回10週	年4回各回10週	年4回各回10週

資料：「教育訓練案内」ラッキ金星人力センター、 p.138, 1993.
「教育計画」大宇人力開発院、p.67, 1993.
「教育案内書」三星人力開発院、p.150, 1993

注 ： *Japanese Proficiency Test. 財団法人(韓国)国際交流振興会が開発した日本語能力の評価制度で、韓国の多くの企業が採択している。試験は年3回(1月、5月、9月)

の定期試験のほか、希望に応じて行う特別試験がある。試験は聴取力問題100
問、読解力問題100問で構成され、合計1.000点満点.得点により7等級に分けら
れ、850点以上でB級、900点以上でA級とされる。

<表 17> 大宇グループ日本語現地派遣教育

課程	国際人養成課程
教育内容	日本地域専門家招請セミナー、ホームステイ、語学研修
教育対象	人力開発院日本語教育課程修了者、日本地域担当者(部長以下)
教育方法	セミナー式講義, 現地ホームステイ、企業訪問など
日程	15日(国内2日, 現地13日)

資料：「教育計画」大宇人力開発院, p.69, 1993.

3. 主要な論文・書籍

　1993～94年の間に発表された論文は表18のとおりである。これは大
学の論文集および学会誌、記念論文集などに発表されたものである。
94年度業績はまだ十分に集められていない。これ以外にも各大学の附
属研究所の刊行誌に投稿された論文も多様である。

<表 18> 分野別研究論文

分　　野	1993	1994
日本語一般	4	－
音声・音韻	5	6
語彙・敬語	4	3
文法	10	12
文章・文体	－	3
史的研究	7	7
日本語教育	5	2
韓・日語対照研究	6	7
計	41	40

　1993〜1994年6月の間に出版された日本語および日本語教育関係単行本は次のとおりである。

〈表 19〉日本語関係書籍リスト

種　　別	1993	1994
教科書類	193	45
会話書	69	28
辞書類	6	5
理論書類	23	9
各種試験問題集	26	7
学習参考書	106	37
計	423	131

資料：『韓国日本語及び日本語教育関係単行本一覧』, 高麗大大学院, 1994. 6.

　表19において、1993年度に比べ、1994年度の数値が少ないのは、後者が本年5月現在の統計であることによる。傾向として会話用の本および独習書(参考書の類)数の多いのが目立つ。これは社会人の日本語学習意慾の反映とも取れる。

　大学の附属研究所によるものとしては以下の論文集がある。

　　韓国外国語大学校日本研究所『日本研究』第8号(1993.8)、第9号(1994.8)刊.

　　東国大学校日本研究所『日本学』第12輯(1993.8)、第13輯(1994.8)刊.

　　京畿大学校韓日問題研究所『韓日問題研究』創刊号(1993.3.)、第2輯(1994.3)刊.

　　啓明大学校日本研究所『日本文化研究』第7号(1993)、第8号(1994)刊.

　　慶南大学校日本問題研究所『日本研究』第4号(1993)、第5号(1994)刊.

4. 主な関係学術団体

　韓国の主な日本語関係の学術団体は次のとおりである。これらの団体への加入資格は最低大学院在学中であることである。

4.1 韓国日語日文学会

　1978年に設立された韓国日語日文学会は1994年12月現在、会員数は(正会員および準会員)約750名であり、年2回全国大会を開催している。学会誌『日語日文学研究』は年2回(6月・12月)発行されており、1994年は第24輯(1994年6月)、第25輯(1994年12月)を刊行した。学会創設15周年記念行事として「韓国における日本語教育実態調査」を実施し、1994年10月に報告書を発行した。これは1981年の第一次調査、1985年の第二次調査に引き続き、第三次の調査であった。

　最近の全国大会の概略を次に記す。
　　(1)　93年度夏季学術発表会(1993年7月3日)
　　　　会場：翰林大学校
　　　　特別講演：国際化と日本人の生活
　　　　研究発表：語学分科5名、文学分科7名
　　(2)　93年度冬季学術発表会(1993年12月3～4日)
　　　　会場：高麗大学校
　　　　特別講演：解釈と批評の原理
　　　　シンポジウム：韓国における日本語研究の現況と課題
　　　　研究発表：語学分科11名, 文学文科10名
　　(3)　94年度夏季学術発表会(1994年7月1～2日)

　　　　会場：慶北大学校
　　　　特別講演：日本の社会言語学
　　　　韓国日語日文学研究文献検索システム開発の案内と報告
　　　　シンポジウム：日本語教育実態調査報告
　　　　シンポジウム主題：日本語教育の現況と課題
　(4)　94年度冬季学術発表会(1994年12月2～3日)
　　　　会場：陸軍士官学校
　　　　特別講演：日本文化における宗教の影響
　　　　研究発表：言語分科10名，文学分科10名

4.2 韓国日本学会

　1973年設立、日本文学や日本語学だけでなく、日本史、日本学、日本民俗学など日本に関する各分野の研究者からなる。学会誌『日本学報』は年2回(5月・11月)発行、1994年12月現在第33輯を刊行、同会による最近の会議開催状況は以下の通りである。
　(1)　1993年度、文学分科発表会(3月・5月・10月・12月)、語学分科発表会(10月・11月)，嶺南支会研究発表会(10月9日　東亜大学校)
　(2)　第15回国際学術発表会(創立20周年記念)「韓国における日本研究、どこまできたか」
　(3)　1994年度文学分科研究発表会(3月・5月・11月・12月)、語学分科研究発表会(5月・9月・10月・11月)
　(4)　第16回国際学術発表会(1994年10月15～16日)、中央大学校「日本語教育の現在と未来」

4.3 ソウル日本語教育研究会

高等学校の日本語教師および日本語教育関係者の研究団体として1991年に設立された。現在の会員数は約200名である。機関誌として『日本語教育研究』を刊行し、1994年12月現在第4号まで刊行した。1994年8月、神戸で第1回韓日合同教育研修会を開催し、その報告書を発行した。

4.4 日本語教育学会

日本語教育学会は1984年に設立された。会員は1994年12月現在約400名。年2回(1月, 7月)学術大会を開催している。
『日本語教育』を第10号まで刊行した。

5. 今後の課題と展望

特殊研究職を除いて日本語の研究者は次のように細分化されることが望ましいと筆者は考える。
(1) 高等学校での第二外国語は、従来と異なり将来入試とは関係がなくなるものと展望されるので、青少年期の学生たちの興味を引き、また実際の生活、たとえば旅行などで使える表現を指導する方向に向かうのがよいのではないかと思う。これには視聴覚教材の活用を積極的に導入することも必要であろう。
(2) 教師自身の語学力、特に聞き取り、会話などの表現力をまず向上

させねばならないだろう。すなわち文法中心の現在の日本語教師養成プログラムに対する果敢な変化が求められるのである。

(3) 大学の専攻学科のカリキュラムの内容を再検討し、語学や文学一辺倒の現状を改善する必要があるのではないか。そしてその教育内容は日本語科の学生にだけ適用可能な幅の狭いものではなく、非専攻学生が受講しても役に立つようなものにしなければならないと思われる。

(4) 大学の教養日本語の課程を初級と中級に分け、高等学校で第二外国語としてすでに初級レベルの日本語をマスターした学生が同じレベルを繰り返し学習せねばならないことで、学習意慾を失うという弊害をなくす必要がある。彼らを中級にすすませることで時間的ロスを防ぎ、新たに学習意慾を抱かせるようにする。卒業後企業において彼らが引き続き日本語を学び、上級に進めるようにする。これは高等学校と大学の教育成果が産業現場で活用される基となると思われる。

(5) <表19>に数えられている韓国で発行されている教材は学生を対象としたものがほとんどで、社会人向きの教材はとても少ない。教科書は読解教材に偏っており、文法教材、作文教材、漢字教材などの開発が求められている。社会人が独学できる解答付きのテキストも今後開発が期待される。また古典の現代語訳や韓国語訳が少なく、大学・大学院生用にこれらの分野の書籍の刊行が望まれる。

Ⅰ.5 21世紀に向けての
東アジアにおける日本語教育[*]

┤ 요지 ├

　이 글은 1993년과 1994년 동안의 한국의 일본어교육 사정 보고한 것이다.

　고등학교의 일본어교육은 한국의 교육인적자원부가 제시하는 중등교육의 제6차 교육과정의 기본방침에 따라 실시되고 있다. 즉, 문법중심교육에서 탈피하여 표현력을 기르도록 하며, 일상생활에서 사용되는 쉬운 일본어를 듣고 말하는 능력을 기르며, 일본의 문화를 이해하고 한국문화에 기여하도록 한다는 점이다.

　전문대학(2년제 대학)의 수는 128교이며 그 중 95교에 일본어관련학과가 개설 되어있으며, 그 명칭은 일어과, 일어통역과, 관광일어통역과, 관광과, 관광경영과, 항공관광과, 관광통역과 등으로 다양하다.

　4년제 대학의 수는 142교(캠퍼스기준)이며 그 중 123교에 일본어관련학과가 개설 되어있고 전국적으로는 서울과 경기도에서 가장 많은 분포를 나타내고 있다.

　대학원은 일반대학원 17교, 교육대학원 17교, 특수대학원 2교가 개설되어있다.

　한국의 기업체에서의 일본어교육은 사내에서 자체적으로 실시하는 경우, 위탁교육, 연수원 등에서 실시하는 집중교육, 통신교육, 그밖에 해외파견 교육 등이 있다.

　일본어 연구업적 성과로는 일본관련 학회들이 정기적으로 출판하는 학회지, 기념논문집, 각 대학 부설 연구소의 간행물과 저널 등이 있다.

* 『東アジアにおける日本語教育・日本文化研究』創刊号、1999、東アジア日本語教育・日本文化研究

> 이들 논문들을 분야별로 분석해보면 일본어문법, 사적연구, 한·
> 일어 대조연구, 음성음운 순으로 나타나고 있다. 1993년과 1994년
> 사이에 출판된 서적으로는 교과서류 학습참고서, 회화교재, 각종시
> 험문제집, 이론서적, 사전류의 순위를 나타내고 있다.

　私はこの主題を東アジアの日本関連専門家あるいは研究者たちに対
して「21世紀」がもたらす意味ははたして何であり、日本語教育と関連し
てどんなことが期待できるかに焦点をしぼって考えていきたいと思う。

1. 21世紀の認識

　全世界の人口を現在59億とみると来年には60億を突破するであろう
と思われる。そのなかで15億の人々が東アジア地域に住んでいることを
考慮すれば、6大陸5大洋の世界の中でもアジア人の占める割合は大き
なものである。そして、西南アジアと東南アジア、東北アジアで構成さ
れているアジアは、ほかの大陸に比べ、互いにとても異質な存在であ
る。ヨローッパの場合、人々は人種的に類似しており、肌色も近く、長
いキリスト教の伝統をうけつぐという、均一性をもとに「ヨーロッパ共
同体」を構築しつつある。世界史的に15～16世紀は「地中海文明時代」
と呼ばれる。17世紀の産業革命と19世紀の帝国主義時代に結ばれる世
界史において主導的な役割をはたしてきたヨローッパの人たちは、戦後
には「ヨーロッパ イデオロギー」(European Idea)でもってその共通の思想
を発展させ、ヨーロッパ連合を形成してきた。

　それでは新しい世紀を目のまえにした東アジア各国の現実は、はたして相互の協力体制を模索することが可能であると言えるだろうか。

　少なくとも20世紀後半までは東アジアは政治的に対立構造をみせており、分裂状態で互いに国交もなく、均一性よりは異質性のほうが強調されていた状況がつづいていた。

　しかし、1965年の韓日国交正常化、1973年の日中国交回復、1991年におくればせながら結ばれた韓中国交樹立を通じて、それまでの対決の構造は転換期を迎えた。

　世界は東西の冷戦を終え、国際秩序は脱冷戦時代を迎えた。しかし冷戦終焉に対する期待感と不確実性が交錯していることも事実である。政治学者たちは、21世紀はヨーロッパ、北米、そして東アジアの三つのグループがお互いに競争と協力をしながら世界をリードするであろうと語っている。これからの国際関係においてはイデオロギーや軍事政治的な利害関係よりも経済や通商のような実利的な側面が大切であろうと述べている。前世紀と21世紀とを比較すれば、機械発達の時代(machine age)から情報の時代(information age)へ、民族国家(nation state)から企業型国家(corporation state)への変化が起こるであろうと言える。過去の冷戦体制では国際秩序において「イデオロギー」がその基準であって、それを中心に政治・外交・経済面での同盟関係が結ばれてきたわけである。しかし脱冷戦の国際秩序はまだ不透明であるとはいえ、経済的利益がイデオロギーより優先れ、多極的体制になると予測される。このような学者たちの分析に耳をかたむける必要があろであろう。アルビン・トフラー(Alvin Toffler)が彼の著書『第三の波』(The Third Wave)で述べた、「軍事力・領土・名誉に対する関心が、21世紀には富と情報、知識のゲームにかわるだろう」とした指摘と一致する話ではないだろうか。いわゆる「環太平洋時代」と呼ばれる太平洋時代に向けて新たな経済秩序を築きあげつつある。自動車、造船、半導

体、繊維などの最大の生産基地はアジアであり、世界の製造業と貿易
の中心地が「アジア・太平洋地域」になるであろうとの指摘である。き
たる21世紀は「アジアの世紀」と呼ばれている。すでにG7に参加してい
る日本をはじめ韓国、中国、台湾など東アジア諸国がこれからは世界
経済においてより重要な位置を占め、その役割がさらに増大すること
と期待される。「漢字文明圏」、「儒教文明圏」が西欧の文明にかわる価
値体系として関心がもたれはじめている。

　東アジアの各国間には貿易の不均衡、軍事力の格差、環境破壊、核
問題など難解な問題が内在しており、共同の発展と繁栄のための東ア
ジアの国家間協力は課題として残っている。このような認識から出発
し「日本研究」という共通の関心事を持つ東アジア各国の研究者は、次
元を越えて自国に有用な情報と政策の樹立に役立つ研究にとどまら
ず、客観性のある長期的な視野をもつことのできるアジア人専門家に
なっていくことが望まれる。

　我々が日本研究と日本語教育を通じてできることがあるとすれば、
人間らしい生き方をすることと、それによって未来指向的な文化共同
体をつくりあげることではないかと思う。具体的に言えば冷たい競争
原理に基づく市場経済の価値基準をこえ、文化的コミュニケ−ションの
可能な新しい価値観を確立していくことが、私達アジアの知性の課題
であるといえるだろう。

2. 日本語教育の発展

　日本語教育が日本人によって主体的に行なわれたのは19世紀に入っ

てからである。また、海外での日本語教育が体系的になされはじめた
のはアメリカのハ−バ−ド大学、ミシガン大学、コロンビア大学、UCL
A、ハワイ大学であった。

　第2次世界大戦当時の陸軍専門訓練隊(ASTP)による日本語専門教
育などは軍事的目的による教育であった。しかし、戦後には特殊外国
語としてではなく、一般の外国語として言語教育理論の枠の中で日本
語教育が定着してきた。

　日本語教育に対する外国人の関心は1980年代に入って急速に高まっ
た。1990年の国際交流基金日本語国際センタ−の調査によると、海外
の日本語学習者の数は(教育機関での)98万名で、16年前の約12.6倍に
達し、個人的にテレビやラジオを通じて学習している者をふくめれば約
200〜300万にもなるという。またほかの調査では海外の日本語学習者
数は1,600,000人(1993)であり、東アジアは1,146,520人でで全体の
70.6%を占めており、中国、韓国、インドネシア、香港、タイの順に
なっている。

　一方、日本国内における教育機関としては長期と短期に分かれてお
り、長期は大学院と大学1)の進学予備教育課程であり、留学生別科(1
年)、大学国際センタ−(2年)、大学日本語研修課程(2年)などがあげら
れる。一般人、宣教師、技術研修生、大学入学志願者、外国人子
女、特派員、駐在員の子女、在日関係、各国外務省関係者などが学
んでいる。

　短期教育機関としては各種カルチャ−センタ−2)の講座や集中講義な

---

1) ICU、東京外大、大阪外大、大阪大、筑波大など修士課程と大学院博士課程
　　に日本語教育のためのプログラムが開設されている。
2) 1974年発足した朝日カルチャ−センタ−(ACC)は、1983年当時、531人の修了生を
　　数え一般成人に対する教育を担当している。

どがある。

　日本国内の日本語学習者は1955年以前までは主に宣教師とその家族たちであった。しかし宣教師はだんだん減少の傾向にあり、同時に海外留学生は1954年日本がコロンボ・プランに入ることによって増加した。その後日本の経済成長と科学技術の進歩を背景に外国の技術研修者はふえ、日本政府推薦の国費留学生も増加した。1984年6月、文部省が「海外留学生10万名招請」目標をたて国家的次元で支援し、その目標を達成した。その後も13～14%の急激な増加を見せた。

　国際交流基金日本語国際センタ－は日本語教育の動向について、まず「日本語学習の多様化」、第二に「学習者の低年齢化」、第三に「日本語教育の確立化」という三つの特徴をあげている。

　日本語学習の多様化としては、学習者のニ－ズ(学習目的)と学習者の母国語の多様化をあげている。学習者の年齢との関連では、韓国、インドネシア、オストラリア、ニュ－ジランドなどの例をあげている。

　日本語教育の確立化では、日本研究の一つの分野として日本語教育が定着しつつある現状をあげている。同時に日本語教師の地位が専門性をもって定着してきたことを例に上げている。[3]

2.1 韓国における日本語教育

　韓国では現在4年制と2年制の大学において専攻科目や教養科目として日本語教育が実施されている。高等学校の場合は教育部が制定している学習指導要領の教科課程の内容によって、1996年以来現在まで第

---

[3] 文化庁『国内の日本語教育概要』1983版によると日本語教育における教師の70%が女性で、その大部分が非常勤である。

6次教科課程の内容が適用されている。その内容は言語技能、コミュニケーション技能と、言語教材とに分かれている。従来の授業と比較してみると正確さより流暢性を強調し、まず「聞く」と「読む」を学び、「話す」と「書く」は次の段階で学習させるようになっている。

　大学の場合は1996年現在、72大学の88校に日本関係学科が開設されており[4]、言語技能科目、言語理論科目、近現代文学、古典文学、日本学、日本語教育分野の科目がみられる。

　1982年から「夏期高等学校日本語教師特別研修会」には日本から講師が派遣されるようになった。一方、「海外日本語講師研修会」が日本で開かれ、毎年高校の教師が参加している。また1994年から駐韓日本大使館公報文化院主催の「日本語教育巡廻セミナー」が毎年七月に、高校と大学の日本語教員、その他社会教育機関の日本語講師を対象として開催されている。1997年までは高校と大学の教員に対しそれぞれセミナーが行われていたが、1998年は高校と大学の教員に共同で研修がなされた。

　日本語専攻者たちの研究団体としては学会、研究会などがソウルと地方に結成されていて、定期的に研究会や学術発表大会がソウルと地方の大学を巡廻しながら活発に開催されており、研究発表の結果が学会誌として出版されている。1998年現在、大学の研究所は東国大、韓国外大、同徳女大、啓明大、檀国大、京畿大、漢陽大などにあり、大学別学会と研究所も専門学術誌を発行している。

　全国的規模の学会は次の通りである。

---

4) 李徳奉、1996、『世界の日本語教育』日本語教育事情報告編 第4号 国際交流基金日本語教育センター、p.51

韓国日本学会『日本学報』第40輯(1972 創立)
韓国日語日文学会『日語日文学研究』第33輯(1979)
韓国日本語教育学会『日語教育』第13輯(1985)
大韓日語日文学会『日語日文学』第9輯(1994)
日本文化学会『日本文化学報』第5輯(1994)
韓国日本語文学会『日本語文学』第4輯(1994)
韓国外国語教育学会『Foreign Languages Education』第4輯(1995)

　韓国における日本語教師の問題点としては、日本語が他の外国語に
比べ短期間で習得できると考える傾向が強いことや、助詞の正しい使
い方や発音、アクセントの開き分けを学習上の問題点として挙げるこ
とができる。また、教育用基礎漢字として1800字が制定されている
が、公用文などにおいてはハングルのみを使用する傾向が強いため、今
では韓国人学習者を「漢字系」に入れるべきではないという意見も少な
くはない。
　また、韓国では旧漢字体を使用しており、日本で使われている新字
体(韓国では略字)の習得も容易ではないという実情がある。

2.2 中国における日本語教育

　中国では1949年の中華人民共和国の成立後、ロシア語教育が重視さ
れてきた。1956年経済復興が本格的な段階に入り、1957年から英語、
ドイツ語、フランス語、日本語教育が重要視されはじめ、1958年から
1966年の間には外国語大学が多数設置された。
　1964年「外国語教育7年計画要領」によって外国語学科を設置する大
学がふえ、この時期に大連日本語専門学校で日本語教育が初めて行な
われた。しかし、1966年に起った文化大革命により沈滞期をむかえる

ことになった。

　　1970年～1972年　30国余りと国交樹立

　　1971年　　国連に正式加入

　　1978年には改革開放政策とともに小・中学校での外国語教育を強化
し、大学の専門外国語教育と非専門外国語教育、同時に各種夜間学校
を設置し、英語と同時に日本語、ロシア語、ドイツ語、フランス語な
どの教育を実施している。

　　1993年現在、日本語の教育機関数1,455、学習者数265,292人で英語
に次ぐ外国語になった。

　　1978年には日本語が大学入試科目となり、高等教育機関で日本語学
科指導要領案が作成され、教材編纂委員会が作られた。特に1992年か
ら社会主義市場経済政策が実施され、日本語は経済建設と交流拡大の
需要の増加によってますます重要視されてきている。1973年、上海で
はじめて日本語ラジオ講座(初級)が実施されており、当時の教材は80
万部すべてが売り切れとなった。

　　1983年の改革開放政策の実施初期の40校(大学)が、10年後の1993年
には95校にふえた。しかし学術交流の増加とともに学術論文や文献な
どで英語が重要視され、1993年現在、大学の非専門外国語学生の中
で第一外国語として日本語を学ぶ学生の割合は1990年より5.7%減少
した。

2.3 香港における日本語教育

　香港は1997年7月、中国に返還されるという歴史的転機を迎えた。こ

れによって中国の公用語が広東語(香港地域)から北京語にかわること
になった。香港の人々は口語体文章でアクセントと発音が完全に違う
外国語のような北京語(普通語)を学習する負担を負うことになったばかり
でなく、本土で使される簡体字を学習する課題も抱えることになった。

　学校教育では1960年、私立中学校(2校)に始まり、現在中等教育では
インターナショナル・スクールでのみ日本語が学ばれている。大学で
の日本語教育の実施は以下の通りである。

　　　① 専攻科目(香港大、中文大)
　　　② 副専攻(香港理工大、香港成市大)
　　　③ 選択科目(香港科学技術大、浸会大)

　一方、社会教育機関で一般人対象の教育がさかんに行われている。
現地の在留日本人の数は2万名を越え、1991年香港をおとずれた日本
人観光客の数は1,259,837人で年間140万名を越えており、社会人の学習
意慾は高いといえる。

　つまり香港の日本語教育は「民間主導型」あるいは「経済主導型」であ
るといえる。しかし、1997年以後は本土への返還を契機として日本語
から北京語クラスに変りつつある。また中国政府側の政策の不透明性
などの要因に日本の不景気が加わって、しだいに減少の途にある。

3. 21世紀の日本語教育の展望

　これまで見てきた日本語教育の最近の動向を前提として、これから
の日本語教育の方向がどのように変化していくかに関する予測をまと

めて見たいと思う。

3.1 学習者主導型教育

　日本語学習者は80年代以降急激にふえ、学習者の社会的階層と年齢
などが多様化している。また同時に母国語の数が増加した。そして学
習目的、すなわちニーズも学習者によってさまざまに異なって来てい
る。日本学(Japanology)専攻から日本研究(Japanese　Studies)へと徐々
に方向がかわりつつある。東アジア諸国の日本語教育の特徴にみられる
ように、貿易の増大や観光事業、文化開放による社会的変化に伴い従
来の教育の内容は大きく変化しなければならない時点に置かれている。
　学習者は海外の学習者と日本国内の留学生をその資格によって分け
ると、次の通りである。

　　　① 研究留学生(大卒後大学院進学目的)
　　　② 教員研修留学生(大学卒業以上)
　　　③ 学部留学生(高校卒業者、大学在学生)
　　　④ 日本語、日本文化研修留学生(18歳～30歳未満)
　　　⑤ 高等専門学校(17歳～23歳未満) - 3年6ヶ月
　　　⑥ 専修学校留学生(18歳～22歳未満) - 2年6ヶ月

　また留学生のほかに駐在員の子女、技術者、帰国子女、外国人労動
者などが新しい対象になっている。
　現在日本語教育が必要な学習者は留学生、外国人子女、ボート・ピー
プル、帰国者、オーバーステー労動者(外国人)、農村の外国人花嫁な

どさまざまである。留学生は毎年1,000名程度減少している。最近は「就学生」というカテゴリーの外国人が日本でアルバイトをしながら日本語を学んでいる場合もある。留学生は1日4時間、就学生は1日8時間のアルバイトが認められている。彼らは主に日本語学校で日本語だけを学んでいる語学留学生である。

　同じ日本語学校に入学する学習者といえども年齢や国籍、文化的背景がそれぞれ違うだけでなく一人一人の最終目標は少しずつ異なる。そのような多様な学習者のニーズを満足させるためにはコースの始まる前に適切なニーズ調査を通じて教師が効果的なクラス編成をしなければならない。学びたい分野と目標を記入させるようにして教師がそれを授業でサポートする必要があるだろう。

　日本語教育の多様化とは、学習者や学習目的の多様化を指すものである。学習者の国籍がより広がったということと、年齢層の低下を挙げることができる。

　従来の日本語学習者は、研究者や大学生がほとんどであったが、近年に入っては、小中学生や労働者などが増加の傾向にある。

　学習目的においても、日本語学習者が学ばなければならない四技能のうち、留学生の場合「書く・聞く」をその目的とし、研究者は「読む」ことを中心とし、旅行者やゼジネス関係者の場合には「聞く・話す」を重要視している。このような学習者のニーズの多様化に伴い、それぞれに合ったコースの確立・開設が叫ばれている。前述の三つの現象はそれぞれ互いに関連し合っている。

　学習者のニーズには短期目標と長期的な目標がある。たとえば短期目標としては観光、ショッピング、旅行、ゲーム機の使い方、新聞の主要な内容の把握などがあげられ、長期目標では「教養誌、雑誌、新聞、専門書籍が読みたい」「日本駐在員として、あるいは取引先の人と会話

ができるようにすること」「日本文化の一層の理解のため」などである。なによりも重要なことは教師が学習者の視点に立ち授業を考えなければならないことである。「インフォ－ムド・コンセント(Informed Consent)という医療用語が日本語教育においても当てはまるのではないだろうか。

3.2 異文化理解を含む日本語教育

　日本語教育でより重視されなければならないことがある。つまり教育以外に文化についての理解が考慮された日本語教育を行なわなければならないということである。初級段階では教師は発音、語彙、文型文の構造などを強調し、中級段階から少しずつ文化に関することを提示し、上級段階にいたっては文化に対する理解を強調することが必要である。「クロスカルチャ－・テスト」などを実施して、日本文化に関する理解度と関心度を測定することも望ましい。

　異文化理解はコミュニケ－ションにおける誤解を防ぎ、学習目標語に対する肯定的態度を持たせることで学習の能率が上るという指摘もある。

　外国語の教育において文化教育に対する認識は1960年代半ば、アメリカの学者を中心として議論されて来た。つまり言語と社会的行動の関係に対する認識が強調され始めたのである。これは言語の学習において一般的な言語的内容以外に文化的要素を教育させることが学習目標語を効果的に理解させるという立場である。

　特に1970年代以後、コミュニケ－ション中心の教授法では言語の技能的側面以外に文化についての理解が大きく強調されるようになった。

つまり外国語の学習は言語を駆使することが可能であるだけではなく、その言語の使用されている文化を理解できる体系的なものでなければならないと言う。韓国の大学の日本関連学科では「日本文化の理解」という講座が開設されており、文化教育に関するテキストも国内学者によって刊行されている。5)

3.3 教育メディアの変化

　東アジアをはじめ世界各国の『日本語教育事情報告書』にあらわれた問題点では教材の不足や教育施設の不充分さがつねに指摘されてきた。
　「教材」は教育の内容が現実化された具体的な資料であり、言語的表現を持つ教材と非言語的教材にわけられる。
　言語的教材とは文字でつくられた教材で、もっとも代表的なものは教科書である。教科書の種類として読解、文法、作文、会話、漢字、聴解、錬習帳、漢字書き、ペン書き教本、文法解説書、漢字カ−ド、仮名カ−ドなどがあげられ、音声教材もこれにふくまれる。各種教科書の録音テ−プ、ニュ−スの聞き取り訓練のために製作されたテ−プなどがこれに属する。VTRは文字教材、音声教材、映像教材の3つの内容が総合されたものといえよう。
　非言語的教材とは教材の内容を視覚的に紹介する写真、絵、図形、人形、模型、スライド、OHP、ミニアチュア・セット、漫画などで、そのほとんどは補助的な副教材として使えば効果的である。
　日本語教材も時代の変化に応じた言語教育理論の様相をよく反映し

---

5) 韓国の高校における第六次教育課程には第(7)項で、「日本文化の理解を通じて国際化時代に対処できる基礎的な力を養う」としている。

ている。初期のGT法からAL法の教科書に、そして現在はSL法、状況
接近法、CA法にもとづいた教科書が多くなっている。

　実際に具体的な学習目標を定め(たとえば"道を尋ねる")、一つのグル
ープには従来の口頭練習と文型練習など文字を通じて学習させ、もう一
方のグループには視聴覚教材を通じて指導し、その結果を分析してみる
と、学習効果は興味誘発や現場に応用する能力などの面で大きな差が
みられた。

　視聴覚教材は次のように分けられる。

　　① 視覚媒体：(実物、絵、スライド、OHPシート)
　　② 聴覚媒体：(テープ、ラジオ、音盤)
　　③ 視聴覚媒体：(VTR、映画、TV)
　　④ 教育工学媒体：(Lab、マルチメディア語学室)

　代表的な視聴覚機器としては、
①VTR ②CD-ROM ③スライド映写機 ④録音器 ⑤OHP ⑥実物画
像機などがある。

　視聴覚教育のもっとも理想的なマルチメディア言語教育は、従来
別々に使用された各種視聴覚教材をコンピュータによって一カ所に集
め、同時に活用操作しやすく作られたシステムである。

　社会全体が情報化社会へと急激に変化している。人間の創造力を高
めるためにIQ(知能指数)と同様にEQ(感性指数)を重要視する傾向が出
ている。実際EQは政治、経済、教育、芸術など各分野の競争力向上
のための重要な生産的要素と関心を集めている。語学教育においても
コンピュータの効果的な使用がだんだん重要視されている。これまで教
育において「平等な機会」を重要視してきたが、これからの教育プログ

ラムは「個人の能力に応じた開発」を目標として編成されつつあり、教育メディア部分にもこのような変化がみられる。

3.4 情報の共有化

21世紀を情報化社会という。それは今までの人的・物的交流だけではなく、情報の交流が情報通信技術とそのネットワ-クを通じて活発におこなわれることを意味する。相手の文化を尊重する文化的・知的交流は教育の内容をだんだん変化させて行くのであろう。

インタ-ネットを利用すれば図書館にいかずに必要な情報を得ることができる。そして情報を簡単に再利用できる。情報の相互交流のために自らの情報を作り上げることが課題として上げられる。教育資料情報センタ-が今後本格的に可動され、日本語教育の専門家たちがこれを積極的に活用してくれることを期待するものである。

4. まとめ

東アジア諸国における日本語教育のレベルは他地域に比べ一般的に高いと言える。また学習者の数も研究目的以外の実用性を考慮から増加している傾向である。

21世紀における東アジアの日本語教育は学習者たちの多様なニ-ズに応じた教育内容の開発がなされることと、同時に国内外の言語教育機関が互いに教育内容を交換し、情報を共有できるようになってほしいものである。

Ⅰ.6 成長期から成熟期へ移行する
韓国の日本語教育[*]

┤ 요지 ├

　이 글은 한국의 일본어교육이 2000년대에 들어오면서 나타내는 몇 가지 변화에 대하여 고찰한 것이다. 양적인 증가추세는 둔화되고 있는 반면, 교육환경과 교원의 질적 향상과 학습자들의 미디어 접근의 용이한 현상 등을 다루었다.

　그리고 성인위주의 일본어지도 방법에서 저 연령층인 연소자의 일본어교육으로 점점 확산되어가고 있는 현상을 지적하였다. 일본어교육의 평가로서 일반인대상의 일본어능력시험, 한국에서 개발된 고등학생을 위한 JPT시험, 일본유학시험, 민간기관에서 실시하는 JPT, NPT, JETRA 등을 소개하고 있다.

　1995年の日本語教育国際センターの報告によると、韓国における日本語学習者の数は82万人以上に達しており、これは全世界の学習者の50%にあたる数だということができる。

　しかし、このような統計には、企業の研修院、私設教育機関である学院や文化センター、各大学の附設機関としての社会教育センター、生涯教育院などでの日本語学習者が含まれていないため、実際には82万名を上回っていることが予想できる。

　韓国では1961年、日本語教育が大学に専攻科目として設置され、す

＊『東アジアにおける日本語教育・日本文化研究』第2輯、東アジア日本語教育・日本文化研究学会、2005年

でに39年の時間が経過した。現在、全国126の大学(4年制)と、56の2年制大学に専攻学科が設置されている。そして、約1,000校の高校で日本語を第二外国語として教えている。このように、過去39年間、日本語教育は量的な成長を成し遂げてきた。同時に、質的にも大きく発展してきた。とりわけ、教師や教授は初期の状況とは違って多くが日本語関連学科の出身者であり、日本での留学を終え帰国した研究者たちもその多くを占める方向に変わりつつある。自らが日本語をよく理解し、話すことができれば日本語教育を担当することができると考えられた時期もあったが、もはやそういった状況ではない。

1. 日本語教育の現況

1.1 大学の場合

現在、韓国の教育全般にわたって、いゆゆる「教育改革」と呼ばれる変化が起こっている。変化の背景は、①時代のニーズであるグローバル化と、②市場経済理論による産学協同、つまりは企業と大学間の協力の強調にある。変化の発端は政府側が改革の意志を打ち出したところにあった。現政権は「国民の政府」と呼ばれており、先の「文民政府」に継いで、教育改革が積極的に検討されている。それは内部的要因と外部からの要求が重なり合う中で始まったといえる。教育改革は韓国の経済的問題を改善するためには大学教育の変化が必要であると指摘したのである。

そのような具体的な変化としては、以下の二点をあげられよう。

① 学制の変化

従来の日本語教育は、主に日語日文学科、日語教育学科、日本学科などを中心に行われてきた。しかし、グローバル化の中、学生たちが大学へ入学する時は学部別に入学し、その後2年、または3年目にそれぞれの専攻を選ぶという「学部制」へと制度が改編されつつある。1999年現在、全国大学の90%がすでにこの制度を導入していることから、従来とは異なる様々な問題が現れている。学生たちは特定科目を専攻しようとするより、教養科目として多くの科目を学ぶことになっているのだ。

② コース名の変化

従来は日本語基礎科目、日本文学、日本語学関連の講座を中心にカリキュラムが編成されてきた。しかし最近では、教養選択科目の設置が増える中、日本事情、日本文化、歴史、政治、経済、社会に関するコースが増えている。いくつかの大学は日語日文学科という名称を日本学科に改め、人文学部から社会学部へと位置づけを変えている。

③ マルチメディア導入の影響

1990年代後半から現れはじめた社会現象であるが、コンピューターの普及を背景に、学習者が教員の講義を受けるだけではなく、教室外においてもインターネットなどを通じて能動的に学習資料を得ることが可能になった。韓国では最近、「19世紀の教室で、20世紀の教員が、21世紀の学生を教えている」という表現が使われるようになった。それほどまでに、教員と学生間のギャップが激しいということの現れであろう。

1.2 中学の場合

　韓国では、1997年より初等学校(小学校と同一)から英語を外国語教育科目として導入している。カリキュラムは教育部が定める教科課程(学習指導要領)に従うようになっており、2001年から適用される「第7次教育課程」では中学においても校長の決定により外国語(英語以外)、環境、コンピューターの中から一つを選び、選択科目として教えるよう奨励している。これは国際的にみたとき、日本語教育の低年齢化という現象を起こす結果を招く。中学生はコンピューターゲームなどを通して日本文化に触れており、日本語に対する意欲はこの2ー3年間で著しく高まっている。しかしながら、教員と教材は全くといっていいほど整っていないのが実情である。現在、ソウルと釜山を中心に、教育庁が統計を出すのが困難なほど、中学での放課後活動としての日本語教室は増加しつつある。そのような場での中学生たちに対しては、大学の日本語学科を卒業した教師たちが非常勤講師として派遣されている場合が多い。そういった現場から訴えられている最も大きな問題としては、教材の不足があげられている。

1.3 高校の場合

　先にあげた1995年統計数値の82万名、その82.9%にあたる68万名余りが高校生学習者であった。そして、人文系よりは主に実業系学生たちが日本語を多く学んでいる。1997年の韓国教育部の資料によると、英語を除く外国語(第二外国語とする)、日本語、ドイツ語、フランス語、スペイン語、中国語、ロシア語、アラビア語のうち、外国語選択

者の44.6%が日本語を選択しており、日本語が第一位として最も重んじられていることがわかる。

　現在は第6次教育課程が実施中であり、2001年から適用される予定の教育部学習指導要領からその特徴を見ると、日本語とその他の外国語教育の内容は、
　①技能中心(コミュニケーション能力を強調)
　②文化項目の理解を重視
　③インターネットを通して、映像文字を利用した日本語教育の推進
である、と要約することができる。

2. 発展に向けての課題

2.1 従来の成人向けの日本語教育指導方法から、低年齢層向け学習方法の開発が求められている

　西洋言語中心の外国語学習傾向が、東アジア言語に対する関心へと次第に変化している中、今後も韓国の中学・高校、更には初等学校の高学年でも日本語学習へのニーズが高まっており、その傾向は一層加速されることと予測される。

2.2 評価の問題

　日本語学習者は量的には安定的な増加を示している反面、構成層においては多様化しており、その結果、それぞれの学習目標やニーズも

同じく多様化している。例えば、韓国の企業では社員たちの外国語能力測定のための公的に認定された基準を定めるよう求める声が高い。

　日本語の場合は、英語やその他の西洋言語の場合ほどその評価手段に選択肢が多くはなく、主に年に一度実施される日本語能力試験だけに頼らざるを得ない状況だ。日本では漢字能力試験、日本語検定試験、JPT、J Testの評価テストが活用されているが、韓国にはそれほど普及していない状況だ。企業の場合、実施回数が多いという利点から、民間機関によるNPT(Nihongo Proficiency Test)に評価を委ねていることが多いが、それは日本語教育専門家による評価規準と見なすには無理があるため、より公的信頼度の高いテストが必要だという要求があるのが事実だ。ビジネスマン向けに特化された日本語能力評価基準への要求が高いという点は、韓国の日本語教育における一つの特徴だと考えられるだろう。

2.3 マルチメディアに対応可能な
　　教員養成プログラムの開発

　現在使用している教科書といくつかの補助的教材だけでは、変化する教育環境に対応することが困難である。と同時に、教師たちが学生に講義をするだけに止まらず、学生自身が問題を解決できるよう助ける役割も果たせなくてはならない。韓国社会の教育方法全般がオープンメソッドを指向しているだけに、現在の教員を未来型教員として養成する問題を考慮するべきであろう。そんな中、教員養成のためのプログラム開発は切実な問題となっている。

Ⅰ.7 韓国の大学における日本語教育の
現状と展望[*]

| 요지 |

이 글은 2001년 11월 상명대학교의 자매교인 일본의 우츠노미아대학이 도치키현과 공동으로 개최한 "제16회 도치키 과학 기술 심포지움"의 강연내용이다.

당시 우츠노미아에서는 학생들과 시민들이 국제화상회의를 통해서 한국과 동시에 실시간으로 대회를 개최하려는 계획을 세우고 이를 해외의 8개 자매대학에 제의한 결과 한국측에서 동의하게 되어서 국제화상회의를 개최하게 되었다고 그 경위를 보고하였다. 상명대학에서는 2명의 교수가 강연을 맡았고 교환프로그램으로 그 해여름에 우츠노미아대학을 방문했던 7명의 일어교육과 학생이 토론에 참가하였다. 그 이듬해인 2002년 우츠노미아대학의 「外国文学」 51호에 강연 내용이 게재되었다.

한국의 4년제 대학에서의 일본어교육현상을 전공학과의 개설 추이와 현황에 대하여 보고하였다. 2001년 현재 82개의 학과의 명칭, 학부제로 통합된 이후의 학부의 명칭, 학습자 수와 교원의 수를 조사하였다. 1994년도 기준으로 전임강사, 조교수, 부교수, 교수, 시간강사, 대우전임, 객원교수, 명예교수에 대하여 조사하였다.

또한 교과의 운영을 1991년에 한국대학교육협의회에서 보고한 "일어일문학 관련학과의 교육프로그램 개발연구"에서 제시된 바 있는 모델 교과과정에 비추어 어떻게 운영되고 있는지 살펴보았다.

---

* ITがつなぐ文学：第16回トケギ科学・技術シンポジウム国際画像会議 主題講演
  2001. 11. 19『外国文学』第51号、宇都文学. 2002年. 3月

> 결론으로는 다음과 같이 정리하였다.
> 첫째, 일본어관련 서적의 출판이 꾸준히 성장하고 있는 현황이 다양한 연령과 계층의 일본어학습자의 증가추세를 반영하고 있다는 점
> 둘째, 일본어전공자의 사회적 인지도와 사회적인 기여도가 1980년대에 비해서 크게 신장하고 있다는 점
> 셋째, 일본어교육의 내용에서 문화교육관련 강좌가 늘어나는 추세인 점
> 넷째, 교육환경과 교육 미디어, 교육정책의 변화가 대학의 일본어관련학과의 교육의 방향에도 큰 영향을 미치게 될 것이라는 점이다.

皆さん、こんにちは。祥明(サンミョン)大学の金淑子と申します。このように画像会議を通して皆さんにお会いできますことを、とても嬉しく思います。また、栃木県の第16回科学技術シンポジウムに参加させていただきまして、光栄に思います。これから私は、韓国の大学における日本語教育をテーマに、お話を進めてまいりたいと思います。どうぞよろしくお願いいたします。

韓国の大学での外国語教育は、解放後の1946年に、ソウル大学に英語英文学科、ドイツ語独文学科、フランス語仏文学科が開設され、1954年に韓国外国語大学に英語科、ドイツ語科、フランス語科、中国語科が設置される中で始まりました。日本語は、1961年、韓国外国語大学での日本語科の設置と共に始まりました。現在は、全国4年制大学の77校(82学科)において、日本語教育が行われています。以下では、韓国の大学における日本語関連学科の教育の現状と、学習者及び教材、その他いくつかの問題点を整理し、今後の展望についてお話したいと思います。

　引用資料は、韓国日語日文学会「日本語教育実態調査」(1981、198
5、1994、1999年)、韓国日語教育学会第1回学科学術シンポジウム「韓
国の日本語教育、このように変わる(1999.6)」と、筆者の論文を中心と
する。

1. 日本語教育の目標

　韓国大学教育協議会(1991)が提示した日語日文関連学科の教育目標
は、
(1) 日本語(学)と日本文学、そして日本の歴史や文化に関する知識
　　の習得を通じて、教養と知性を備えた人間を育むこと、
(2) 日本語(学)と日本文学、そして日本の歴史や文化に関する専門
　　知識を備えた人材を養成すること、にあると明らかにしている。

専攻科目、または教養科目として日本語を教えている学校の数は、
　1994年：123校の大学(全国の大学数：142)
　1999年：84校大学の102学科(全国の大学数：187)

2. 日本語教育機関

2.1 大学の専攻学科の数とその変化

　1981年：37
　1985年：49

1987年：50
1988年：52
1989年：53
1990年：55
1991年：59
1992年：61
1993年：64
2001年：82

1978年に創設された韓国日語日文学会が、韓国における日本語教育の実態の現況について、4回に渡って調査を実施している。本発表では、1981年、1985年、1994年、1998年のデータを中心とする。

1981年：大学で51校(専攻学科33校)
1985年：大学で60校
1994年：大学で110校(全体138校)が日本語を教育、専攻学科が設置された大学は61校
1998年：大学で日語日文関連の学科が学部制へと転換

2.2 専攻学科の名称の変化

1960年代：日語日文学科、日語教育科
1970年代：日語日文学科、日語教育科、日本学科
1980年代：日語日文学科26校(65％)、日語教育科6校(15％)、日本学科、日語科、観光日語科、亜州語科
2000年：日語日文学科5校、外国語教育科1校、日本語科4校、日語学科1校、日本学科1校、その他の学部制

<表1> 全国の日本語関連学科(2001.10)

学部	国際通商学部	2
	語文学部	46
	国際地域学部	9
日語日文学科		11
日語教育科		2
日本学科		5
日本語科		7

2.3 学部制への学科統合現象

1995年5月30日、政府が発表した教育改革案として学部制が導入され、学科を統合する現象が現れはじめた。

日本語に関連した学部の名称は次のようになる。

(1) 語文学部(外国語文学部、言語文化学部、観光外国語学部、英・日語文学群、東洋語文学部、人文系列学部)

(2) 国際地域学部(東アジア語学科群、東洋学部)

(3) 国際観光通商学部(国際学部、中国・日本学部、ロシア・日本・中国学部)

2001年には77校大学の82個学科となっている。つまり、日本語関連学科の94％が学科より学部制へと転換されていることを示している。(2001年10月現在)

学部制の特徴:

① 複数専攻制

② 最低学点(単位)認定制

　　韓国の大学では、卒業に必要な最低学点(単位)を140学点という
　　ように設定している。そのうち、専攻の学点は従来では70点で
　　あったが、複数専攻制度が導入される中で30～36点へと下向き
　　調整された。学部制の実施により専攻の学点が減り、専攻教育
　　の水準が質的に低下し、専攻教科目の内容が、専門知識の研究
　　よりは、教養中心の易しく興味を誘発するような科目へと変わり
　　つつある。
③　大学院中心の専門教育

3. 学習者と教員の数

3.1 学習者の数

　1994年12月現在：11,669人
　1995年：3206人

3.2 教員の数

<表2>　教員数(1994)

役職	教員数	役職	教員数
専任講師	56	時間講師	410
助教授	84	待遇専任	4
副教授	104	客員教授	11
教授	53	名誉教授	1

すなわち、常勤の教員が297名で、非常勤の教員が426名である。

4. 教科の運営

　韓国大学教育協議会の報告書である『日語日文関連学科の教育プログラム開発研究』(1991.12)では、日本語関連の専攻学科のモデル教科課程として次のような内容が提案されている。

① 熟練科目分野：日講読ⅠⅡ、日会話ⅠⅡ、日言語実習ⅠⅡ、日作文ⅠⅡ、時事日語、漢文講読

② 日語学分野科目：日本語文法ⅠⅡ、日語学概説、日本語音声・音韻論、日本語古典文法、日本語語彙論、日本語史、日語学研究入門、日本語意味論、韓日両国語対照研究、日本語特講(特別講義)

③ 日文学分野科目：日本古典文学史、日本近代文学史、日本文学概論、日小説講読、日本詩歌演習、日本近代文学演習ⅠⅡ、日本古典文学演習ⅠⅡ

④ 日本学分野科目：日本文化史(日本文化論)、韓日関係史、日本思想史、

⑤ 日本語教育分野科目：日本語教育入門、日本語教授法、日本語教材研究、教育実習、日語指導演習

　一方、2001年1学期と2学期の講座開設の現況をまとめた筆者の調査では、日本語熟練関連分野が26〜56%を占めており、その次には日本文学関連の教科目が日語日文学系列として25.4%、日語教育科16.1%、日本学科2%と現れている。

4.1 日本文学教育

　韓国日本学会(1973年創立)が年2回(夏季・冬季)開催している定期学
術大会において、1998年より2000年までの6回の中で発表された研究発
表の内容を分野別に分析すると、日本文学の研究発表が35.7％を占め
ていると現れている。

4.2 日本語学教育

<表 3>

日本語文系列	日本語科系列	日語教育科
12.7%	13%	16.1%

　一方、韓国日本学会の発表内容は33.5％で、韓国の日本研究者たち
の研究傾向が、現在は日本語学と日本文学理論に集中しているという
ことができる。

4.3 日本文化教育

4.3.1 日本事情の講座

　「日本事情」とは日本に関する全ての情報を指し、日本では1962年以
来、外国人に対する日本語教育の一環として行われ、同時代文化の内
容、つまり日本事情一般、歴史、文化、政治、経済、自然、科学技術
に関する内容を含んでいる。その水準は初歩的なものよりは、大学教

育の水準に見合う内容を目標にしている。韓国では現在、23校において、日本事情、現代日本事情、日事情、日本事情論、日本事情セミナー、日本事情概説、インターネット日本事情などの講座が、専攻ないしは教養科目として開設されており、韓国語で講義が行われる場合が多い。

4.3.2 日本文化の講座

韓国政府が3回に渡って大幅に行った日本大衆文化の開放政策や大学での学部制への転換、これに伴う教養科目の増加傾向に支えられ、日本文化関連科目に対する非専攻の受講生の関心が急増している。講座名は実に様々で、日本文化の理解(9校)、韓日関係論/韓日比較文化論(6校)、日本大衆文化論(5校)、日本の伝統文化/日本社会文化論/日本社会研究/東アジア比較文化論(4校)、日本社会文化/日本社会論/日本生活文化の理解/映像日本生活文化(3校)、日韓文化交流探訪/インターネット日本探訪/現代日本文化の理解(2校)、その他にも様々な文化関連講座が89校に開設されている。その特徴は、総論よりは各論が多く、教材は視聴覚教材やインターネットを通じた授業方法が好評である。

5. 教科書

筆者は1975年に韓国の大学で使われていた教科書を調査したことがあり、その後、10年が経過した1985年に再び調査・分析を行っている。そのうち、80冊は講読の教科書で初級向けで、文法教科書が10種あり、会話と作文教科書は少なかった。

年代別に教科書の状況を整理すると次のようになる。
- ・1960年代：日本の教科書を模倣編集し、大学の日本語関連専攻学科で使用した。
- ・1970年代：筆者の調査で、市販されていた50冊の日本語教科書を調査対象とし分析した結果、その多くは講読教材、初級教材に偏っていた。
- ・1980年代：1985年に100種類の教材を分析した結果、大学の教養日本語、大学日本語などの名称で開発された教科書のうち、80冊が日本語講読、文法と会話の教科書が10種、作文とペン習字が少数あった。これらを使っていた機関数を分析したのが表4である。

<表 4> 教科書使用の現況(1985)

本の種類	58	10	4	2	2	2	1	1	80種類
採択学校数	1	2	3	4	5	6	7	8	36校

　表4が示しているように、各大学が大学日本語の教科書を開発して使用し、他の大学では同じものを使用していないという状況だった。58校で採択していた教科書は、朴成暖(パク・ソンウォン)著の標準日本語教本であった。つまり、この当時は教科書開発能力に欠けるか、開発の条件が備わっていなかったようである。そして、初級向けの教材がほとんどを占めている。
- ・1990年代：日本語学習者の増加とともに、出版社が日本の有名教科書を輸入し、ライセンス版として出版し補給しはじめた。それに伴って、大学の教養日本語も日本人著者の教科書へと変わるようになった。(例：日本語初歩、文化日本語、新日本語の基礎)

6. 結論

① IMF経済危機以来、全体的に出版業界が不況であるにもかかわらず、日本語関連書籍は着実に増えている。それは社会人の間で日本語学習が増えていることと関連しているといえる。教科書は会話、講読、作文などの分野別教科書から統合型へと変化している。

② 日本語専攻者に対する社会的認知度が高まっている。1980年代初めにおいても、日本語を専攻する学生たちは、自分の教科書の表紙を内側に向けて持ち歩くような状況だった。現在は、政府の日本大衆文化開放措置に伴って、他の学問と同様なくらいに認識が変わってきている。我が大学には八つの学部と師範大学があり学科数は40だが、日語教育科の卒業生の就業率が最も高いといえる。

③ 日本語教育における文化関連講座に対する反応が高まっている。各大学で純粋文学や純粋語学など学問の基礎科学に関する講座が減り、一般教養講座が増えているという背景に支えられ、日本文化と日本社会に関する情報を得ようとする学習者が増えている。

④ 21世紀の韓国の教育環境の変化を語るとき、教育政策の変化、教育メディアの変化、学習者の変化を挙げることができる。即ち、インターネットを通して情報検索能力や通信能力を育むということが、韓国政府教育部(省)の学習指導要領に現れている。学習者もそれぞれパソコンを保有しており、学校レベルでも設備を増やしている中、インターネットを通した新しい形の教育が行われている。我が大学でもサイバー講義が行われている。

⑤ 1990年代の初めまでは、大学生は入学すると一学期も休まず受講
するというのが主な傾向だった。しかし現在では、各大学の各学
年に渡って休学生が増えている。休学の原因を分析してみる
と、経済事情の困難、職場の経験を得るため、語学研修のため
など様々だが、短期留学に出るケースも著しい。

日本での留学生の変化としては(文化庁資料)、日本政府の国費
留学生、学部留学生、各国からの派遣留学生、就学生など短期
留学生は増え、私費留学生、大学院の留学生など長期の留学生
は減少している。現在、大学生は就業難の中で社会へ進出する
ために有利な条件を備えたがっている。そのため、日本や中国、
アメリカ、イギリスなどの現地へ行き、語学の実力を積むために
休学を選択する。

ご清聴、有り難うございました。

Ⅰ.8 韓国における日本語教育事情[*]

---| 요지 |---

　본 연구는 2001년 한국일본학회와 일본의 일본어교육학회가 공동으로 주관한 "총합적인 일본어교육의 모색"이라는 국제학술대회의 주제강연을 정리하여 이듬해에 출판된 내용이다.

　본인은 한국의 일본어교육사정을 알아보기 위해서 (1) 각 교육기관별 특징과 (2) 교육 내용의 분야별 변화에 대하여 조사하였다. 각 교육기관으로는 한국의 고등교육기관인 4년제 대학과 2년제 대학의 사정을, 중등교육기관인 고등학교와 중학교의 사정을 알아보았다.

　4년제 대학에서는 전공학과의 명칭이 1960년에 처음으로 대학에서 전공학과가 개설된 이후 41년이 흐르면서 점차로 일본어문학과 일본어교육학과에서 관광일어과 또는 동양언어학과 등으로 변화해 왔다. 그러나 이제는 한국의 교육인적자원부의 방침에 따라서 학부제로의 통합현상이 일어나고 있으며 외국어계열학부, 어문학부, 인문계열학부, 동양학부, 국제학부, 언어문화학부 등에서 일본어교육 관련 강좌들이 개설되고 있다. 한편 2년제 대학에서는 학문성 보다는 실용성을 강조하는 교육목표에 따라서 실무일본어, 관광일본어, 실무일본어 등의 강좌가 개설되고 있고 4년제 대학과 비교하면 학습자의 주당 학습시간이 훨씬 더 많다. 그리고 시설면에서도 대학에 따른 편차가 크게 다르게 나타나기는 하나 전체적으로 교육환경이 매우 양호한 현상이다. 졸업생들의 취업률도 매우 높은 편이어서 한국 2년제 대학의 일본어교육은 활발히 이루어지고 있는 편이다.

---

[*] 水谷修, 李徳奉論著 『総合的日本語教育を探めて』, 2002年 5月

고등학교의 일본어교육은 대학입학시험에서 외국어의 반영비율이 매우 낮고 일본어를 포함하는 외국어를 입시과목에 포함시키는 대학의 수가 국립대학의 9교와 사립대학의 25교에 지나지 않아서 현실적으로는 고등학교에서는 비정상적인 외국어학습이 이루어지고 있는 현상이다. 고등학교 일본어교재는 제7차 교육과정의 교과서로 12종류나 개발되어 시판되고 있으나 고등학교 학생들이 일본어과목 수업을 시작하는 시기는 고등학교 2학년 1학기이며, 일본어 수업 시간 수가 매우 적고 고등학교 3학년에서는 입시과목 위주로 수업 시간이 조정되는 일이 많아서 일본어 수업은 정상적으로 운영되기 어렵다.

중학교에서는 1997년 교육인적자원부가 영어교육을 초등교육에 도입하게 됨을 계기로 2001년에 중학교에서 한자, 컴퓨터, 환경, 외국에의 4과목을 "재량과목"이라는 명칭으로 각 학교의 자의적인 재량으로 택하도록 권장하게 되면서 일본어교육이 실시되기 시작되었다.

중학생들은 외국어 중 중국어와 일본어를 택하게 되고 교육환경은 조성되었으나 아직 교수법, 교재, 교사의 확보가 제대로 갖추어지지 않은 상태이나 학습자의 수는 급격한 증가추세를 보이고 있다. 이 부분이 한국의 일본어교육이 큰 과제로 남을 것이다.

교육의 내용인 분야별교육에 대해서는 전공과목과 선택과목의 강좌개설의 변화를 알아보고 일본문학교육, 일본어학교육, 일본어교육, 일본문화교육, 그리고 일본사정교육 등에 대하여 정리하였다.

1. はじめに

韓国の日本語学習者たちにとっての学習目標は、単に文法や発音を

身につけ、日本語の運用能力を向上させることだけでは充分ではないということができる。日本語を学ぼうとする個々人の目標は、学問の研究や専門知識を得ることよりは、志望大学へ入学するためであるとか、自分の好きな文化に接するためというように、より実質的で具体的なニーズとして現れている。

　2000年代を迎える中で、教育部によってこれまで進められてきた教育改革は、実際、各教育機関に対して大きな波ともいえるような変化をもたらしている。本稿では、そのような政府主導型教育改革の渦巻きの中でどのような変化が起こっているのか、また、そのような変化は国内的な問題なのか、などについて考えてみたい。そのために、先ず各教育機関を領域別に分類し、続いて語学、文学、教育、日本学などの研究分野別に検討することにする。

2. 教育機関別特徴

2.1 大学の場合

　1946年、ソウル大学では早くから英語英文学科，独語独文学科，仏語仏文学科が開設され、1954年には韓国外国語大学に英語科、独語科、仏語科と中国語科が開設された。しかし、日本語が大学の専攻学科として初めて設置されたのは1961年であった。1999年現在、日本語関連学科が設置されている4年制大学は84大学(大学の総数は187校)で、計102学科である。

　韓国大学教育協議会が提示した(1991)日語日文関連学科の教育目標を見ると、第一に日本語(学)と日本文学、そして日本の歴史と文化に

対する知識の習得を通じて、教養と知性を持ち合わせた人間を育むことを目標とする。第二に、日本語学や日本文学、更に日本の歴史や文化に関する専門知識を備えた人材養成に目標を置くべきだとしている。現在、韓国のほとんどの大学では、卒業に必要な最低単位を140単位に設定しており、教養科目の単位と専攻科目の単位の比率が大学によって異なる。これは学問性と実用性のバランスをどのように保つのかによる違いである。

2.1.1 専攻学科の名称の変化

1970年代までは日語日文学科と日語教育科という名称が多く、1980年代に学科が新設された大学の場合、日語日文学科が26校(65%)、日語教育科が6校(15%)、その他、日本学科、日語科、観光日語科、亜州語科など、多様になっている。1992年を起点に、学部制導入といった教育当局の要求が徐々に具体化し始めたことから、1994年以降は単一学科としての日本語関連学科の名称は減少する一方、地域社会研究的な性格を帯びる学部に統合されはじめるという傾向が出ている。2000年現在、日語日文学科(5校)、日語教育科(5校)、外国語教育科(1校)、日本語科(1校)、日語学科(1校)、日語日本学科(1校)、日本学科(1校)、日本語日本学科などの個別学科が残っているが、現在も学部制へと転換しつつある大学が多いため、正確な資料の把握が難しいほどである。

2.1.2 学部制への学科統合現象

1994年から徐々に大学における学部制への統合現象が起こりはじめ、1995年5月31日、政府が発表した教育改革案にそって本格的に学

部制が推進されてきた。その趣旨は学生たちに専攻選択の範囲を広げ、学際間の多様な教育を提供するといったもので、内容は下記の通りである。

　①複数専攻制、②最低単位認定制(専攻履修単位を70から30～36単位に下向調整)、③大学院中心の専門教育

これに伴い、大学の日本語関連専攻学科の名称は、1995年を起点に急激に変化しており、現在も類似学科の統併合現象は続いている。日本語学部の名称は下記の通りである。

① 外国語系列学部：外国語学部、外国語系列、外国語文学部、外国語情報学部、中国・日本学部、英・日語文学部、日語日文学部、中語中文日本学科群
② 語文学部：語文学部、語文学科群、語学部、語文系列
③ 人文系列学部：人文学部、人文系列、人文学科群、人文社会科学部、人文科学部、人文社会学部、社会科学部
④ 東洋学部：東洋学部、東洋語文学部、韓国東洋語文学部、東アジア学科群、東北亜語文学部、東北亜学部、ロ・日本・中国学部、東洋語系列、中国日本学部、中語中文日本学科群
⑤ 国際学部：国際学部、国際語文学部、国際地域学部、国際社会学部、地域学科群、世界地域学部、国際関係学部
⑥ 言語文化学部：言語文化学部、東洋言語文化学部、観光学部、観光外国語学部、国際観光学部

学部制の実施による変化として、次のような現象が著しい。

　第一に、教科目の数や授業時間が著しく減少し、専攻の単位が減っている。専攻の選択が2年生、または3年生になってから決定されるため、専攻教育の水準が質的に低下されるという点が避けられない現状である。

　第二に、専攻教科目の内容が専門的知識であるよりは、易しく平易

な、そして興味を誘発させられる科目に変わっている。日本古典文学、日本古典文法、高級日本講読などの難しい科目が、次第にインターネット日本語、スクリーン日本語、名作観賞などの実用中心の講座に変わっている。

2.2 2年制大学の場合

　現在の2年制大学は、1964年「実業高等専門学校」に始まり、1970年には「専門学校」に変わり、1979には更に「専門大学」というように名称が変わる中で、従来の初級大学と専門学校の機能が統合されるようになった。1972年現在の専門大学での観光科設置を契機に、日本語関連専攻学科が2年制大学に開設されはじめた。その後、1980年に開設された女子専門大学の観光通訳科をはじめ、1999年現在、日本語関連専攻学科は67大学(全国158校)112学科に増加した。

　1988年4月、教育部の高等教育法施行令により、「専門大学」という名称が「大学」に変わることになった。学科名は、日語(日本語)科、日語通訳科、観光日語科、観光日語通訳科、日語地域通商科、日本地域通商科、産業日語科、実務日本語科など、様々である。
4年制大学がソウルと首都圏に集中しているのと対照的に、2年制大学は全国に均等な分布を示している点が特徴である。そして、観光通訳系列、ホテル経営系列、工業系列などの大学においては、日本語が英語に次ぐ第2外国語として定着しつつある。

　2年制大学での日本語教育は、学問性よりは実用性に重点をおいているのがその特徴といえる。そして、その教育目標を忠実に果たすために、教材や施設拡充などの様々な条件が4年制大学より優れている場

合もある。

2.3 高等学校の場合

　高等学校における日本語教育は、教育部の定める学習指導要領ともいえる「教育課程」にそって行われる。日本語教育は1973年、文教部令第310号により高校教科課程に第2外国語科目(独、仏、日、中)として導入されたことに始まり、現在は英語以外にドイツ語、フランス語、スペイン語、中国語、日本語、ロシア語、アラブ語科目が設置されている。1975年には日本語が大学入試科目に指定されたことを契機に学習者数が急激に増え、1986年には学級数や学習者数においてドイツ語、フランス語、中国語、スペイン語といった他の外国語に比べ、最も高い数値を示すようになった。1998年の「教育統計年譜」(教育部)によれば、人文系高校における日本語学習者の数はドイツ語に次いで二番目に多く、実業系高校の場合は日本語が断然1位になっていることが分かる。

　日本語科目を設置している高校の数は、京畿道、ソウル、慶尚南道、慶尚北道、全羅北道、仁川、江原道の順に多くなっている。

　1998年7月28日、教育部と韓国大学教育協議会は、2001学年度の修学能力評価試験(大学入試)に第二外国語を選択科目として盛り込むと発表した。その結果、2001学年度の修能(修学能力評価試験)に第2外国語を反映させると教育部に申請した4年制大学は全部で34校である(国立大9校、私立大25校)。

2.4 中学校の場合

　賛否兩論の激しい議論の中で、教育部は1997年に小学校の正規科目として英語を導入しており、更には教師が英語で授業を進めるよう教育現場に求めている状況だ。そして、第7次教育課程(2001年)では中学校の裁量に任せられた時間に、漢字、コンピューター、環境、第2外国語の4科目を含ませ、各学校の実情にそってそれらを選択するよう奨励している。教育部はこのために、第2外国語の教科書(1種図書)も準備中である。2000年3月現在、小学校の3校と中学の23校(ソウル地域)において、放課後学習やクラブ活動で日本語授業が行われている。

　教材は国内執筆陣による5種類の教科書が、豊かなイラストや低年齢層に合わせた内容で既に出版されている。しかし、ほとんどの担当教師は実際の授業時間が短く、評価に含まれないという理由から、生徒たちを統率する上で大きな困難を抱えながら、指導を放棄する場合が多いという実情である。

　彼ら低年齢の日本語学習者が正しい日本観を育めるよう、有能な教員を養成することが早急に取り組むべき課題として残る。中学生は「推薦入学」のような新しい大学入試制度を目標としながら、早くから第2外国語科目に関心を示し、高校入学前から個々人に日本語を学習するケースが次第に増加している。

3. 分野別日本語教育

　韓国大学教育協議会の報告書「日語日文関連学科教育プログラム開発研究」(1991.12)には、モデル教育課程として次のような提案が示され

ている。

① 熟練科目分野：日講読ⅠⅡ、日会話ⅠⅡ、日言語実習ⅠⅡ、日昨文Ⅰ
　Ⅱ、時事日本語、漢文講読
② 日語学分野科目：日本語文法ⅠⅡ、日語学概説、日本語音声・音韻
　論、日本語古典文法、日本語語彙論、日本語史、日語学研究入門、日
　本語意味論、韓・日両国語対照研究、日語学特講
③ 日文学分野科目：日本古典文学史、日本近代文学史、日本文学概論、
　日小説講読、日本詩歌演習、日本近代文学演習ⅠⅡ、日本古典文学演
　習ⅠⅡ
④ 日本学分野科目：日本文化史(日本文化論)、韓日関係史、日本思想史
⑤ 日本語教育分野科目：日本語教育入門、日本語教授法、日本語教材研
　究、教育実習、日語指導演習

　この報告書は当時の日本日文学科(7校)、日語教育科(2校)、日本語
科(2校)、日本学科(2校)など、14大学の標本学科のカリキュラムを対象
にした調査に基づいている。

3.1 日本文学教育

　日本文学教育の教科課程は、日語日文学科系列の大学で35.09%、日
語教育科で22.9%、日本語科で17.88%、日本学科で21.01%となってお
り、学科の名称によって違いを現している。教科課程の内容は文学史
と文学概論に集中しており、時代としては近・現代、ジャンルでは小
説と詩が中心になっている。
　2000年1学期と2学期の講座開設の現況に関する筆者の調査によれ
ば、日本語熟練科目分野が26〜56%を占めており、その次に日本文学
関連教科目が日語日文学系列では25.4%、日語教育科で16.1%、日本

語科で11.7%、日本学科2%と現れている。

　一方、韓国日本学会の定期学術大会の1998～2000年研究発表内容を分野別に見ると、日本文学分野が35.7%となっており、韓国の日本語関連専攻者の3分の1以上が日本文学を専攻しているという仮定を可能にしている。

3.2　日本語学教育

　語学講座の中では、現代日本語文法、日語学概論、日本語古典文法が、1991年の報告書では最も普遍的に採択されている科目だった。筆者の調査では、日語日文系列で12.7%、日本語科系列で13%、日語教育科で16.1%であり、三つの系列ではそれほど大きな違いが現れているわけではなかったが、日本学科系列では語学理論の科目は1.7%と比重が低くなっていた。そして、上記日本学会の発表に現れた分布は、日本文学とほぼ近い33.5%を示している。つまり、日本研究者たちの研究傾向が、現段階では文学理論と語学理論に集中していると捉えることができる。

3.3　日本文化教育

3.3.1　高等学校での日本文化教育

　外国語教育での文化は、政治、経済、社会、芸術など、各方面に渡る文化的業績や、その言語を駆使する話者たちの価値観、思想、生活習慣、礼儀、風習、生活様式などを意味する。教育部が定める日本文

化の内容とは、日本語で意思疎通機能を遂行することに関連した日本文化の特徴を客観的に理解することとなっている。その具体的内容としては、以下の内容が提示されている。

① 日本人の生活様式及び行動様式と習慣
② 日本の自然環境の特徴
③ 日本の社会構造
④ 日本人の余暇活動と大衆文化
⑤ 日本の伝統芸術の特徴と価値

　現在、全国の高校で使用されている日本語の教科書は教育部に認定された12種であり、『日本語Ⅰ』と『日本語Ⅱ』の二冊で構成されている。これら24冊で扱われた文化の内容を分析すると、以下のようになっている。

① 年中行事と祭りについて：お盆、盆踊り、お正月、墓参り、七夕、建国記念日、春分の日、成人の日、彼岸、初詣、残暑見舞い、母の日
② 伝統文化について：生け花、歌舞伎、能、相撲、茶道、文楽、横綱、俳句
③ 遺跡について：金閣寺、東大寺、法隆寺
④ 名所について：富士山、浅草、池袋、大阪、神田、京都、奈良、鎌倉、東京、ディズニーランド、東京タワー、横浜、広島、平和公園、成田空港、原宿、北海道、秋葉原、福岡、皇居、阿蘇山
⑤ 生活文化について：着物、蕎麦、寿司、天ぷら、刺身、すき焼き、梅干し、みそ汁、漬物、にぎり寿司、うどん、だんご、焼き鳥、畳、床の間、和室

⑥ その他：桜、梅雨、はとバス、東西線、山手線、新幹線、宅配
　　サービスなど

2002年から適用される高校の教育課程の特徴は、教科書の上・下巻
の全てにおいて会話能力を重視すると提示されていることである。そ
して同時に、文化に関する項目を増やし、文化理解を考慮する内容構
成を目標としている点だ。一方、1999年の教員採用のための任用考試
の問題も、教育学38%、教授理論15%、言語能力23%、日本語学12%、
日本文学10%、日本文化10%の構成比率を示している。

3.3.2 大学での日本文化教育

a. 日本事情講座

「日本事情」とは日本に関する全ての情報を指し、日本では1962年以
降、外国人に対する日本語教育の内容として、同時代的文化の内容、
即ち、日本事情一般、歴史、文化、政治、経済、自然、科学技術に関
する内容を盛り込んでいる。その水準は、初歩的なものよりは大学教
育の水準に見合った内容を目標としている。韓国では現在23校におい
て、日本事情、現代日本事情、日事情、日本事情論、日本事情セミ
ナー、日本事情概説、インターネット日本事情などの講座が、専攻科
目や教養科目として設置されており、韓国語で講座が進められること
が多い。

b. 日本文化講座

政府の三回に及ぶ大幅な日本文化開放政策や、大学の学部制への転
換とそれに伴う教養科目の増加傾向に後押しされ、非専攻の受講生の
間に日本文化関連科目に対する関心が非常に高まっている。講座の名

称は以下のようにとても多様である。

日本文化理解(9校)

韓日関係論／韓日比較文化論(6校)

日本大衆文化論(5校)

日本伝統文化／日本社会文化論／日本社会研究／東アジア比較文化論(4校)

日本社会文化／日本社会論／日本生活文化の理解／映像日本生活文化(3校)

日韓文化交流探訪／インターネット日本探訪／現代日本文化の理解(2校)

　この他に様々な文化関連講座が89校に開設されている。その特徴は、総論よりは各論を扱い、教材も視聴覚教材やインターネットを通じた授業方法が好まれている。

4. 終わりに

　以上、韓国の日本語教育の実像を、学制の変化、コース名の変化などに関連付けて整理してみた。もはや日本語教育は、韓国においては成長期から成熟期に入りつつあると言えよう。しかし、様々な課題が残っており、教育部や学校当局の目標とは異なって、教育現場での変化の速度は意外と遅いという点も実感される。また、大都市と地方の教育機関間の教育環境のギャップも問題として残されている。

Ⅰ.9　パラダイムの転換が
韓国の日本語教育に与える影響[*]

| 요지 |

　　일본어교육은 외국어 교육의 방법에 따라서 세계 제2차대전 후 일본 국내에서 시작되고 해외에서도 일본어를 필요로 하는 학습자들이 늘어나게 되면서 1980년대에는 전성기를 이루게 되었다. 이와 같은 발전이 21세기에 들어와서는 학습자의 구성과 그들의 학습목표가 크게 달라지고 있다. 한국에서는 중등교육기관인 고등학교에서 학교교육의 교육과정에 일본어가 포함되어 전국의 약 1000곳의 고등학교에서 일본어교육을 실시하고 있는 실정이다.

　　본 연구는 일어일문학회의 2004년도 국제학술 심포지움에서 전 세계적으로 일어나고 있는 일본어교육에 있어서의 "패러다임의 전환"이라는 변화에 대하여 한국의 일본어교육계는 어떻게 대처해 가야 할 것인가에 대하여 방향을 모색한 바 있다. 본인은 심포지움의 발제 강연자 중의 한 사람으로 전 세계적인 일본어교육의 패러다임의 전환이 한국의 일본어교육에 어떻게 영향을 미치게 될 것인지에 대하여 발표하였고, 그 내용을 일어일문학연구 53집에 게재하게 되었다.

　　한국의 일본어학습자의 학습 동기의 다양화, 교사의 역할의 변화, 특히 비모어교사인 한국인 일본어교사들의 역할에 대한 것, 서로 다른 문화의 이해와 수용이 외국어 교육에서도 점점 강조되어지고 있다는 점, 학습의 정보의 획득과 정보의 공유에 있어서 지켜야 할 점과 허용해야 할 점, 한국의 대학입시제도가 고등학교의 일본어 수업과 교사들의 지도 의욕에 미치는 영향에 대하여 고찰해 보았다.

[*]『日語日文学研究』第53輯, 韓国日語日文学会, 2005

1. はじめに

　「日本語教育」と言う時、私たちは日本語を母語としない外国人学習者に対し、「日本語」自体を学習の対象言語(target language)としてのコミュニケーション手段にする、いわゆる外国語教育の領城をいう。日本語教育は近世に西洋人の布教活動と合せて始まり、第2次世界大戦以後になってから日本人が主導する日本語教育が始まった。1950年代に日本国内の10箇所ほどの教育機関で主に留学生・宣教師・外交官対象にして「留学生別科」という形態で日本語教育が実施され始めた。その当時は、日本語教育が社会的関心の対象となることはなく、これに従事する日本語教師の社会的な認知度が今ほど高くない時期であった。

　1970年代初期までは、日本人にとって「日本語教育」[1]という用語は、あまりにも馴染みの薄いものであった。

　その後1975年頃には、日本語教育が国家的課題として登場するようになり、いわゆる日本語教育の急成長期を迎えるようになった。1980年代から1990年代まで、日本語教育は増加現象を見せ続けてきた。

　日本語教育は外形的には1993年を絶頂期とし、現在は鈍化現象を見せている。しかし、内容上は大きな変化を見せ、益々定着しつつあると言える。1990年代後半からは、私費留学生・大学院入学生・長期留学生の数は減少を表しており、国費留学生・大学の学部留学生・外国政府からの派遣留学生・進学生・短期留学生の数が増加傾向にある。

---

1) 1980年代に入って、日本語を学ぼうとする外国人学習者が増加しながら、大学や私設学院が先を争って日本語教師養成プログラムを開設し始めた。今は他界されたが、著名な日本の国語学者金田一春彦氏のテレビ“日本語講座”が高い視聴率を記録する中、日本語教育に対する日本人の関心が高まり、日本語教師を希望する日本人の数が増えるようになった。

日本語学習者数は、日本国内と海外で緩やかに増加しており、学習者の構成及び彼らの学習動機は非常に多様化している。21世紀の日本語教育における大きな特徴は、日本国内においては在日外国人の増加現象を、海外においては学習者の年齢層が低年齢層に拡散している点を挙げられる。最近では「転換期を迎えた日本語教育」、「日本語教育の新たな展開」、「日本語教育のブームを終えて」などの表現をしばしば聞くようになった。日本語教育においての「パラダイムの転換」とは、果たして何を言っているのだろうか? また、その現像の主な内容は何だろうか?

　本稿では、日本国内の日本語教育専門家や専門機関の資料を検討し、「日本語教育の現在の姿とその方向」を理解し、そういった枠組みの中で見た場合、韓国の日本語教育はどういった状況に変化して行くかということについて考察することにする。

2. パラダイム転換の内容

　日本語教育の対象者(学習者)は、日本国内の留学生・就学生・外国人研修生・ビジネス関係者などの被用者、地域に居住する成人外国人などを含む。そして海外においては、初等・中等教育機関で日本語を学んでいる生徒・大学生・私設の語学学校等で日本語を学ぶ人々や、その他の目的により独学で日本語を勉強している人々を挙げることができる。次に日本語教育の発展過程を時代的に区分し、その特徴を挙げてみる。

(1) 第1期：(戦後～1960年代末)

　日本語が外国語として世界的に認識され始めたのは、第二次世界大戦以後からと見られる。日本国内で日本語を学ぶ学習者は、大学での学問研究を前提とした海外留学生が全体学習者の44.1%を占め、主に日本の大学に進学しようとする大学入試志望者・専門学校・高等専門学校、そして大学院での学術研究を希望する者として、国費留学生や私費留学生が主流をなしていた。日本語教育を実施する教育機関としては、東京外大、大阪外大、国際基督教大、早稲田大、慶応大、国際学友会など10機関があった。この時期には日本人に対する「国語教育」と、外国人に対する「日本語教育」が違うという認識がなかった。そして海外での日本語教育の機会がなかったり、非常に限られていた。

(2) 第2期：(1970年代初～1970年末)

　1985年、日本の文部省学術国際局が提出した「日本語教育施策の推進に関する調査研究会」の提言により、日本の大学の学部に主専攻と副専攻学科、大学院に修士・博士課程が開設されるなど、日本国内の日本語機関が拡大し、この時期に国立国語研究所の日本語教育部(日本語教育センター)と国際交流基金が設置された。日本語学習者が質的・量的に増加傾向を表している。学習者は2種類に区分された。一つは、中国残留孤児やインドシナ難民などの流入により、日本において生活するためのコミュニケーションを中心とした日本語知識を必要とする学習者である。もう一つは、研究留学生として、日本の大学や大学院で一定期間研究し、本国への帰国計画を持つ外国人留学生である。この2種類の学習者に対する教材・教授法などの問題が課題として登場するようになった。

　海外での日本語学習者も80年代に入ってきてから急激な量的増加現象を見せ、1970年代初期には2倍に増え、1985年には百万名以上の数字を示した。しかも、東アジア勢が約84%を占め、その中でも韓国と中国が最も高い数値を表した。21世紀に入り、日本語教育の学習者は、社会的変化要因と教授法の影響により新しい様相を表している。量的には緩やかな増加傾向を見せ、日本語教育の理論や研究内容が西洋からの模倣段階から抜け出して来ているのだ。

(3) 第3期：(1980年代初～現在)

　学習者の増加傾向は徐々に減少を見せるが、国家政策としての日本語教育の標準化が提示され、それに伴って、短期間で急激に開設されるがために現れていた副作用や問題点等が徐々に整理されつつある。「日本語教員検定制度」「日本語教育能力検定試験」などが実施されている。また、教員の確保と採用基準なども整った。

2.1 日本国内における日本語学習者の構成の変化

　日本国内の日本語学習者は留学生中心から抜け出し、現在は「日本に定住したり、一定期間日本社会に居住する外国人」の増加という変化を表している。日本国内の外国人数は162万名である(1994年基準)。彼らの中には「農村花嫁」や「外国人被用者」等も多数含まれており、都市より農村で生活する場合が多い。彼らが日本社会に適応・生活して行く上で助けとなるためには、日本語を教えるのは従来の研究者や留学生中心の教授法や教材では不充分である。専修学校は減少し短期研修課程が増加している。短期留学生を受け入れるために、英語を学習

媒介語として用いながら日本語を教えるコースも開設されている。

<表1> 日本国内の日本語教育機関(1993)

教育機関の種類	教育機関の数
大学院博士課程	5校
大学院修士過程	11校
学部の主専攻	20校
学部の副専攻	19校
短期大学	11校に関連課程
民間の養成機関	100校以上

　このような変化に対応して、日本の大学の日本語教育において次の
ようなカリキュラムの多様化現象が現れている。

　－ 留学生センターの設置(26ケ国立大学に)
　－「短期留学制度」(1995年から)実施
　－ 英語で行う特別コース開設、特別プログラムが11ケ国立大学におい
　　て実施

　日本語学習者の構成の変化現象は、学習者の低年齢化においても見
られる。日本に定住する外国人の増加に伴って、外国人の児童が増加
するようになった。

2.2 大学入試制度の改善・入学選考の反省

　日本に留学することを望む外国人の「留学生入試選考の改善方策」に
対し、以下の三点が議論されている。

1) 各大学の入試制度改善
2) 留学における統一試験(私費外国人留学生の統一試験・日本語能
   力試験の弾力的運用)
3) 入試に対する情報の提供に充実を図ること

　また、外国人留学生の分布において、大学院生は段々減少して学部
に留学する学生が増加しており、その中の約7割が日本語学校出身とい
う点が注目を引いている。従って、私設教育機関である「日本語学校」
等と日本の大学が提携する問題が議論されている。日本語学校が大学
の受験予備校的な性格であるために、やむを得ず日本語学校の授業を
日本語能力試験の獲得点数を高める方向で指導しなければならない点
等が問題となる。
　日本語学校と大学が互いに入学前後の問題にも相互に提携しなけれ
ばならない必要性が強調されている。

2.3 コミュニケーション日本語機能

　従来、学習とは人間が頭の中に知識を体系的に保存し、ある課題の
場面において、過去に獲得した知識を効率的に引き出せるようにする
ことであると考えられていた。
　しかし、現在は個体主義的であり主知的学習観から、次第に社会実
践的な学習観に転換している。日本語も実際に使用するための言語と
して学習しようとする学習者らを対象に、効果的な教育方法を模索す
るようになった。

2.4 社会型日本語教育の拡散

　ボランティア団体による日本語教室の増加し、日本社会が多文化・多言語社会へと質的に変貌している。

　出入国管理及び難民認定法の改正により在留資格が整備・拡張され、日本に居住する外国人数が増加することによって、日本語指導を必要とする外国人児童が急増した。このことが新しい言語教育の課題として登場するようになった。

　現在、国・都道府県でこのような外国人児童のためのプログラム開発に苦労している。

　　－ 指導者の配置
　　－ 日本語教材の整備(標準語教材と方言教材)
　　－ 日本語教室の開設
　　－ 日本語指導者研修会の開催
　　－ 「農村花嫁」型国際結婚：子供らは日本国籍取得
　　－ 日本人を片親に持つ児童に対する政策

2.5 教育教具の変遷

　1960年代に使用した教具は、主にテープレコーダーと絵カード等であった。しかし、教授法の変化と教育メディアの発達により、現在は多様な媒体を日本語教育においても使用するようになった。

Tape recorder(生放送録音) → Video(ドラマ録画) → Multi media

　必ずしも日本語のネイティブスピーカーではなくても、多様な教具を
うまく使用すれば、ノンネイティブスピーカーでも発音と聞き取り等で
良い成果を期待することができる。「日本人教師が主役になる時代は
終わった」という表現もある。教材も学習者を集団として見ずに、学
習者個人個人にあった指導ができる教具を選択しなくてはいけない状
況である。

3. 韓国の日本語教育に与える影響

　日本における日本語教育政策と環境がどういう方向に変化している
かを理解し、そのことがどういった影響を及ぼすようになるかを判断す
る受身の姿勢よりは、どうった方向に進むことが望ましいかという能
動的認識が重要である。

3.1 海外における日本語学習に対する認識

3.1.1 日本語学習の動機の多様化

　日本の国際的地位に関連し、日本語学習の動機はより一層多様化す
るであろう。研究者や学生を対象にする教育言語から、コミュニケー
ション言語へと日本語は変化してきている。つまり、言語習得の目標
を実用性に置く学習者が増えていくであろうと言うことである。
韓国の日本語学習者らのニーズを分析してみると:

- 就職の際に必要
- 専門知識を得るため
- 志望する大学に入学するため
- 日本文化に接するため

上記のように学問性と実用性が同時に現れている。

従来においては、言語教育における学習観が個体主義的で主知的であった。しかし現在は、状況的学習論の方向に進んでいる。即ち「学習現象」を、学習主体が知識を獲得したり技能を向上させる過程としてではなく、構成員相互間のコミュニケーション、人・物・道具などで構造化された社会的分散認知システムと協調関係を構築していく過程であると考察できる。

韓国での日本語教育も今後、徐々に従来の学習観と状況的学習論を併行しつつ、社会実践的な学習観に転換することが望ましいと思われる。

3.2 ノンネイティブスピーカー教師の役割の増大

現在日本語教育は、その対象領域を全世界に広げていっているように見受けられる。つまり、日本人のネイティブ教師だけが、このような業務の主役になることは難しいということである。韓国の日本語学習者の中で、多くの比重を占めている中等教育の場合、日本人ネイティブスピーカーを教師として招聘することは難しく、ほとんどの教師が韓国人である。従って、韓国人の日本語教師に対する研修プログラムを増やすことと、彼らに日本現地での文化接触の機会をより多く提供す

る問題を考慮することが重要である。即ち、ノンネイティブスピーカー
である韓国人教師たちの役割及び実践活動が、益々大きくなって行く
ことが予想される。

3.3 地域社会に根づいた日本語教育

　独立行政法人国立国語研究所が行った「日本語教育学習環境と学習
手段に関する調査研究」の韓国アンケート調査研究結果の報告書で
は、次の通り報告している[2]。

〈表 3〉韓国における日本語教師の現況

	中等教育	高等教育	学校教育以外	合計(%)
回答指数	236(37.4)	282(44.6)	113(17.7)	631(100.0)

〈表 4〉韓国における日本語教師の国籍別分布

	中等教育	高等教育	学校教育以外	合計(%)
韓国人	230(97.5)	230(81.6)	67(59.3)	527(83.5)
日本人	6(2.5)	52(18.4)	46(40.7)	104(16.5)

　上の〈表3〉と〈表4〉で示したように、韓国内の日本語教師はノン
ネイティブスピーカーである韓国人が、全体質問回答者の83.5%を占め
ている。性別は女性が全体の66.0%であり、男性が34.0%だ。教師たち
が研修に参加した経験を問う質問に対し、韓国人教師の59.0%、日本

---

2) 日本の国立国語研究所日本語教育部門で日本語教育支援のための基礎研究と
　して2003年度に韓国内の中等・高等教育機関と学校教育以外の機関に対し実
　体把握をしたことがある。

人教師の66.7%が研修に参加した経験がないと答えた。

　現在韓国には、中等教育機関の中学校・高等学校教師らの集いである「韓国日本語教育研究会(KOJATA)」という全国連合会と、その傘下に16の各市道別「教師研究会」がある。彼らは定期的に日本語教師研修会を開催し、研究会を行っている。

　そして高等教育機関である大学[3)]の日本語教育研究者と、学校教育以外の私設教育機関の教師が参加する学会である「韓国日語教育学会(Korean Association of Japanese Education)」は、毎年12月に日本語教師研修会を開催して、特別主題を設定、2日間にわたり集中講義と実践事例を発表し、受講者に修了証を発給している。[4)]

　聞く・話す・読む・書くの日本語運用能力が上級以上である学習者は50%未満であるため、個人的な努力も必要であり、政府としても教育部または学会等がさらに多くの再教育の機会を提供しなければならないであろう。

　1960年代の日本語教師ガイドラインでは、日本人で且つ大学を卒業した人であれば、日本語運用能力が充分であると考えられていた。教育能力検定試験でも母国語話者の日本語能力をそれほど問題としなかった。しかし、外国人に自身の母国語を教育させることは、応用言語学分野的能力に属し、日本語運用能力は学習指導の実践及び診断力においても基本になると言うことができる。

---

3) 2年制大学と4年制大学がある。2年制大学は、以前「専門大学」と呼んだが現在は「大学」と呼んでいる。
4) 1999年12月、第1回研修会が開催され、2005年12月には第7回研修会が開催されるであろう。http://www.kaje.or.kr

3.4 異文化理解教育の実践

　日本の大学には、日本人学生と留学生の比率が1:2、もしくはほぼ1:1程度で同数である大学もある。特に地方の短大などは多くの留学生を誘致しており、そういった場合、留学生と日本人学生間の円滑なコミュニケーションの問題が、かなり重要な課題として登場する。現在、韓国から日本に留学する学生の場合、日本人の学生または外国人留学生との接触において、コミュニケーションスキルの未熟などによる副作用が多く現れている。韓国人留学生は「どういう話をすべきかよくわからない」、「日本語で話しかけることが容易でない」と現地の学生達との接触を避け、日本人学生達は「ストレートな表現をよく使い、自己主張が強いため対話するのが怖い」、「留学生らと親しくなりたいけれど近寄りがたい」などの理由で、韓国人留学生と日本人学生の間に目に見えない壁を置いて生活する場合も多い。韓国での日本語教育のカリキュラムにおいて、日本事情、日本文化の理解に関する部分が徐々に補完されつつはあるが現段階では非常に不十分な状態であるという点を反省させられる。外国語教師は、他文化(異文化/多文化)に対する感覚を備えていなければならず、学習目標語の言語情報だけでなく、その言語を使用する民族の言語行動も理解するべきである。さらに、非言語行動を通したコミュニケーションルールも教えられる資質を備えている必要があると言える。

　そして教師や学習者は、皆コミュニケーション活動の普遍性を認めなければならないだろう。

　日本の教育機関は、政府レベルの施策により交流プログラムを整備して従来の問題点を改善しつつある。留学生のための国際交流パー

ティーや、課外活動の形式を取る非日常的な特別プログラムを用意して
も、留学生らの立場では経済的な理由や時間上の問題で参加度が低い
という指摘が出てきている。一方、「日本学生:留学生」という対決形式
よりは、混成授業を通じて交流を促進させようとする試みもある。

3.5 情報獲得と情報交換の問題

　日本において日本語で発表された論文に対し、日本以外からのアク
セスが難しいという点により、その活用が非常に制約的であるという
現状がある。
　同じように、韓国における日本語研究や日本語教育関連情報が日本
側研究者に伝達されない傾向がある。従って情報データを公開して、
他人にアクセス可能にする方法:発話データをコンピュータ化・共有し
て、共通の入力方式としてフォーマットを決定し、データを自動的に
分析するようなプログラムの開発が求められる。

3.6 日本語教育政策の確立に関する提言

　韓国の公的教育機関で日本語教育が開始されてから45年が過ぎた
が、韓国の日本語教育政策を総合的に討議する場が設けられていると
は言えない。国際化時代の特徴として、世界の人口移動が非常に自由
になった。人々は自由に国境を行き来し、情報のボーダレス化を体で
感じられるようになった。しかし、韓国の日本語教育においては、文法
用語の統一問題をはじめ、様々な課題が残っている。その役割を国語審

議会が引き受けてくれることが望ましい(表記問題など)。

　今までの日本語教師は、当面課題を当事者各々が対応して行く形だった。

3.7　文献検索

　日本において日本語で発表された論文に対し、日本以外からのアクセスが難しいという点により、その存在が知らされないという現状である。

　メーリングリストによる情報交換も試みることができるであろう。

4.　終わりに

　日本語に対するイメージが変化しているとえる。韓国の青少年は英語中心の教育を受けているが、日本文化に接したい学習者が、日本語を10代から勉強し始める場合もある。しかし、年少者中心の教授理論については未だに不十分な状態であると言える。外国語学習者は、言語習得レベルが高ければ高いほど、その言語に対し良いイメージを持つようになる。日本における海外留学生は、中国からの留学生と進学生の急増により、「留学生10万名計画」が達成されたという。韓国人学習者が日本語を学習し自分が望んだ分野で活動するようになる時には、日本語運用能力が優秀だということ以外に「多文化的感性を備えた人間」、そして「国際人として指導的な役割をする人間」でなければならないだろう。日本語教育においてパラダイムが変化しているという事

実を、韓国の日本語教育担当者が韓国の教育現場で深く考慮し、今後の方向に反映しなければならない段階であると考える。

제Ⅱ장 교재

Ⅱ.1 일본어교육의 교재에 대하여[*]
- 한국인 학습자의 경우 -

1. 머리말

우리가 학습대상어로 설정하고 있는 「日本語」라고 하는 어휘는 일본이라는 지역에서 사용되어지는 언어, 그리고 일본인들이 쓰는 언어라고 하는 객관적인 의미를 가진다. 마찬가지로 「日本語教育」이라고 할 때 우리는 일본어를 모국어로 하는 학습자에게 일본어에 대한 교육을 文化의 일부로 하는 그러한 것이 아니고, 외국인을 대항으로 하여 「日本語」 그 자체가 학습의 대상언어(target language)가 되고 일본어를 커뮤니케이션의 수단으로 하는 이른바 外国語教育의 영역에 속하는 분야를 가리킨다.

'母国語의 학습'은 生成文法理論[1])에서는 인간의 언어능력이 生得的이라 하여, 인간은 지능의 차이에 관계없이 언어습득의 가장 적절한 시기에 그 언어체계를 익히게 된다고 주장한다. 母国語의 学習은 무의식으로 행하여지고 자기 자신이 학습을 통제하거나 억제하고자 하는 습관이 형성되기 이전부터 서서히, 그리고 지속적인 자극과 반복되는 훈련에 의해서 오랜 시기에 걸쳐 숙달되는 것이다. 그러므로 모국어의 언어능력은 개

---

[*] 『日本学報』第33輯, 韓国日本学会, 1994
 1) Noam Chomsky의 1957, 「文法의 構造」이래 제창된 変形生成文法에서는 언어의 연구는 인간의 지성의 해명과 관련이 있다고 본다. 언어는 인간의 주체적인 능력이라고 보고 개인의 구체적인 언어수행의 근저에는 개인의 범위를 초월하는 이상적인 말하는 이의 능력이라는 것이 있다고 보고 있다.

인의 신체적, 지능적 또는 심리적 발전단계와 평행적으로 발달하게 된다.

한편, 「外国語의 学習」에 있어서는 학습자는 의식적으로 필요에 의하여 학습을 시작하는 경우가 많다. 학습대상 언어의 체계는 자기의 모국어의 체계가 형성된 이후에 접하게 되는 새로운 대상이므로 학습자는 무의식중에 항상 모국어로부터의 간섭을 받을 경우가 많을 것이다. 모국어의 경우와는 달리 그 언어가 사용되어지는 환경에 전혀 접하지 못한 상황에서 실생활에 응용할 수 있는 기회와 조건이 극히 제한된 조건에서 학습하는 경우도 있을 것이다. 그리고 외국어 학습의 언어능력은 학습자의 정신연령과 불균형을 이루고 신체적 심리적 발달단계와 일치하지 않는 경우가 대부분이다.

따라서 '外国語学習'의 효과를 최대한으로 높이기 위하여 학습자는 모국어와의 대조를 통하여 그리고 효과적인 교수법을 통하여 가능하면 훌륭한 교사에게서 학습 받기를 원한다. 이 때 학습자와 교사에게 매개체가 될 수 있는 것이 '教材'일 것이다.

Krashen(1983:27)은 '外国語의 能力'은 획득(aquisition)의 과정을 통하여 학습자가 마치 제1언어인 모국어를 배울 때와 마찬가지로 무의식중에 오랜 기간을 통하여 그 언어의 환경에 노출되어 접촉하므로 반복 과정을 통해 특별한 교육 프로그램이 없이 배우는 경우와 학습(learning)의 단계를 거쳐서 의식적으로 적절한 교육 프로그램을 통하여 명확한 체계를 배우는 두 가지 과정으로 나누어 볼 수 있다고 지적한 바 있다. 어린 아이가 거의 의식하지 않고 둘 또는 그 이상의 언어를 현지에서 자연적으로 배워 모국어와 같이 구사할 수 있는 경우는 '획득'의 과정을 통해서이고, 외국어 교육의 이론 안에서 일정한 단계에 학습자의 목표와 동기에 알맞은 방법에 의해 언어능력을 발달시키는 경우는 후자에 속하는 '학습'의 과정이라고 본다.

우리는 '일본어 교재는 너무나 많다' 그러나 '일본어교육의 교재는 그다지 많지 않다'라고 하는 가설을 세워본다. 읽기, 쓰기, 듣기, 말하기를 잘 통합하여 학습자가 최대한의 학습의 효과를 기대할 수 있는 교재를 이상적인 교재라고 할 때 한국에서 사용되어지고 있는 교재는 외국어 교육의 이론에서 주장하고 있는 '敎材論'에 비추어 볼 때 어떠한가?

범람하고 있는 많은 교과서들을 어떻게 선택해야 하고 교사와 학습자들은 이를 어떻게 효과적으로 사용해 낼 수 있을까?

일본에 있어서의 일본어교육의 이론은 상당 기간동안 외국어 교육 이론의 틀 안에서 외국어 교육학의 성과에 의존해 왔던 것 같다. 1984년 6월 일본의 문부성은 일본에 해외 유학생을 10만 명까지 초청한다는 목표를 세운 적이 있다. 그것은 1989년에 이미 현실화되었고 매년 13~14%의 급격한 증가추세를 나타내고 있다고 한다. 그와 더불어 질적인 다양화 현상에 맞추어 가야할 교재의 개발은 아직 미흡한 단계이라고 한다.

本稿는 한국의 일본어 학습자를 대상으로 하는 일본어 교재의 현실적인 문제점을 진단하고 우리가 지향하고자 하는 교재(주로 교과서)는 어떠한 점들을 고려해야 할 것인가에 대한 몇 가지 전망을 하고자 한다.

인용하고자 하는 자료는 拙稿(1985)「교과서 분석」과 고려대학교 교육대학원(1994)의 「일본어교육관계 단행본 일람」, 韓国日語日文学会 제3차「韓国의 日本語教育実態」(1994)에 나타난 교과서와 기타 교재들이다.

일본에서 출판된 교과서들의 자료로는

凡人社「日本語教材リスト」(매년 1회 출판)

国際交流基金(1983)「教科書解題」教師用 日本語教育ハンドブック

日本教育学会(1992)「日本語教科書」日本語教材データファイル 등을 참고로 하였다.

2. 외국어 교육에 있어서의 교재

2.1 일본어 교재와 학습자의 다양화

1492년의 「伊路波」는 당시 朝鮮과 日本의 교섭에서 いろは歌에 한글로 注를 달아 만든 日本語学習書였다. 그에 앞서 국어학자 申叔舟의 「海東諸国記」가 이미 발간되었다. 이러한 서적들은 1445년 Johann Gutenberg에 의해 활자인쇄술이 발명된 이후의 것들이었다. 그 후 1676년 康遇聖에 의해 「捷解新語」가 발간되었다. 이는 한국으로부터의 사절이 일본을 방문할 때 필요한 회화문 등을 통역관들에게 학습시키기 위하여 朝鮮語訳을 달아 対訳書로 만들었던 일본어 학습서였다. 그 후 1703년에는 「倭語類解」라고 하는 약 3,400字의 漢字에 대한 日本語訳을 실은 日韓辞典이 한국인에 의해 만들어졌다.

그 후 개화기에 들어서서 1880년(고종 17년) 金弘集을 비롯한 修身使들이 수 차례 일본에 파견되었다. 1881년에는 최초로 3명의 한국유학생이, 그리고 1883년에는 60명의 한국유학생이 일본에 건너갔다. 1891년에는 일본어학교를 개설하는 등 한일합병(1910)이 이루어지기 전에는 한국인 자신들에 의해 쇄국정책을 탈피하고 개화의 목적에서 일본어 학습에 대한 자각이 있었던 것 같다.

한편 일본측에서는 14세기 명나라로부터 교수법을 배우기 시작함으로 비롯하여 1522년 포르투갈에 약 360語의 일본어를 수록한 「日本考略」이 만들어졌고, 포르투갈의 신부들에 의해 文法書가 만들어지기도 하였다. 1551년에는 「日本文典」이 선교사에 의해 최초로 만들어진 일본어의 종합적인 문법서로 발간되었다.

1705년 러시아의 페테르부르크는 일본어 학교를 창설, 최초의 일본어

교사가 되었다. 1736년 캄챠카반도에 표류해 간 權左와 宗左는 페테르 부르크로 이송되어 곧 일본어교사가 되었다. 이렇게 하여 「日本語会話入門」, 「簡略日本文法」, 「新スヲグ日本語辞典」 등이 러시아인들에 의해 처음으로 만들어졌던 것이다. 러시아인들은 일본으로부터 표류해 간 어민들의 협조를 얻어 일본어를 가르쳤고 일본어 교재를 만들어 냈다.

1856년 Léon de Rosny의 「日本語考」는 외국인 학자의 일본어 참고 서로 널리 알려진 명저이다. 그러나 본격적인 외국과의 접촉은 1858년의 일·미수호조약체결, 1859의 J.C.Hepburn이 일본에 건너간 일련의 역사적 사실들에서 시작되어 명치유신을 계기로 본격적인 개국이 이루어져 서양의 학자, 선교사, 외교관들이 연구에 적극 참여하게 됨으로 일본어 연구와 일본어교육은 극대적 방법론에 의한 계기를 잡았다.

세계 제2차대전 중에는 일본에서는 적국의 언어라 하여 적극적으로 교육하지 않았던 반면에 영국과 미국에서는 일본어학습을 체계적으로 했다. 미국에서는 유명한 ASTP(Army Specialized Trainning Program 군전용 훈련 프로그램)를 개발하여 파병하기 전에 장교들이 반드시 일본어를 습득하도록 의무화했다. 주로 암호의 해독과 정보 수집을 위해서였다. 또한 영국에서는 작전 기밀을 미리 파악하고 서류를 번역하기 위해서 런던 대학을 중심으로 번역관을 양성시키는 동시에 포로를 심문하기 위하여 집중적인 회화훈련을 해왔다.

위에서 살펴본 바와 같이 일본에 있어서의 일본어교육은 근대화 과정의 정치 사회적인 요인들의 영향에서 외부로부터의 자극에 의하여 싹텄다. 외국어 교육은 구체적으로는 영어교육의 이론적 배경에 의해 영어교육의 모방의 형태로 발전되어 왔다.

일본어교육이 敎材를 갖추어 일본인들에 의해 시작되었을 무렵 그들은 構造主義言語学의 영향을 받게 되었다. 즉 Ferdinand de Saussurl는 언어학습에 있어서 parole을 중시하였다. 언어학습은 관찰과 반복에

의해서 音과 意味의 결합에서 이루어진다고 보았다. 따라서 일본어교육에 있어서도 口語(話し言葉)가 중시되었다. 교재의 작성에 있어서도 한동안 그러한 방법을 고려하였다.

앞에서 살펴 본 한국의 근세까지의 일본어 학습자나 구미의 학습자들은 주로 성인들이었다. 그러나 현대에는 외국어학습자의 연령층은 우리나라에 있어서만해도 유아로부터 청소년, 대학생, 일반인 그리고 평생교육으로 외국어를 학습하는 장년 층에 걸쳐 그 폭이 방대해졌다. 학습의 장소도 직접 해당언어의 지역에 가서 집중 코스를 택하거나 유학하는 경우도 있고, 자기 나라에서 학습하는 경우가 있다. 일본어교육의 학습자는 일본국내에서의 학습자와 해외에서의 학습자로 나뉘어지고 해외에서는 한자사용권에 속하는 나라와 비한자권으로 나뉘어진다.

1980년대까지 「教材」의 연구는 「教授法」의 연구에 비해서 그다지 중요한 영역은 아니었다. 일본어 학습자가 급증하기 시작하는 80년대에 들어와 교재의 문제는 대두되기 시작하였다. 그것은 학습자의 多樣化현상에 그 원인이 있다. 즉 연령층, 지역, 학습의 목적의 다양화로 인해 종래의 단일 교재만으로는 학습자의 욕구(needs)에 부합해 낼 수 없게 되었다. 1980년대까지의 일본어 학습자는 어문학연구를 목적으로 하는 유학생과 전문인과 종교인들 정도였다. 그 단계에서는 교과서와 문법참고서, 과제장, 그리고 부교재로서 녹음 테이프 등의 교재로 학습이 이루어졌었다. 현재로서는 일본 내에서의 학습자의 다양화만이 아니고, 한국인 학습자의 분포도 다양해졌다. 한국은 고등학교에서 전문대학, 대학교에 이르는 공적 교육기관에서 일본어교육이 이루어지고 있는 나라라는 특성이 있을 뿐만 아니라 기업인, 예술인, 경찰, 통신, 언론, 그 외 각 방면의 전문인들이 일본어 학습에 참여하고 있다.

단일 그룹의 학습자들을 대상으로 편찬된 교재만으로는 학습의 효과를 기대하기 어려운 실정이다.

학습자 그룹에 적합하지 않은 교재를 가지고 교육에 임하게 되면 교사나 학습자가 모두 처음 단계에선 '이 교과서는 문제가 있다'라고 느끼게 된다. 점점 진행되어 감에 따라서 수업이 힘들어지고 그대로 그 교재를 고집하게 되면 실제로는 수업이 불가능해 지는 단계에까지 이르게 된다. 그러므로 유능한 교사에게는 자기의 지향하는 교수법에 알맞은 교재를 잘 선택해야 하는 문제와 학습자에게 맞게 어떻게 효과적으로 사용해야 하느냐의 교재의 분석과 교재의 평가가 중요한 과제로 대두된다.

학습자의 다양화에 대한 파악을 전제로 교사는 교육의 방법과 그 내용을 결정하게 된다. 교사는 코스가 시작하기 전에 다음의 내용들을 질문 형식으로 또는 무기명 문답지를 통해서 파악하여야 할 것이다.

일본어 학습자의 경우에 :

첫째 : 일본어를 학습한 경험이 있는가?
　　　있으면 어느 기간 동안 어떤 교과서를 가지고 어느 기관에서 또는 개별적으로.

둘째 : 일본어 학습의 목적은 무엇인가?
　　　(직업상, 학문연구상, 교양, 취미, 기타)

셋째 : 직업과 연령, 성별, 출신지역, 현재 주거지역 등 학습자의 배경(외적요인들)

넷째 : 일본어학습을 위해 어느 정도의 시간을 할애할 준비가 되어 있는가?
　　　교실에서 학습한 사항을 개인적으로 활용할 수 있는 조건과 기회가 가능한가의 여부.

다섯째 : 개인적으로 보유하고 있는 학습용 기자재는 무엇인가?

여섯째 : 학습의 목표는? (초급, 중급, 상급까지)

일곱째 : 일본어 이외의 외국어 학습경험의 유무관계

여덟째 : 학습자는 교사의 수업내용에 대해 어느 정도 수용해낼 능력이 있는 가? (적성검사 등 몇 가지 테스트를 활용)

이상의 몇 가지 사항을 교사는 수업에 임하기 전에 학습자의 준비 (readyness)로 파악한 후에 수업준비(course design)에 임하고 교수 요목(syllabus)을 작성하게 된다. 그때 적절한 교수법과 교재의 선택이 이루어질 수 있겠다.

2.2 교재의 역할과 이상적인 교과서

일본어교육의 출발점은 다른 모든 외국어 교육의 경우에서와 같이 교육의 담당자인 교사가 교육의 주체인 학습자의 배경을 충분히 이해하고 학습의 현장의 조건에 적절한 교재를 선택하는 데 있다고 본다. 「교재」 (text)는 교육의 내용이 현실화된 구체적인 자료이다. 교재 중에서 문자 형식을 통해 구현된 것으로는 교과서가 있고 음성교재도 다양하다. 교과서의 내용을 녹음한 각종 테이프, 방송이나 실제 대화의 내용을 녹음하거나 발음 훈련을 위해 또는 언어치료를 위해 고안된 각종 테이프들이 이에 속한다. 그 밖에 VTR(Video Tape Recorder)과 같은 시청각 교재는 映像教材로서 文字教材와 音声教材에 못지 않은 교육효과를 가져오는 것으로 알려져 있다.

교육 이론가들은 때로는 教材無用論을 주장하기도 하나 현실적으로는 사진, 그림, 도표, 인형, 모형, 슬라이드, OHP(Over Head Projector)를 통한 영상의 제시, 각종 축소된 세트 등 다양한 부교재를 개발해 내고 있다.

2.2.1 교과서의 역할

언어교육 특히 외국어 교육에 있어서 교과서는 필수적인가? 교재 중에서 그 내용을 문자의 형식을 통하여 교육의 목표에 맞게 도서로 만들어

낸 것을 교과서라고 한다. 그러나 교과서는 특수분야의 교육에서처럼 때로는 전혀 사용되어지지 않을 수도 있다. 전통악기의 배우는 과정, 전통음악이나 구전문학, 판소리 등의 전수교육 등에서는 현대까지도 교사와 학습자가 서로 마주보며 교사를 모방해가며 최소한의 규칙을 가지고 학습을 진행해 나갈 수 있다. 그 밖에 게임, 스포츠의 각 분야에 까지 교과서보다는 실제 동작의 반복 훈련과 영상 교재의 분석으로 학습이 발전되어 가는 분야도 있다.

그러나 인쇄술의 발달과 더불어 작성되기 시작되어 보편화된 교과서의 등장은 보다 능률적이고 통일된 교과내용을 가지고 많은 학습자들에게 골고루 전달될 수 있는 효과를 가져다주었다. 교과서를 사용하지 않았던 시대에는 교재를 고안하거나 편찬에 참여하는 사람과 직접 교육하는 교사는 대체로 동일 인물인 경우가 일반적이었다. 교사는 학습자들에게 알맞은 정도의 알맞은 정도의 알맞은 진도의 수업을 임의로 조절해 갈 수 있었다. 그러나 현재와 같이 교과서의 집필자가 별도로 있고 많은 교사가 각각 다른 조건에서 교과서를 택하여 사용하게 될 때 교사용 학습지도서(manuel)는 교과서의 지침이 되어 교육의 내용을 충실히 해주고 통일적으로 교육할 수 있도록 해준다.

한편 학습자의 입장에서는 교과서가 학습의 목표와 자기가 택하고자 하는 코스를 예견하는 기준이 될 수 있어서 학습에 임하는 준비가 가능해진다. 뿐만 아니라 부득이 한 경우 결석하였을 경우에도 교과서가 전혀 없는 경우보다는 보충이 용이해진다. 그리고 학습 도중에 교육기관을 변경해야 하거나 취소하거나 중단한 후에 다시 시작하고자 하는 경우에 있어서 전에 사용했던 동일한 교재로 학습하게 된다면 계속해서 연결해 나아갈 수 있는 이로움이 있는 것도 사실이다. 그 밖에 소그룹을 상대로 수업하는 교사는 구두훈련법, 장면적용법 등 새로운 교수법을 적용해 볼 수 있으나 대형강의를 담당해야 할 경우에는 일정한 교과서를 기준으로 수업을 진행하는 것도 효과적일 것이다.

2.2.2 교과서의 한계

그러나 이상적인 교과서라 해도 출판되고 나면 곧 여러 가지 문제점이 노출되는 경우가 많다. 그 교과서가 지향하는 교수법을 충실히 담아야 하는 문제이다. 종래의 문법번역법(Grammar Translation Method)의 단점을 개량하여 구두훈련법(Oral Approach)이 등장했다. 따라서 교재는 이를 반영하여 모국어나 매개언어를 사용하지 않고 학습 대상언어만을 사용하고자 하였다. 따라서 문형을 통해서 문법사항을 최소한 제시하면서 반복연습에 따라 듣기와 말하기를 지도하는 방법으로 회화, 실물사진, 게임도구 등 시청각 교재의 도입으로 수업을 진행해 나간다. 이러한 수업과 교재는 흥미를 유발시킬 수도 있고 학습자의 분포에 따라서는 진도가 늦어지거나 충분히 수업한 것 같은 성취감이 없다고 하는 아쉬움을 나타내기도 한다. 전문가에 의해 잘 고안된 교재이지만 지적흥미를 유발할 수 없어서는 안될 것이다.

흔히 직접법의 교수법으로 해설과 훈련에 있어서 초급과정에서부터 전혀 학습자의 모국어를 사용하지 않고 교사가 학습대상 언어만을 구사하면서 진행해 나가는 방법이 있다. 이에 대한 반응은 몇 가지 유형으로 나타난다. 초급과정에서 단기간의 코스에 적용했을 때에는 부정적인 반응이 많이 나타난다. 사용하고 있는 교과서의 해설언어 자체를 전혀 이해하지 못하는 학습자는 그만큼 부담을 많이 느낄 것이다. 소그룹인 경우 약간의 예비지식이 있고 충분한 수업의 준비가 가능한 학습자는 그러한 수업방식과 교과서에 만족할 것이다.2) 중국의 일본어교육은 직접법에 의

---

2) 대학의 부설 한국어 연수기관 등에서 직접법의 교수법으로 외국인이나 해외동포들의 한국어 교육을 실시하고 있는 경우가 있다. 이에 대한 학습자의 수용태도는 각각 다르고 교과서에 대한 효과에 대해서도 각각 다른 의견을 나타내고 있다.

해 실시하고 있어서 교과서의 편찬도 학습자의 모국어를 매개어로 사용하여 문법해설, 의미용법 등을 이해시키는 우리나라의 교과서의 경향과는 다르겠다는 생각이다.

2.2.3 교과서의 理想

「教科書」는 학습자의 교육과정에 적합한 것이어야 하고 그 조건이 달라지거나 변수가 작용하게 되면 당연히 교과서도 달라져야 하는 것이다. 그러나 현재 우리가 입수할 수 있거나 기대할 수 있는 종류의 교과서들은 多樣化에 적합한 단계에는 미치지 못하고 오히려 획일적이거나 대동소이한 경우가 많다. 그러나 최소한 어떠한 교수법에 근거해서 어떠한 집단에게 사용할 것인가에 대한 배려는 있을 것이다.

일본어와 한국어의 類似性과 相異点을 고려하면서 일본어 교과서의 바람직한 조건을 몇 가지로 정리해 본다.

(1) 表記가 학습자의 母国語체계와 관련해서 교과서가 제작되어야 할 것이다. 비한자권 학습자들에게 第1課부터 한자와 仮名가 같이 소개되어서는 안될 것이다. 또한 한국인 학습자가 로마字만으로 된 교과서를 가지고 학습에 임하게 되면 때로는 이중부담을 느끼게 되며 결국은 학습능률의 저하를 가져오게 된다.

(2) 외국어 학습은 지식을 얻는데 그치는 것이 아니고 실제로 자기의 지식을 구사할 수 있어야 하는데 있다. 따라서 교과서는 읽기와 듣기 기능보다 좀 더 어려운 쓰기와 말하기를 발표적 기능에 많은 지면을 할애하여야 한다. 한국인 학습자에게는 유성음과 무성음, 장모음과 단모음, 한자의 音読과 訓読, 연탁, 외래어의 略語, 한자의 略字 등에 대한 읽기 부문의 지도에도 충분한 배려가 있어야 할 것이다.

(3) 외국어 학습에 임하는 연령층이 다양하므로 유아용, 청소년용, 대학생용, 일반성인용의 구분이 고려되어야 할 것이다. 외국어의 언어 능력이 유치한 단계인 성인의 학습자에게는 너무 지적수준이 단순한 내용의 교과서는 적합하지 않을 것이다. 적절한 「교과서 해제」를 활용하여 선택할 수 있을 것이다. 그러나 지적흥미에는 개인차가 많고 시대적인 흐름에 부응하는 것에 대한 기준도 다양하다.

(4) 교과서의 본문과 전체 내용은 예상되는 학습자의 실제 생활에서 접할 수 있는 장면과 일치하도록 고려되어야 한다. 대학생을 대상으로 하는 교재들의 본문 구성의 장면들이 학교생활, 등교, 친구, 방문, 캠퍼스의 구조, 계절, 여행, 교통, 방학, 도서관, 장학금 등의 소재를 다루고 있거나 기술 훈련생을 대상으로 편찬된 교재에서는 기숙사생활, 공장견학, 무역회사 방문, 単身赴任, 맞벌이 夫婦, 連休, 취미, 오락, 스포츠 등의 장면을 등장시키는 것은 교재를 통해 학습대상 언어 뿐 아니라 문화에 대한 이해를 가능케 하므로 바람직하다고 평가되어지고 있다.

(5) 최근의 외국어 교육에서 文法의 설명을 文型이나 練習問題를 통해서 하고 문법용어의 사용을 최소화하는 경향이 있다. 문법의 해설을 장황하게 하는 것보다 가끔씩 요약해서 제시하고 교과서의 레벨에 어울리는 數 만큼의 문형만을 제시해야 한다. 교과서 작성에 있어서 Ⅰ,Ⅱ로 할 것인가 초급, 중급, 상급의 3단계로 할 것인가 또는 入門정도의 교과서로 할 것인가를 미리 정한 다음 도입하는 文型과 文의 構造를 제시해야 할 것이다.

(6) 일본어 교과서라면 등장인물, 건물, 삽화, 교통수단을 비롯한 모든 소재가 대상국인 일본의 실제 상황과 일치해야 하고 가능하면 그 나라

의 보편적이고 균형 잡힌 것으로 사진, 지도, 도표 등이 제시되어야
할 것이다.

(7) 속담, 관용구 등의 제시에서 너무 낡은 표현을 피하고 학습자의 필요
에 따라 대화에 곧 응용할 수 있는 정도의 시대적 감각에 맞는 표현
을 실어야 한다. 쓰기와 말하기 기능이 강조되고 있는 외국어 교육
의 추세를 고려하는 것이 학습자에게 그 교과서를 통해 얻어지는 지
식이 곧 실제장면에 활용될 수 있다고 하는 확신을 줄 수도 있기 때
문이다.

3. 한국의 일본어 교과서

3.1 현장 진단과 문제점

3.1.1 고등학교 일본어 교과서

1973년 1학기에 고등학교 교과과정에 일본어가 채택된 당시 130개의
고등학교(전체 고교의 14%)에서 일본어가 제2외국어로서 종래의 독일어,
불어, 스페인어와 함께 개설되었다.

그 후 1981년에는 전국의 272개교의 고등학교에서 20만 명에 가까운
학생들이 제2외국어로 일본어를 택하고 있음이 밝혀졌다.[3] 당시의 제2외
국어로 일본어를 택하고 있었던 고등학교의 수와 학습자의 수는 <표 1>
과 같다.[4]

---

[3] 日本語教育実態調査, 韓国日語日文学会, 1981.
[4] 拙稿, 1985, 日本語教育과 敬語指導内容 分析(韓国人 学習者를 위한 日本語 敬語教材 試案)「教育研究」6輯, pp.45-70, 祥明大学校 教育問題研究所.

<표 1> 한국의 고등학교의 일본어교육현황

도 별	학 교 수	학습자수
서 울	35	35,110
부 산	7	10,130
경 기 도	72	42,228
강 원 도	12	7,016
충청남도	10	6,863
충청북도	12	16,019
전라남도	25	25,129
전라북도	33	25,344
경상남도	36	18,365
경상북도	21	5,952
제 주 도	9	
전수학교	9	12,520
합 계	272교	199,198

<표 1>에서 보이는 바와 같이 경기도가 72개교로 가장 학습자수가 많았고 서울, 경남과 전북이 거의 같은 숫자로 나타났고 그 다음으로 경북과 전남의 순서로 학습자수를 보여주었다. 1980년 7월 30일의 교육개혁으로 본고사가 폐지되었고, 1981년도 입학시험은 '대학입학 학력고사'로 전국적으로 통합되었고 외국어 시험 과목은 영어를 포함하여 5가지 외국어 중에서 한 과목을 택하도록 되어 있었다. 그러한 제도는 1986년도 입시에서 영어를 제1외국어로 하여 필수과목으로 정하고 제2외국어를 필수 선택으로 하기까지 불과 5년간 계속되었다.

1981년도 실시한 일어일문학회의 실태조사 보고서에는 전국의 고등학교에서 「고등학교 일본어 上, 下」한국일어일문학회를 택하고 있는 것으로 나타났다.

1994년의 일어일문학회의 실태조사 보고서에는 다음의 교과서들이 사용되고 있음이 밝혀졌다.

김봉택, 양순혜, 「고등학교 일본어下」천재교육, 1991(한국검정교과서)
김우열, 박양근, 김봉택,「고등학교 日本語上」,1984, 시사영어사.
김우열, 박양근, 김봉택,「고등학교 日本語下」,1985, 시사영어사.
김우열, 정치훈, 「고등학교 日本語上, 下」, 박영사(한국검정교과서)
김효자, 「고등학교 日本語上」, 1984, 지학사.
_____, 「고등학교 日本語下」, 1985, 지학사.
박희태, 유제도, 「고등학교 日本語上」, 1984, 금성교과서.
_____, 「고등학교 日本語下」, 1985, 금성교과서.
손대준, 손만혁, 「고등학교 日本語上」, 1990, 보진재.
오경자, 신영언, 「고등학교 日本語上」, 1990, 동아출판사(한국검정교과서)
_____, 「고등학교 日本語下」, 1991, 동아출판사(한국검정교과서)
이봉희, 이영구, 「고등학교 日本語上」, 1983, 교학사.
_____, 「고등학교 日本語下」, 1985, 교학사.

1996학년도부터 시행될 제2외국어가 6차 교육과정에서는 고등학교 교과서의 내용이 종래의 독해와 문법중심으로부터 의사소통의 기능을 강조하는 내용체계로 바뀌게 된다.

3.1.2 대학과 전문대학의 일본어 교과서

1960년대 후반에 이르러 한국인 저자에 의한 일본어교재의 출판이 수적으로 현저한 증가를 보여서 1975년에는 시중에서 구할 수 있었던 初級教科書는 약 50종에 달했고, 그 중 상당수의 교과서들이 무분별하게 일본의 교과서들을 부분적으로 본뜨거나 옮겨놓은 것들임을 알 수 있었다. 그 후 10년이 경과한 1985년 필자는 각 대학의 일본어관련 전공학과에서 사용하고 있는 교재들을 조사하여 그 중 한국인 저자에 의해 쓰여진 일본어 교과서를 정리해 보았다. 1965년 이후 출판된 강독교재 71권

과 문법교재 10권과 회화, 작문, 펜글씨 등 약 100종에 달했다.5)

그리고 그 교과서들을 사용하고 있는 교육기관의 빈도 수에 따라 정리해보니 <그림 1>과 같았다.

<그림 1>

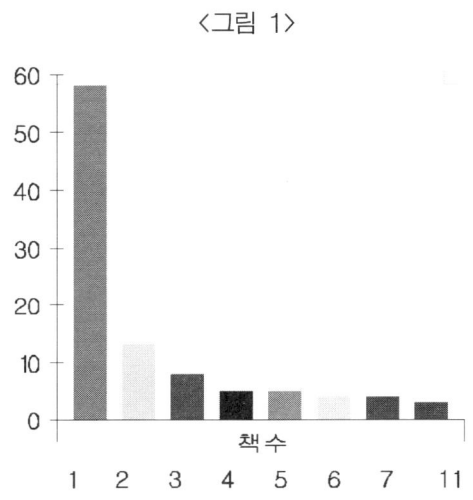

<그림 1>에서 보는 바와 같이 조사의 표본으로 택했던 80책의 교과서 중 58책의 교과서는 단일 교육기관에서만 사용되고 있었다. 즉 각 대학별로 독자적으로 교과서를 집필하여 자체 내에서 편찬하여 사용하고 있었고 타 대학이나 전문대학에서는 채택하고 있지 않았다.

실제로 그 내용과 체제 등이 유사한 교과서들이 많았고 소수의 중급과 고급 강독 교재들을 제외하고는 대다수가 초급단계를 위한 入門期教材들이었다. 즉, 入門期教材의 過多現象과 中級과 上級教材의 不足現象이 뚜렷했었다. 그것은 日本語教育의 초창기였으므로 급격한 量的증대에 따르는 수요의 급증에서 나타났던 현상으로 보여진다.

---

5) 韓国의 日本語教育実態, 1994, 韓国日語日文学会.

1982년 출판된 日本語教育辞典에 제시된[6) 韓国의 일본어교과서 일람표에 나타난 교과서를 내용별로 분류하면 <표 2>와 같다.

〈표 2〉

종 류 별	책 수	종 류 별	책 수
독 해	32	쓰 기	1
회 화	16	문 제 집	3
문 법	5	단 어 장	2
한 자	3		
작 문	1		총 63책

그 후 10년이 경과한 1992년 「한국 일본어 및 일본어교육관계 단행본 일람」[7)에는 <그림 2>와 같은 교과서의 분포를 보여준다.

〈그림 2〉

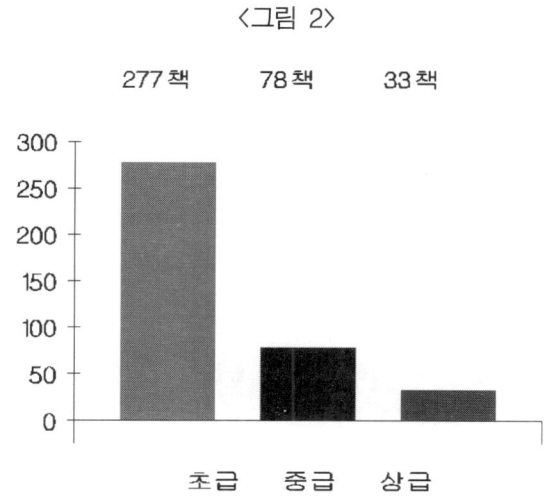

277책　　　78책　　　33책

---

6) 日本語教育学会編, 「日本語教育事典」 pp.776-777, 大修館書店, 1982.
7) 고려대학교 교육대학원, 「한국 일본어 및 일본어교육관계 단행본 일람」, 1994.

즉 초급교과서의 과다현상과 상급교과서의 부족현상은 1985년의 조사
와 변화를 보이지 않는다.

1994년 6월 현재의 단행본 일람에 나타난 일본어 관련 서적들을 그
내용에 따라 분류하면 <그림 3>과 같다.

<그림 3>

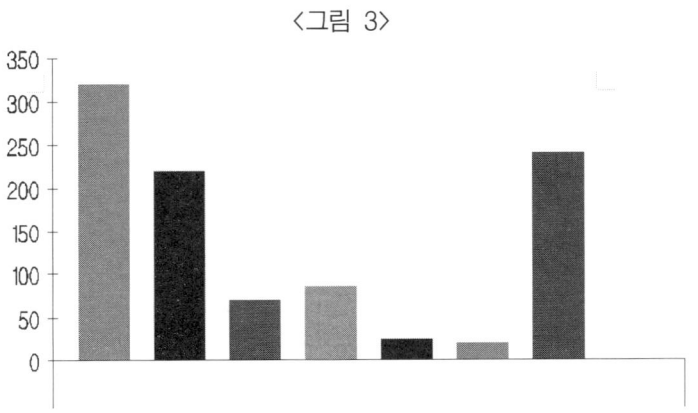

교과서 회화 사진 이론서 시험 고교문제 참고서 총872문제

<그림 3>에서 보여주는 것과 같이 대학 교과서와 각종교과서가 압도
적으로 많은 양을 차지하고 있고, 학습참고서가 그 다음 순위를 차지한
다. 그 다음 회화에 필요한 교재가 207책으로 많은 학습자들이 커뮤니케
이션을 위해 일본어를 학습하고 있다고 볼 수 있다.

그것은 1993년에 교육부에서 발표한 일본어교육의 방침에도 잘 반영되
고 있다. 즉 새 교육과정의 개관에서는 GT法(문법직역법)을 탈피하고
일상적인 쉬운 어휘의 사용으로 의사소통이 가능한 회화력을 양성하는
데 그 목표를 둔다고 하며 다음과 같이 제시하였다.

① 청해와 발화에 중점을 둔다.
② 일상회화에서 사용되는 쉬운 표현으로 의사소통의 능력을 기른다.

③ 언어기능과 의사소통의 기능이 서로 관련되게 교수활동을 진행한다.
④ 학습자의 흥미를 유발할 수 있도록 학습자 중심으로 활동하게 한다.
⑤ 능동적인 발화를 유도하기 위하여 오용이 일어나도 그 자리에서 지적하지 않는다. 의사소통의 의욕을 저해하지 않도록 배려한다.
⑥ 수업의 목적과 내용에 따라 수업을 진행한다.

교육부의 이상과 같은 방침은 새로 편찬되는 교과서에 잘 반영될 것으로 기대된다.

3.1.3 일본에서 출판된 외국인을 위한 일본어 교과서

일본어교육을 위해 출판된 교재들에 관한 해설서에는 여러 가지가 있어서 학습의 목표에 따라 선정하는 데 많은 도움이 되고 있다.

① 国際交流基金,『教科書解題』
   教師用 日本語教育ハンドブック 1983.
   1976년의 초판에 시청각교재를 첨가함.
② 国際交流基金,『日本語教材기증 プログラム 教材리스트』
③ アルク,『教科書 カタログ』,日本語教師読本シリーズ』1989.
④ 凡人社,『日本語教材リスト』매년 1회 발행.
⑤ 日本語教育学会, 日本語教材データファイル『日本語教科書』1992.

①의 『教科書解題』에 수록된 교과서는 모두 73책이다. 그들을 表記로 분류해보면 한국인 학습자에게 적합한 한자와 가나를 섞어 쓴 책(『漢字かなまじり文』)으로 쓰여진 책은 총 41책으로 52.56%에 달한다.

이들을 단계별로 나누어 보면 초급, 중급, 상급을 모두 갖춘 교과서로는
– 東京外国語大学外国語学部附属 日本語学校教材開発研究協議会 編 鈴本忍編著『日本語Ⅰ』1973, (Ⅱ)1973, Ⅲ(1976)이 있고, 초급과 중급 교과서만 있는 것으로는

- 와세다大学語学教育研究所編　森田良行, 秋永一枝, 田村すず子編
  『外国学生用日本語教科書, 初級』1967, 中級　1971.
- 亜細亜大学留学生別科編, 富田隆行, 『現代日本語』1981.
- 海外技術者研修協会編『日本語の基礎Ⅰ』1972,（Ⅱ）1981.
- 国際学友会　日本語学校編『日本語』1974, 日本語Ⅰ, 1977.
- 国際交流基金編『日本語初歩Ⅰ,Ⅱ』1982.

　그리고 중 상급 교과서로는
- 東海大学留学生別科編『日本語中級Ⅰ』1979.
등을 들 수 있다.

　표기가 로마字로 되어 있는 것은 비한자권 학습자를 대상으로 한 것이
고 한자의 수가 극히 적고 해설언어도 영문으로 되어 있어서 한국인 학
습자에게는 적절하지 않다. 그리고 한자가 섞인 41권을 중 앞에서 예를
든 7책들은 예정학습시간을 180시간에서 350시간까지로 잡는다. 따라서
한국의 대학에서 이들을 교재로 택하게 되면 일주일에 3시간으로 3학점
으로 하는 강독이나 초급일어, 중급일어 등의 교과과정에는 적합하지 않
을 것이다.
　⑤의『日本語教科書』는 총 168책의 교재에 대한 정보를 데이터베이
스화한 최초의 간행물이다.
　그들 168책 중 표기와 해설언어가 로마字로 되어 있지 않은 것은 56
권으로 전체의 33.3%이다. 그러나 그 중 중국인을 위한 것들을 제외하고
보면 용도가 대학생, 유학생으로 표시되어 있는 교과서는 훨씬 더 줄어
든다. 여기서도 예상학습 시간이 300시간까지 요구되는 내용으로 편찬된
집중코스용 교과서라는 점이 눈에 띄인다.
　일본인들에 의해 고안된 내용이 우수한 교과서들이 많이 있으나 한국
의 대학에서 쓰기에는 조건이 맞지 않는 점을 고려하여 교사가 이를 잘

조절하여 선별적으로 사용하여야 할 것 같다.

3.1.4 교육용 기자재

1994년 현재 우리나라의 일본어관련 전공학과가 설치되어 있는 62교 (캠퍼스 기준)에서 사용하고 있는 교육용 기자재에 관한 현황은 <표 3> 과 같다.

<표 3>

기 종	학 교	백분율
Slide Projector	19	30.64%
Cassette tape player	58	93.54%
VTR	61	98.38%
Computer	28	45.16%
영사기	14	22.58%
OHP	11	17.74%
기타	2	3.22%

위의 설문은 현재 그 대학이 보유하고 있는 기자재에 관한 것이 아니 고 일본어교육에 사용하고 있는 기계를 복수로 모두 표시하도록 한 결과 이다. Video Tape Recorder가 시청각교재로 62교 중 61교에서 사용하 고 있고, 카세트 테이프도 수업에 많이 활용되고 있는 것 같다. 한편 Over Head Projector는 11교밖에 사용하고 있지 않으므로 입체적 수업 을 위하여 앞으로 설치하도록 기대해 본다.

기타 항목에 표시해 준 2학교는 위성방송시설을 갖추고 있어서 NHK 방송을 청취하고 수업에 활용하고 있는 것 같다.

한편 일본어관련 전공학과가 개설되어 있지 않고 교양일어로만 일본어 강좌가 시시되는 61학교 중 설문에 응해준 25교의 현재 시청각 기자재 사용현황은 매우 저조하다.

〈표 4〉

기 종	학 교	백분율
Slide Projector	3	12%
Cassette tape player	11	44%
VTR	10	40%
Computer	3	12%
영사기	3	12%
OHP	6	24%
기타		

3.2 전망

3.2.1 중 상급교과서의 필요성

<그림 2>에서 살펴 본 바와 같이 현재 일본어 교과서의 절대 다수가 초급교재에 편중되고 있는 현상이다. 동일한 저자나 집필진에 의해 작성된 교재가 초급, 중급, 그리고 상급단계까지 入門期에서 시작하여 일관성 있게 교과 내용이 확대되어 간다면 가장 이상적인 학습을 기대할 수 있을 것이다. 초급 교재와 중급 교재의 저자와 체재가 달라지면 문형이나 문법사항, 소재와 장면 설정 등이 중복이 있을 수 있고 가장 기초적인 표현이 누락될 수도 있다.

3.2.2 학습자의 모국어가 고려된 교과서

현재 서점에 나와 있는 일본어교재에는 한자권과 비한자권의 학습자에 대한 배려 없이 제작된 교재들이 많다. 외국어의 학습에 있어서는 모국어와의 유사점은 확인하는 정도로 하고 상이점에 대해서는 자세한 설명을 통하여 충분히 이해하고 많은 양의 드릴(연습) 과정을 통해서 많은 예문의 제시를 필요로 한다. 日本人들이 外国人 학습자를 대상으로 편찬한 교과서들의 내용에는 한국인에게는 적절하지 않은 것들이 많이 있다. 학습자의 목표에 맞는 효과적인 교재는 표기, 해설언어, 문법설명 등이 학습자의 모국어의 배경이 잘 고려된 것이라 할 수 있다.

3.2.3 副教材와 自習用 教材의 개발

현재 입수할 수 있는 교과서들 이외에 회화수업, 발음, 청해 등이 목적에 사용할 수 있는 부교재가 확보되어야 할 것이다. 그리고 일본어 전공자 이외의 학습자들을 위해 자습용 교재, 통신강좌용 교재, role play card, picture card 등 다양한 부교재의 개발이 필요하다.

한편 대형클라스의 수업이 불가피한 한국적 현실에서는 연습장, 仮名쓰기, 漢字쓰기, 워크북 등을 과제로 활용하여 수업의 진도를 돕고 교사가 학습자의 이해도를 확인할 수 있을 것 같다.

3.2.4 공동집필진에 의한 교재 개발

현재 일본어 관련 전공학과가 개설되어 있는 대학 55교(62 캠퍼스)에서 독해, 강독교재로 사용하고 있는 교과서를 해당 대학의 교재 편찬위원회에서 집필하여 그 대학의 출판부에서 펴낸 것을 사용하고 있는 대학은 17교이며, 공통집필은 아니지만 해당 대학의 교수가 집필한 교과서를 채택하고 있는 대략 8교 정도인 것으로 나타났다. 교과서는 오랜 기간동안 수정하지 않으면 소재와 장면, 상황설정이 현실에 맞지 않은 경우가 나타나고 너무 자주 수정하면 시간적 경제적 부담이 가므로 몇 개의 대학이 공동작업을 시도하여 비슷한 과정의 초급, 강독 교재를 많이 편찬하는 것보다 초급, 중급만이라도 단계적으로 수업을 진행할 수 있도록 공동집필 할 수 있을 것이다.

뿐만 아니라 한국인 저자가 펴낸 교과서의 본문의 제목, 본문의 내용, 연습문제에서 일본어를 모국어로 하는 일본인의 표현에 어울리지 않는 한국어 번역식의 표현이 있다. 이 점은 팀웍를 통하여 잘 극복해 낼 수 있다고 본다.

3.2.5 현 단계에서는 다양한 학습자의 필요에 부응할 만큼 다양한 교재가 준비되어 있지 않다. 비즈니스맨을 위한 실무 일본어, 여행자를 위한 관광 일본어 등의 교과서는 있으나 과학 기술자, 건축, 예술 등 각 분야의 특수목적을 위한 학습용 교재와 用字用語辭典이 요구되고 있다.

3.2.6 현재 「한·일어 어휘비교」, 「한·일어 한자의 용법」 등에 관한 몇 권의 책이 나와 있으나 대조연구의 입장에서 잘 비교해 준 교과서가 필요할 것이다. 일본어와 한국어의 특질을 잘 이해하고 대조의 입장에서, 생략되어야 할 사항과 강조되어서 반복하여 연습해야 할 사항을 적절히 제시해 주는 교재가 편찬된다면 교육과 학습의 효과를 더해줄 수 있다고 본다.

Ⅳ. 맺는말

1994년 현재 한국의 학교교육에서 사용하고 있는 교재들을 외국어 교육이 지향하고 있는 교과서의 갖추어야 할 항목들과의 관련에서 검토해 보았다. 교재의 선택은 학습자에게 학습의 동기를 유발시켜 줄 수도 있고 흥미를 잃고 그 과목을 기피하는 결과를 초래할 수도 있는 정도로 영향을 미치게 된다. 마찬가지로 교사에게 있어서도 잘 편찬된 교과서는 수업을 더 용이하게 해주고 효과적으로 해주는 중요한 요소이다. 그러나 학습자의 다양화 현상과 더불어 실제로는 교과서의 비중이 더 감소되어 가고 있는 추세이다. 단일 교재를 가지고 몇 년씩 같은 강좌를 이끌어 갈 수 있다는 안이한 생각은 바람직하지 않는 것 같다. 처음에는 익숙하지 않던 새로운 교수법에 의한 수업에도 학습자들은 곧 적응해내고 보다 많은 정보를 얻을 수 있는 수업을 선호하는 것 같다. 언어의 4가지 기능 중 受容的機能인 읽기와 듣기는 비교적 덜 부담이 가는 부분이고 쓰기와 말하기는 發表的機能이므로 成人이 된 후 모국어의 체계가 확립된 이후 외국어학습에 접하게 되는 학습자에게는 더 많은 시간이 필요하게 된다. 앞으로의 교과과정이 Communicative Approach 등 새로운 교수법을 도입하고 있는 점들을 고려하여 교재의 편찬에 있어서도 이를 반영하여야 할 것이다.

한국의 일본어교육은 초창기를 거쳐 이제 성숙기에 접어들고 있다. 量的인 방대함만이 아니고 한국인 저자에 의해 편찬된 교과서들의 내용이 70년대와는 다른 발전을 보이고 있다. 현재 일반교과서와 학습참고서, 각종 시험문제집에 편중되어 있는 교재의 편찬이 앞으로는 이론서와 각종 사전류로 발전되어야 할 것이다. 유의어사전, 악센트사전, 외래어사전, 새로운 용자용례사전 등이 필요한 것이다. 그리고 종래의 문법용어에 관한 것도 한국인 학습자에게 적합한 용어로 통일되어야 할 것이다.

II.2 한·일의 바람직한 교재를 위하여*

1. 서 론

외국어의 학습은 모국어의 습득과정과는 다르게 학습자의 필요(needs)에 따라서 의식적으로 시작되는 경우가 많다. Krasen(1983 : 27)은 외국어의 습득과정에 대하여 학습자가 학습목표어에 노출되어 특별한 프로그램이 없이도 학습하게 되는 획득(aquisition)의 과정과, 외국어 교육의 이론 안에서 그 학습자의 목표와 동기가 고려된 의식적인 학습(learning)의 경우를 지적한 바 있다.

本稿는 한국에서 실시되어지고 있는 외국어 교육으로서의 일본어교육에 있어서의 교재 중 교과서에 대한 몇 가지 문제점들을 반성해보며, 일본의 한국어 교육에 있어서의 교과서를 둘러싼 문제점들을 진단해보고자 하는 시도에서 출발한다.

한·일 양 언어를 외국어로서 학습하게 되는 학습자들은 학습목표어의 실제적 환경에 접해보지 못하거나 원어민 화자와의 접촉이 없이 교사와 교재를 통하여서만 제한된 조건에서 학습하게 되는 경우에 처할 수도 있다. 그러한 경우에 교재(text)는 교사와 학습자에게는 매개체로서 대단히 중요한 역할을 하게 될 것이다. 적절한 교재의 선택은 학습의 효과와 커다란 관련을 가지게 된다. 교재의 문제는 교사와 교수법, 교육환경의 문제아 분리되어 고려될 수는 없을 것이다.

---

*『日本学報』第37輯, 韓国日本学会, 1996

本稿에서는 교육의 실태를 파악하는데 중점을 두기보다는 교육내용으로서의 교재의 현황과 그 이상(理想)에 대하여 고찰해보기로 한다.

2. 한국의 일본어교육과 교재

일본어가 외국어로서 세계적으로 인식되어지기 시작한 것은 세계 제2차대전을 전후하여서였다. 그러나 일본어교육은 일찍이 1549년 Francisco Xavier(포르투갈 선교사)가 가고시마에 상륙하여 포교활동을 시작함으로 비롯되어 서양인들에 의해 싹텄고, 중세에는 중국에서 그리고 18세기에는 러시아의 일본어학교들이 일본어교육을 체계적으로 시작하였고 일본 국내에서 일본어교육이 근대적인 교육으로 실시되었던 것은 메지시대 (1868~1912) 이후로 본다.

일본 국내에는 장기교육기관으로 대학원, 대학, 단기대학, 그리고 일반성인, 선교사, 기술연수생, 학술연구자, 대학입학지원자, 외국인자녀, 재일미군관계, 미국무성관계의 학습자들을 대상으로 하는 일반 사설기관이 있다. 단기교육기관으로는 각종 문화센터, 교양강좌, 집중강의, 그리고 개인교수에 의한 교육을 들 수 있다.

한편 해외의 일본어교육 현황에 대하여는 1993년 「국제교류기금 일본어국제센터」의 조사결과가 99개국의 6,800의 교육기관과 21,034명의 교사(전임 11,475명 포함)와 1,623,455명의 학습자수를 집계하고 있다.[1]

---

1) 「海外の日本語教育の現状」日本語教育通信, 第22号, p.3, 1995. 5月, 国際交流基金, 日本語国際センター.

2.1 대학과 전문대학의 일본어교재

우리나라의 대학에 외국어문학의 전공학과가 개설되었던 것은 1946년 서울대학교에 영어영문학과, 독어독문학과, 불어불문학과로부터 비롯되었다. 1961년 한국외국어대학의 일본어과와, 1962년 현재의 서경대학교의 일어일문학과에 이어 1993년 한국일어일문학회와 한국일본어교육학회, 서울일본어교육회가 공동으로 조사한 보고서2)에 의하면 전국의 4년제 대학 총수 138개교 중 110교(캠퍼스 기준으로 123교)에서 일본어교육이 실시되고 있었다. 일본어 관계 전공학과가 설치되어 있는 대학은 61교였고, 교양일어로서 실시하는 대학은 62교였다.

대학에서 사용하고 있었던 교과서에 대한 조사를 통해 알 수 있었던 것은3) 1960년대 후반에는 한국인 연구자들에 의해 제작된 일본어교과서가 증가추세를 보이기 시작하여 講読교과서의 경우 1975년 필자가 직접 시중에서 구할 수 있었던 교과서 중 초급독해교과서가 50여종에 달했고 그 중 상당수의 교과서들이 무분별하게 일본의 교과서들을 본따거나 부분적으로 옮겨놓은 것들이었다. 그 후 10년이 경과된 1985년에는 71종의 대학교양일본어 강독교재를 비롯하여 문법교과서 10종, 그밖에 회화와 작문을 합쳐 약 100종의 교과서를 얻을 수 있었다.

1964년 제1차 경제개발5개년 계획과 때를 같이하여 설립되기 시작한 전문대학4)에 1980년 부산여자대학에 관광통역과가 개설됨으로 비롯하여 1994년 현재 37개교 (38개학과)의 일본어 관련학과가 설치되어 있다.

한국일어일문학회가 실시한 제1차(1981)와 제2차(1985)의 일본어교육

---

2) 『韓国의 日本語教育実態』 韓国日語日文学会, 1994.
3) 金淑子, 「日本語教育과 敬語指導内容 分析」, p.53, 祥明大学校 教育問題研究所, 1985.
4) 専門大学은 1964년에는 고등학교 3년과 전문대학 2년을 합쳐 5년 과정으로 実業高等専門学校로 출발하여 1970년에 専門学校로 바뀌고 2~3년 과정으로 되었다가 1979년도에 専門大学으로 되었다.

실태조사에서는 일본어교육상의 문제점에 관한 분석이 포함되지 않았고, 제3차(1993) 조사에서 각 교육기관에서의 문제점에 관한 항목에서 대학의 경우에 교재의 부족(35교)에 대한 지적이 가장 어려운 문제점으로 나타나고 있었다. 커리큘럼에 맞는 적절한 교재의 구입이 어렵고 원서(原書)인 경우에 더욱 심각하며, 이러한 현상은 지방대학에서 더욱 그 사정이 좋지 않은 것으로 지적되고 있었다. 그리고 일본어 기초과목에서 사용하고 있는 교재가 오래된 것이 많아서 학습자의 학습동기에 적절하지 못한 것으로 나타났고 특히 시청각교재와 회화, 작문, 교과서가 부족한 것으로 나타났다. 개설한지 그 기간이 짧은 대학들에서 그 문제가 더욱 대두되었다. 어학실습실의 부족(24교) 현상과 시청각교재 등이 학생 수에 비하여 부족하고 운영상의 문제점도 지적되고 있었다. 같은 조사(1993)에서 전문대학의 경우에는 일본문화와 사회에 관한 정보의 부족(24교), 일본어교수법에 관한 정보의 부족(23교), 적절한 교재의 부족(19교) 순으로 교재에 대한 지적은 3위를 나타내고 있었다.

「한국일본어 및 일본어교육관계 단행본 일람」(1994)[5]에는 교과서 193종, 회화교재 69종, 사전류 6종, 이론서 23권, 각종시험문제집 26종, 그리고 학습참고서 106종으로 총 423종의 단행본이 집계되어 있다. 대부분의 교재가 한국인 저자에 의해 집필된 것들이었다.

2.2 고등학교의 일본어 교재

현재 일본어교육은 학습자의 학습동기와 학습자집단의 다양한 필요성(needs)에 적합한 교재를 사용하여 실시되어지고 있다. 그러나 이와 같

---

5) 고려대학교 대학원 일어교육전공 「한국일본어 및 일본어교육관계 단행본 일람」, 1994.

은 교과서의 발전과정은 언어교육 본래의 목적만이 아니고 때로는 복잡한 언어외적 요인들의 영향을 받아온 것이 사실이다. 한국의 일본어교육에서 사용되어지고 있는 일본어 교재들도 때로는 내국인에 의해서 때로는 일본인 모국어화자들에 의해 직접 편찬되기도 하면서 현재와 같은 다양한 교재의 양상을 보이는 것이다. 교과서가 전혀 없었던 시기에 비하여 인쇄술의 발달과 더불어 도입된 교과서는 대체로 그 교육의 효과를 증폭시켜 왔다. 한국의 일본어교재의 사적 발전과정을 다음과 같이 시대 구분해 볼 수 있겠다.

2.2.1 제1기 : 일본어교재의 여명기(1890년 이전)

1445년 Johann Gutenberg의 활자인쇄술이 발명되고 난 후 국어학자 申叔舟의 「海東諸国記」가 발간되었다. 1492년에는 일본의 「いろは歌」에 한국어 註를 달아 만들어 진 「伊路波」가 일본어 학습서로 출판되었다. 또한 1676년 康遇聖에 의해 「捷解新語」가 만들어졌다. 그것은 朝鮮語訳을 달아서 対訳書로 만들어졌던 일본어학습서였던 것이다. 1703년에는 한국인에 의해 「倭語類解」라는 일한사전이 편찬되었다. 그것은 약 3,400字의 한자에 일본어번역을 달아 만들어졌다.

이 시기의 학습서와 사전들은 통역관의 양성, 내지 교육 등을 그 목적으로 하는 등 대부분 성인들을 대상으로 하였던 것이 그 특징이었고 교사를 따라 암송하는 방식의 교육에서 벗어나 근대적 교육방법으로의 일본어교육의 실시라고 하는 의미를 가지게 되었다.

2.2.2 제2기 : 식민지시대의 의무 교육기(1891년~1945년)

개화기에 들어서서 金弘集 등(1880년) 통신사들이 수 차례 일본에 파견되는 등 조선시대의 일본어교육은 더욱 정착되어 갔다. 일본에 최초로 해외에서 유학생이 들어간 것은 1881년이었고 그들은 한국 유학생 3명이었다. 1891년에는 한성에 일어학당이 설립되었고, 1895년에는 영어학교와 일어학교가 개설되었다. 1905년에는 한국이 일본의 보호령이 되었고, 1906년에는 조선총독부의 학무부가 초등학교에서 사용하기 위하여 독본을 편찬하였다. 제1기와는 달리 외부세력에 의해 일본인교사에 의해 교재가 편찬되었고 모국어교사들이 교육을 담당하였던 시기였다. 1938년 「新朝鮮教育令」으로 한국어는 초등교육에서 사용이 금지되었고, 1941년 「朝鮮教育令」으로 일본어가 필수과목으로 정해졌고 한국어는 수의과목 (隨意科目)으로 되었다.

당시의 국민학교의 전교과목 중 일본어과목은 1학년에서 전체 수업시수의 48%, 2학년 48%, 3학년 33%, 4학년 25%, 5학년 21%, 6학년 21%로 저학년일수록 국어교육이 강조되었던 것이다. "국어"라는 명칭으로 일본어교육이 의무화되었고, 교과과정으로는 읽기, 듣기, 쓰기가 포함되어 있었다. 이 시기의 교재는 초등교육에서부터 성인용까지 확대되어 있었고, 학교교육에서 사용되어지기 위하여 편찬되고 있었던 것이다.

2.2.3 제3기 : 침체기(1945년~1973년)

1945년 해방과 더불어 곧 대한민국정부가 수립되어 초등교육에서의 일본어교육은 폐지되었다. 1947년에는 고등학교 교과과정에 외국어 교육이 도입되었다. 그리고 고등학교의 교육목표와 교육의 내용을 제시하는 제1차 교과과정이 마련되어(1954년과 1955년 사이) 학습의 목표, 교재의 선택, 교과내용이 체계화 되어갔다. 외국어과목으로는 영어, 독어, 불어, 중국어가 선택과목으로 개설되었다.

1961년 제3공화국이 탄생되어 제1차 경제개발 5개년 계획을 수립하고 추진하면서 1965년 한·일 국교정상화가 이루어지고 1961년 한국외국어대학교에 일본어과의 개설, 1962년 서경대학에 일어일문학과가 개설되었다.

1969년 고등학교의 제2차 교과과정에서 에스파니아어가 외국어과목에 추가되었다. 1972년에는 해외유학생 선발시험과목에 일본어를 포함시켰다. 그 후 1973년 2월 문교부령 제 310호를 공포하여 인문계 고등학교 제2외국어과목에 일본어를 추가시켰다.6)

이와 같이 일본어과목의 고등학교교육은 침체기에서 차츰 활성화되기 시작하였다.

이 시기에 고등학교 제2외국어과목의 일본어 교재로는 고등학교 일본어(상·하)가 쓰였고(한국일어일문학회편) 참고서가 편찬되어 쓰여졌다.

2.2.4 제4기 : 정착기(1974년~1987년)

1973년 고등학교에 일본어과목이 개설되고 곧 이어 교직과목에 일본어가 포함되었다. 초창기에는 일본어과목 중등교원자격 검정고시를 통해 부족한 일본어교사를 확보하고 있었다.7) 1973년 1학기에 130개교(전체 고등학교의 14%)에서 일본어를 채택하였고, 1975년에는 350개교(약 34%)로 확대되었다.

이 시기는 일본어의 독자적인 교과과정이 마련되었던 3차 교육과정(1974년~1981년)과 4차 교육과정(1981년~1987년)의 시기에 해당한다. 3차 교육과정의 골격은 말하기, 듣기, 읽기, 쓰기의 언어의 4기능을 골고루 습득하도록 하며 동시에 일본문화의 이해를 강조하였다. 그리고 그중 듣기와 읽기의 이해 중심이었다.

1981년 현재 272교에서 일본어학습 고등학생 학습자수는 199,198명으로 집계되었고 교재로는 「고등학교 일본어 上, 下」(한국일어일문학회편)

---

6) 金鍾學, 『韓国の高校におはる日本語教育』日本学報 第4輯 p.152, 1976, 韓国日本学会.

7) 고등학교의 외국어과목으로 일본어가 채택되었을 당시 교사자격증을 갖춘 일본어교사가 부족현상을 나타내었다. 문교부는 중등교원양성소를 급히 설치하여 1972년 10월부터 4개월간 강습을 실시하여 검정시험을 치르도록 하여 일본어교사로 임명하였다.

가 단일교재로 채택되고 있었다.

4차 교육과정에서는 말하기와 듣기의 음성언어교육을 강조하였다. 그 중에서도 특히 말하기에 중점을 두었다.

2.2.5 제5기 : 안정기(1988년~현재)

제5차 교육과정(1968년~1995년)과 제6차 교육과정(1996~)에 해당하는 시기를 가리킨다. 5차 교육과정에서는 말하기 보다 듣기기능을 강조하였다. 교재로서는 「고등학교 일본어 上, 下」의 8종 교과서가 채택되어 선택적으로 사용되어 졌다. 1993년 전국의 1,684개 고등학교 중 제2외국어8)로 일본어를 선택하고 있는 고등학교는 971교(교육부 통계로는 973교)였다. 학습자수는 인문계고등학교의 306,951명과 실업계고등학교의 477,498명으로 합계 784,449명에 달했다. 그러한 의미에서 일본어교육은 안정기에 이르렀다고 할 수 있겠다. 8종 교과서의 모든 저자들이 일본어 전공자로서 현장 경험들이 풍부한 교사들이라고 볼 수 있었다. 교육과정도 일본어의 독자적인 교육목표가 마련되었다. 그러나 주 교재만이 마련되었고 부교재와 교사용 지침서가 없고 웍·북타입의 연습문제집 등이 요구되었던 것이 사실이었다.

제6차 교육과정이 시작된 금년부터 그 동안의 8종 교과서는 10종 교과서로 바뀌었다. Ⅰ권과 Ⅱ권으로 나뉘어져 Ⅰ에서는 듣기와 말하기를 중심으로 의사소통 능력을 기르도록 하고 Ⅱ에서 읽기와 쓰기 능력을 강조하였다. 의사소통 능력을 기르기 위하여 제2외국어 Ⅰ과 Ⅱ에 각 6단위9)씩 설정하여 5차 교육과정 당시의 필수 10단위를 12단위로 늘렸다.

---

8) 고등학교의 일본어과목은 대학입학 시험제도의 빈번한 변경과 함께 여러번 수정되어졌다. 1986년에는 영어를 제1외국어, 기타 외국어를 제2외국어로 하는 구분이 생겨나 학력고사에서 영어는 필수과목으로 제2외국어는 선택과목으로 지정되었다.
9) 1단위는 매주 1시간 수업을 기준으로 하여 1학기 17주동안 이수하는 수업량을 가리킨다.

그러나 현실적으로는 고등학교의 보통교과 70과목 중 10과목의 공통필수 과목만 교육부가 지정하고 과정별 필수과목에 대하여는 시·도교육청이 임의로 운용할 수 있도록 되어 있어서 최소한의 6단위만을 제2외국어 교육에 할당하고 변칙적으로 입시위주의 수학능력시험을 위한 과목의 수업을 하는 경우가 문제점으로 나타나고 있는 실정이다.

그러나 1996년 새로 채택된 10종의 일본어교과서 Ⅰ, Ⅱ는 일본어전 공자들에 의해 일본어교육의 경험의 바탕 위에서 고등학교의 현실에 맞게 작성된 교과서들이라고 전제할 수 있고 편찬에 앞서 교육부의 지침에 관한 충분한 이해와 고등학교 일본어교사들로부터의 의견수렴단계를 거친 것으로 5차 교육과정 당시의 8종 교과서에서 진일보한 교재라고 보아야 할 것이며 이번의 심포지움을 통한 분석작업도 더욱 바람직한 교과서의 理想을 향해 발돋움하는 계기를 마련하고자 하는 긍정적인 목적이 그 배경에 있음을 지적하는 바이다.

3. 일본의 한국어 교육과 교재

일본에서의 외국어 교육으로서의 일본어교육이론의 발전과 교수법, 교재의 문제는 상당기간 동안 외국어 교육학의 성과에 의존해왔던 것 같다. 1955년 이전까지는 일본 국내의 일본어 학습자의 분포는 선교사, 일본 내에 주둔하고 있었던 미군들과 군속 가족들이 중심으로 이루고 있었다. 그러나 1955년 이후 美·日 講和条約의 체결과 더불어 미군이 급격히 감소하였고 선교사의 초빙도 줄어들었다. 그 대신 콜롬보플랜으로 해외로부터의 유학생이 증가하기 시작하였다. 뿐만 아니라 일본정부의 초청 국비유학생들과 기술연수생들이 늘어나기 시작하였다. 이와 때를 같이하여 대학의 학부에도 정규유학생들이 1년 내지 3년의 과정으로 입학하게 되었다.

일본 내에서의 한국어 교육에 대한 문제도 전체적인 외국어 교육과의 관련에서 고려할 수 있다. 대체로 일본에서의 교재에 대한 관심은 종래에는 교수법의 연구에 비하여 그다지 진전을 보지 않았던 것이다. 그러나 현재로서는 교사양성 프로그램과 교재의 개발의 분야는 크게 진보되고 있다고 할 수 있다. 일본의 외국어 교육의 발전단계를 간략히 다음과 같은 몇 단계로 구분해 보기로 한다.

① 제1기 : 제2차대전 이전과 전쟁 중까지의 시기로 진정한 의미의 외국어 교육의 이론이 확립되어져 있지 않고 실용위주의 교육이 행하여지던 시기였다.

② 제2기 : 전후 1945년에서 1980년대까지 1960년대의 외국어 교육의 이론을 주도하고 있었던 Audio Lingual Method의 영향을 받아 매개어나 문법설명을 하지 않고, 그림, 실물, 동작 등을 사용하여 설정된 장면 중에서 학습사항을 이해시키고 반복 훈련함으로 언어운용 능력을 기르고자 하였다.

③ 제3기 : 1980년~1990년의 커뮤니케이션 중심의 외국어 교육법으로 1980년대에 들어와 소위 Communicative Language Teaching(CLT법)을 받아드려 교수법과 교재작성에 큰 영향을 가져왔다.

④ 제4기 : 현재로는 CLT에 대한 반론과 절충주의의 시기인 것 같다. 따라서 교재는 다양한 연령층과 지역적인 확대로 인하여 단일교재 만으로는 교육효과를 기대할 수 없다고 되어졌다.

3.1 대학과 사회교육으로서의 한국어 교육

일본의 외국어 교육은 영어, 불어, 독일어, 중국어 등이 대학교육과정에 있었다. 한국어에 대한 관심은 근대교육이 시작된 이후 실용적인 목적에서 즉, 통역관의 양성, 경찰관, 통신관계, 세무관계 등에서는 계속되어 왔으나 학문적인 목적으로 대학에서 외국어 교육으로 강좌가 개설된 것은 1950년 이후에 와서이다.

한국어관련 전공학과가 설치되어 있는 대학을 살펴보면 다음과 같다.

〈표 1〉

대 학	학 과	개설연도	
덴리(天理)대학	조선학과	1950	사립
오사카(大阪)대학	조선어학과	1963	국립
도쿄(東京)외국어대학	조선어학과	1977	국립
도야마(富山)대학	한국어학과	1987	사립
간다(神田)외국어대학	조선어조선문학과정	1978	국립

<표 1>에서 보는 바와 같이 神田외국어대학의 외국어학부의 경우에만 학과의 명칭이 한국어학과로 되어 있고 그 외에는 조선어학과로 되어 있다. 그밖에 한국어 강좌를 개설한 대학은 65교 이상으로 보며 단기(短期)대학도 10교 이상으로 나타나 있다. 뿐만 아니라 오사카(大阪)와 고베(神戶), 도쿄(東京) 등을 중심으로 하는 지역에서는 중학교와 고등학교에서도 한국어강좌가 개설되어 있다. 그러한 강좌들의 명칭은 "조선어, 한국어, 한글, 코리아어, 조선-한국어, 한국-조선어, 조선어(한국어), Korean Language" 등으로 다양하게 불려지고 있는 현실이다. 한국어 학습자수는 꾸준히 증가하고 있으며 그 원인으로는 일본의 대학심의회의 보고에서 대학교육에 이어서 종래에는 영어, 독어, 불어에 편중되어 있었던 외국어 교육을 지양하고 더 다양한 외국어강좌를 개설하도록 문부성이 권유하고 있기 때문이다. 따라서 여러 대학들이 아시아의 언어들에 대하여 관심을 가지게 되었다. 그런데 중국어는 오래 전부터 강좌가 개설되어 있었으므로 한국어를 포함한 외국어강좌가 활발히 개설되고 있는 것이다. 그리고 사학진흥재단에서도 아시아언어들의 교육에 대한 특별지원이 시작된 것도 좋은 계기가 되었다.10)

사회교육으로 일반인을 대상으로 하는 한국어강좌로 국영방송인 NHK (日本放送協会)의 텔레비전과 라디오 한국어강좌를 들 수 있다. 1976년 을 전후하여 다른 외국어강좌와 더불어 한국어강좌를 개설하고자 하는 논의가 본격화되었으나 결론을 얻지 못하고 1984년 4월 1일 "안녕하십니까?"(부제 : 한글강좌)로 시작되었다. 그 당시 TV교재 13만 부와 라디오 교재 12만 부의 판매실적을 올렸다고 하며 1987년에는 각각 65,000부 정도로 감소되었다.

국가 공무원들을 대상으로 외무성 연수소, 방위청 소속의 방위대학교, 경찰대학교, 해상보안대학교에서 한국어 교육을 실시하고 있다.

민간단체의 강좌로는 문화센터(아사히, NHK, 도쿄신문), 사회교육센터, 지방공공단체, 공민관, YMCA, YWCA, 일한친선협회 등을 들 수 있다. 이러한 교육기관들에서 사용하고 있는 교재에는 ①교사자신이 직접 작성한 교재 ②한국에서 출판된 외국인학습자를 위한 한국어교재나 ③일본에서 시판되고 있는 교과서 등이 있다.

오고시(生越直樹)[11]의 1993년 12월부터 1994년 2월에 걸쳐 IAKLE (국제한국어 교육학회 The International Association for Korean Language Education) 일본지부에서 조사한 실태조사 보고서에 의하면 초급 교과서로는 시판되는 교과서로(47종) 수업을 하는 교육기관이 많고, 중급이상 클래스에서는 적절한 교재가 없으므로 교사자신이 직접 작성하여 사용하고 있는 교과서 30종을 들고 있다. 현재 시판되고 있는 교과서들은 독학자를 위한 자습용들이 많아서 대학이나 그 밖의 교육기관에서 사용하기에 적절하지 못하다는 지적이었다.

일본의 국립국어연구소(1996)가 1945년부터 1993년까지의 한국어연구에 관한 논저들에 관한 집계는 다음과 같다.

---

10) 李敦柱, 「日本대학에서의 한국어문학교육」, 『국어와 국어교육』, p.205.
11) 오고시 나오키(生越直樹), 「일본에 있어서의 Korean Language 교육의 실태조사」, 『한국말 교육』 Vol.5, 1994 국제한국어 교육학회.

현대어 연구	741편
역사적 연구	702편
사 전 류	71편
일반, 목록, 서평	201편
학 습 서	281편
한국어모어화자에 대한 일본어교육	186편
총	2,183편[12]

이를 다시 분야별로 고찰하면[13) 참고서류에 사적연구로는 고노(河野六郎), 오구라(小倉進平), 오에(大江孝男)을 들 수 있고 현대어연구에서 아오야마(青山秀夫), 우메다(梅田博之) 등의 음성, 음운에 관한 참고서, 문자의 고노(河野六郎), 문법에 우메다(梅田博之), 간노(管野裕臣), 오고시(生越直樹), 츠카모토(塚本秀樹), 노마(野間秀樹), 하마노우에(浜之上幸), 이토(伊藤英人), 오기노(荻野網男)의 70년대 후반부터 80년대 이후의 괄목할만한 연구업적들이 돋보인다. 문법의 연구는 한국어의 조사, 지시사, 시제, 아스펙트, 모달리티, 보이스, 동사, 접속사, 피동, 경어의 대조등 각 항목에 대한 연구가 이루어졌다.

어휘의 연구에서는 우메다(梅田博之), 노마(野間秀樹) 유타니를 들 수 있고, 방언연구에서 핫토리(服部四郎)과 우메다, 오에(大江) 등의 제주방언, 대구, 진주방언, 그리고 서울방언에 대한 연구가 있다.

언어생활에 관한 연구로 오고시(生越), 구마타니(態谷), 간노(管野)의 실태조사에 관한 연구를 들 수 있다.

---

12) 노마 히데키(野間秀樹), 「1980년대 이후 일본에서의 한국어학」 1996, p.185에서 인용.

13) 후지모토 유키오(藤本幸夫), 「일본에서의 한국어연구 현황」, 『세계각국의 한국어 연구 현황과 교육방향』 제5회 국제한국어 학술대회 발표에서, 1996. 10월 한글학 회, p.50.

교과서류에 대하여는 한국에서 발행된 한국어(서울대학교 어학연구소)와 한국어(고려대학교 민족문화연구소)와 1970년대 이후 일본에서 출판된 160종의 음성, 강독, 문법, 작문, 회화 교과서들이 있다.

사전으로는 다음과 같은 것들이 있다.

『朝鮮語辞典』小学館, 1993.
『コスモス朝和辞典』白永社, 1988.
『エッセンス朝日辞典』民衆書林, 1983.
『エッセンス韓日辞典』民衆書林, 1983.
『朝鮮語大辞典』小学館, 1993.
『正解韓日辞典』高麗書林, 1972.

그밖에 정기간행물로
月刊『基礎 ハングル』三修社, 1987 폐간.
季刊『三千里』
月刊『言語』大修館 등이 한국어 관련연구 논문을 담고 있다.

3.2 재일 교포의 모국어교육과 교재

1947년 9월 19일에 일본 법무성은 朝鮮人学校 폐교령을 내렸고 外国人登録令을 공포하게 되어 재일 교포들은 외국인으로 대우받게 되었다. 한국정부로부터 재일 교포들에 대한 모국어교육에 대한 지원은 파견교사의 지원, 한국교육원(문화원)의 개설 등의 형태로 계속되고 있다. 현재는 3세 내지 4세들의 80% 이상의 학생들이 사회교육 형태의 한국어 교육 프로그램을 통하여 모국어를 학습하고 있는 실정이다.

3.2.1 학교교육

전일제 학교교육을 실시하고 있는 한국학교는 東京, 京都, 建国, 金剛 한국학교의 4교이며 1,000여명의 재일 교포와 일본인들이 전체 교육과정 중의 한교과로서 국어과목으로 배우고 있다. 이를 교육기관별로 정리하면 다음과 같다.

〈표 2〉

교육기관	학교수 ( )은 조총련계	학 생 수
유 치 원	2 (66)	
소 학 교	3 (85)	577 (9,809)
중 학 교	4 (56)	354 (5,201)
고등학교	4 (11)	646 (4,552)
대 학 교		100 (1,000)

학교교육에서의 가장 큰 문제점은 민족교과에 치중할 것인지 일본의 정규학교에 진학할 수 있도록 진학을 위한 수험과목에 집중할 것 인지의 커리큘럼의 문제이다. 도쿄한국학교의 경우는 일본학교에로의 진학보다는 민족교과에 중점을 두고 있다. 그것은 한국으로부터 일시 파견되어 간 공무원과 기업체 관련 민간인들의 자녀들이 압도적으로 다수를 점하고 있기 때문이다.14)

초등부에서는 도덕, 국어, 사회과목이 있고 중등부와 고등부는 본국반과 재일반으로 나누어져 있고 중등부는 도덕, 국어, 국사, 사회과목, 고등부는 국민윤리, 국어Ⅰ, 국어Ⅱ, 국사를 가르치며 고등부의 재일반에 지리Ⅰ이 포함되어 있다.

교토(京都) 한국학교의 경우 중학교의 교과과정은 국어, 국사, 재일 한국인 역사이며, 고등학교도 이와 같다. 중학교 3학년과 고등학교 3학년에

---

14) 金 渙, 「일본에 있어서의 한국어 교육」-오늘과 내일-p.241, 二重言語学会誌 제4호, 1988.

서는 국어과목만 교육시키고 있는 것은 입시에 대한 준비로 인해 기타 과목이 줄어든 현상으로 보인다.

그 외에 建国 小·中·高에서는 소학교에서는 1학년에서 4학년까지 국어과목만 가르치고 5, 6학년에 사회과목이 추가된다. 중학교에서도 1학년에서는 국어과목만을, 2, 3학년에서는 국어와 사회(지리, 국사)가 추가되며 고등학교는 1, 2, 3학년 모두 국어와 국사를 교육하고 있다.

金剛학원 小, 中, 高에서도 민족교과로서 소학교과정에서 국어와 사생, 중학교에서 국어와 사회, 그리고 고등학교에서는 국어Ⅰ, 국어Ⅱ, 국토지리, 국사, 국어회화, 재일한사(在日韓社)가 포함되어 있다.

이들 한국학교에서 국어과목의 강좌명칭은 "한국어, 국어, 국어Ⅰ, 국어Ⅱ, 국어회화" 등으로 불려지고 있다. 그들이 사용하고 있는 교재는 한국의 국정교과서를 쓰는 경우와 현지에서 독자적으로 개발한 것으로 구분되어 진다. 소학교에서 사용하고 있는 교과서로는 「바른생활」, 「국어」, 「한국어 회화교본」(재일 한국인 국어교육연구회편) 등이 있다. 부교재로는 「국민윤리」, 「국어 읽기 졸업시험 과제집」 등이 있다. 국정교과서를 사용할 경우 그곳의 실정에 알맞게 재편집하고 일본어 번역을 덧붙여 사용한다.

3.2.2 사회교육

(1) 정시제 한국학원

일본정부로부터 학교법인으로 허가를 받은 4교가 이에 속한다. 성인교육과 일본학교에 재학중인 小, 中, 高생에 대한 보충교육 형식으로 이루어진다. 한국어, 역사, 음악, 무용, 요리 등의 한국문화도 가르치며 일본인 수강생이 늘어나고 있다.

(2) 한국교육원

1963년 일본의 10개 도시에 문교부가 「韓国教育文化센터」를 개설하기 시작하여 1982년에는 52개의 한국교육원이 개설되어 있었다. 주요사업은 ①교육활동 ②교육홍보활동 ③교육지원활동 등을 꼽을 수 있다. 성인교육이 중심을 이루고 있으며 한·일합동 성인용 교재개발 등이 이루어졌고 한국어강좌가 꾸준히 개설되고 있다.

(3) 국어강습소

1987년 현재 일본전국에 151개소에 한국어 강습소가 있고 초급반·중급반·상급반으로 구성되어 있다.

(4) 모국방문 수학제도

1962년부터 본국의 고등학교, 대학교 또는 대학원에 진학하고자 하는 1년의 예비과정과 2주간 또는 3개월의 단기과정의 제도가 마련되었다.

(5) 임해, 임간학교

일본에 있는 교포들을 대상으로 여름 방학중에 실시하는 단기 코스를 말한다.

(6) 50시간 이수의무제 민족교육

1973년부터 최소한 50시간의 단기 민족교육을 실시하여 큰 성과를 거두고 있다.

4. 과제와 전망

4.1 일본어교재에 대하여

(1) 고등학교의 일본어교육은 입시제도와의 관련에서 지나치게 영향을

받고 있어서 현재로선 학습의욕의 상실현상이 두드러지게 나타나있고, 교사들은 일본어교과서Ⅰ도 제대로 끝낼 수 없는 상황에 처해있는 이른바 일본어교육 황폐화가 일어나고 있다. 교육과정은 3차에서부터 6차에 이르면서 원활한 의사소통능력을 기르도록 강조되고 있다. 그러나 앞으로는 잦은 개편에 따르는 일관성 없는 교육을 지양해야 할 것이다.

(2) 고등학교의 외국어 교육은 21세기를 맞으면서 그 교육방법이 현재와 같은 교과서 중심교육에서 다양한 교재를 가지고 시청각위주로 이루어 질 것이 기대된다. 교사와 교재의 준비가 앞서야 할 것으로 본다. 이와 관련해서 부교재의 개발은 시급하다고 본다.

(3) 대학교, 전문대학, 고등학교 교과서와 일반인을 위한 학습서들 중 교사용 지침서가 없는 현상이다.

(4) 대학의 일본어 초급교과서는 같은 타이틀로 비슷한 내용을 닮는 독해교과서가 수십 종에 달한다. 필자의 1985년 조사에서 얻은 결과로 보면 교과서 1종이 한 대학에서만 사용되어지고 있는 경우가 59종이나 되었다. 따라서 교사 개인이 해당 교육 기관만에서 사용되는 교과서를 출판하는 것보다 공동제작을 함이 바람직하다고 본다. 그리고 일정한 기간을 두어 개정 또는 보완하여야 할 것이다.

(5) 일본어와 한국어의 유사점과 차이점을 분석하여 대조언어학적 관점에서 보다 효율적인 교과서를 제작할 수 있기를 기대한다. 가능하다면 한·일 공동작업으로 교재 작성하는 것도 효과적이라고 본다.

4.2 한국어교재에 대하여

(1) 일본의 한국연구도 정착기에 들어간 것으로 볼 수 있다. 현재 일본의 대학과 그 밖의 교육기관에서 사용하고 있는 교재들은 일본인 집필자에 의한 것이 대다수를 차지하고 있다. 이에 대한 한국 쪽의 관심과 지원이 요구된다.

(2) 현재 일본에서 원어민으로 한국어를 가르치고 있는 한국인교사들은 어학을 전공하거나 교사양성 코스를 밟은 일이 없는 경우가 많고 일시적으로 한국어 교육에 종사하고 있어서 교재 개발에 대한 관심이나 능력이 부족할 것이다. 정부나 민간단체가 그들 교사에게 교과서와 기타 교재를 제공해야 하며 정기적인 강좌, 연수 프로그램이 마련되어야 한다.

(3) 일본에는 한국관련 서적으로 저널리스틱한 것이나 일반교양서가 많으나 앞으로는 보다 일반교양서가 많으나 앞으로는 보다 전문적인 문학, 어학, 문화, 역사 등에 관한 자료가 마련되어져야 할 것이다.

(4) 재일 교포를 위한 교재의 개발에서는 문화적 차이를 이해하고 이를 극복할 수 있도록 다양한 부교재가 요구된다.

(5) 소, 중, 고의 연령에 맞는 동화, 만화, 드라마 등 흥미를 유발시킬 수 있는 부교재가 마련되어야 할 것이다.

Ⅱ.3 한국인을 위한 일본어 교재 개발[*]

1. 서 론

일본에서는 '국어(国語)'와 '일본어(日本語)'를 구별하여 사용하고 있다. 즉 '일본어교육'은 일본어를 모국어로 하지 않는 학습자들에게 일본어를 외국어로서 교육하는 것을 말하며, 1980년대 이후 각 대학에 국어국문과와는 별도로 일본어과의 개설이 증가 추세를 보여왔다.

1970년대 초반까지도 일본인들에게 '일본어'라는 용어는 매우 낯선 것이었다. 1980년대에 들어와 일본어를 배우려는 외국인들이 늘어나면서 이름 있는 대학이나 사설학원들이 앞다투어 일본어 교사양성 프로그램을 개설하기 시작하였다. 때마침 일본의 저명한 국어학자 긴다이이치 하루히코(金田 一春彦)선생의 텔레비전의 '일본어강좌'가 대단한 시청율을 나타내면서 일본어교육 붐을 일으키는 계기가 되었고 일본어 교사가 되고자 희망하는 이들이 급증했다.

일본어교육은 근세에 서양인의 포교활동과 더불어 시작되었고, 세계 제2차대전 이후에 이르러 일본어교육이 시작되었다고 말할 수 있다. 2차대전 중 미국은 교수법을 개발하고 일본어교재를 만드는 등 적국의 언어를 전문적으로 연구하였다. 1950년대에 몇몇 대학의 '유학생별과(留学生別科)'의 형태로 시작된 일본어교육은 1980년대에 급성장을 보이며 정착

---

[*] 『외국인을 위한 한국어 교재』, 제2차 한국어 세계화 국제학술대회 한국어 세계화 추진위원회. 2001

되었고, 1990년대까지 계속 증가 현상을 보였다. 그 후 1993년을 정점으로 현재는 둔화현상을 나타내고 있다. 그러나 내용상으로는 많은 변화를 보이며 단계적으로 정착되어가고 있다고 말할 수 있다.[1]

한국에서의 일본어교육이 공적 교육기관에서 채택된 것은 대학교육에서 1961년이었고 고등학교에서 정규 교과목으로 채택되었던 것은 1973년이었다. 그리고 현재는 대학과 고등학교, 그리고 일부 중학교의 교육과정에도 일본어가 채택되고 있어서 전 세계적으로 주목받는 일본어학습자를 다수 확보한 나라고 알려졌고, 수적인 우세를 나타내고 있는 실정이다. 본 연구는 이와 같은 실태를 고려하면서 1960년대부터 시작된 일본어교육의 현장에서 사용되고 있는 교과서의 현상과 개선되어야 될 몇 가지 문제점들에 대하여 검토하고자 하는 시도이다.

2. 교재의 이상과 역할

2.1 교수법과 교재

교과서의 편찬에서 가장 중요한 것은 교사가 택하는 교수법을 가장 잘 발휘할 수 있어야 한다. 교수법은 언어교육의 이론의 변천에 따라 시대적으로 달라지며 교과서는 이를 잘 담아 낼 수 있도록 편찬되어야 한다.

일본어교육의 교수법은 초기에는 17C부터 20C중반까지 유럽을 중심으로 발전한 문법번역법(Grammar Translation Method)이 널리 사용되었고, 그 후에는 청취발화법(Audio Lingual Method)으로 발전되었다. 청취

---

1) 90년대 후반에는 국비유학생, 대학 학부유학생, 외국 정부 파견 유학생, 취학생(就學生), 단기유학생 등의 수는 증가하지만 반대로 사비유학생, 대학원입학생, 장기유학생의 감소현상이 현저히 나타나고 있다. 이는 일본 정부의 지원에도 불구하고 해외로부터의 유학생 수가 급성장을 멈춘 상태임을 말해준다.

발화법은 미국의 군특별훈련과정(Army Specialized Training Program)을 배경으로 발전되었고, 구조 언어학자들의 음성연구를 중시하는 이론을 그 배경으로 한다. 이 교수법에서는 의미 보다는 문형연습 등을 중요시하고 의미를 중요시하지 않고 기계적으로 반복훈련을 한다. 이로 인하여 비판을 받게 되어 새로운 교수법으로 발전하게 되는 계기를 맞게 되었다. 최근에는 의사소통교수법(Communicative Approach) 등으로 발전되고 있다. 의사소통교수법은 언어의 구조나 문형습득에 중점을 두는 청취발화법의 결점과 약점을 개선하고 의사소통 능력을 양성하는데 그 목표를 둔다. 의사소통 교수법은 언어운용능력을 중요시하는 사회언어학의 영향을 받고 있다. 최근에는 그 어느 한 가지 교수법이 최선이라는 생각에서 벗어나서 몇 가지 교수법을 학습자의 학습목표에 따라서 절충하는 교수법이 보편화되고 있다.

2.2 교재의 종류

언어교육에 있어서 교육의 담당자인 ①교사와 ②교육의 주체인 학생, 그리고 ③교재는 교육의 중요한 3요소라고 할 수 있다. 그리고 교재는 교육의 내용이 현실화된 구체적인 자료라고 말할 수 있다. 효과적인 언어교육을 위해서는 교사가 학습의 현장에 적절한 교재를 선택하는 일이 매우 중요하다. 교재의 종류는 몇 가지로 구분 할 수 있다.

2.2.1 언어적 표현을 갖는 교재와 비언어적인 교재

언어적 교재란, 문자로 구현된 교재를 말하며 그 중에 가장 대표적인 것이 교과서이다. 교과서의 종류에는 독해, 문법, 작문, 회화, 한자, 청해, 연습장, 펜글씨교본, 문법해설서, 한자카드, 가나카드 그리고 음성교재 등이 포함된다. 그밖에 교육영화, 드라마 텔레비전 등의 교육프로그램 등은 문자교재, 음성교재, 영상교재의 세 가지 내용이 종합된 것이다.

비언어적 교재는 시각적으로 교재의 내용을 소개하는 사진, 그림, 도표, 모형, 슬라이드, 미니어추어 등을 가리키며 이들은 보조적인 부교재로서 널리 사용되고 있다.

2.2.2 단일언어교재와 모어별 교재[2]

일본어가 외국어로서 교육되기 시작하면서 초기에는 상당기간 영어를 모국어로 하는 학습자들 위주로 교과서가 만들어졌다. 1992년 일본어교육학회 교재위원회의 일본어교재 데이터 파일[3]에 수록되어 있는 168책 중 97책(60%)이 영어화자를 대상으로 하여 만들어 졌음이 나타나고 있다. 즉 해설 언어가 영어 위주이며 한 권의 교과서를 몇 나라 언어로 단순 번역한 경우가 몇 권 있을 정도였다.[4]

교과서는 언어교육에 있어서 반드시 있어야 하는가? 라는 문제가 제기된다. 앞에서 살펴 본 바와 같이 교과서는 교수내용을 교육의 목표에 알맞게 만든 것으로 특수 분야에 있어서는 교과서를 전혀 사용하지 않고도 교육의 목적을 훌륭히 달성 할 수 있다. 우리나라의 판소리와 구전문학, 일본의 전통예능(노, 가부키, 분라쿠) 그리고 중국의 전통악기의 연주 등의 경우와 같이 교사와 학습자가 직접 대면하여 교과서 없이 모방을 통

---

2) 이케다(池田摩那子 1980: 2)에서는 학습 희망자의 모국어별 교재의 필요성과 학습의 초기 단계에는 이를 사용함이 매우 유효하다고 지적하고 있다.
3) 日本語教育学会、1992、『日本語教材データファイル日本語教科書』
4) 해설부분 언어별 영어 97책, 중국어 10책, 프랑스어 1책, 독일어 1책, 스페인어 1책, 한국어 2책, 태국어 2책이며 나머지는 일본어만으로 쓰여졌다. 그러나 한국, 중국, 동남아시아, 중남미, 유럽 등의 일본어 학습자가 증가하면서 그들의 언어구조와 풍토, 문화와 사회 사정이 영어 위주의 해설이나 예문으로는 적절하지 않은 경우가 많아서 이에 대한 대응책이 절실하다는 지적이 나왔다.

해 그 기술을 전수하고 있는 예를 흔히 볼 수 있다.

교과서는 인쇄술의 발달과 더불어 보편화되었고 교과서의 등장으로 보다 많은 교육내용을 능률적이고 효과적으로 많은 학습자들에게 동시에 일제히 전달할 수 있는 변화를 가져왔다. 그리고 교과서가 보편화되지 않았던 시대에는 교과서를 고안하거나 편찬하는 사람은 대체로 동일인이었던 경우가 많았다. 그러므로 교과서의 제작자이며 동시에 교사인 사람이 자기의 학습자들에게 가장 적절한 교과서를 만드는 일이 가능했다. 그러나 현재에는 교과서의 집필자와 이를 사용하는 교사는 대체로 동일인이 아니며, 교사용 학습지도서 등을 통하여 저자의 의도를 제시하게 된다.

교과서는 교수법의 원리, 커리큘럼의 일관성, 문형, 기본어휘 등을 잘 지켜나가며 동시에 화제나 표현법, 표기법 그리고 그 사회의 정치, 경제, 사회, 과학, 기술 등 각 분야에 관한 정보 등을 잘 담아 낼 수 있어야 한다. 즉 이상적인 교과서는 변하지 않는 부분과 변하는 부분을 균형 있게 잘 담아 낼 수 있어야 하는 것이다.

2.2.3 사용교재의 유형별 분류

① 문법설명과 독해위주의 교재
② 문형연습중심의 구두연습에 의한 교재
③ 그 이외의 각종 시청각 교재

위의 세 가지가 기대하는 효과는 각각 다르며 학습자의 수, 학습기관 등에 따라서 달라 질 수 있다. ①의 교재들은 1920년경 이후 Harold E. Parmer가 구두훈련방식을 제창하면서 그 중요성이 강조되어 많은 교재들이 문법설명을 주로 하는 경향으로 만들어 졌다.

②의 특징은 문의구조를 문형연습을 통해 이해시키고 기초 문형을 확

대 변형시켜 가면서 반복 훈련하는 형태로 만들어졌다. 1960년대의 교과
서들은 대체로 이 유형에 속한다.

일본의 국어교육계에서는 1977년 국어교과서의 내용을 발음, 문자, 표
기, 어구의 의미와 용법, 문의 구조, 경어, 방언에 관한 사항으로 규정한
바 있다. 외국어 교육일반의 교과내용도 이를 참고로 하여 작성해 오고
있었다.

2.3 일본어 교과서의 변천

일본어 교과서의 역사는 14C 중국의 명나라에서 교수법을 배우기 시
작함으로 비롯되었고, 16C의 포르투갈의 신부들이 일본어를 배우기 시작
할 무렵에는 단어를 수집하여 문법서를 만들기 시작하였다. 18C 후반에
는 러시아로부터 표류해온 어부들로부터 일본어 자료를 모아 일본어교과
서를 만들기도 하였다. 그 후 명치유신과 더불어 개국이 이루어졌고 이
와 때를 같이하여 서양으로부터의 선교사, 학자, 외교관들이 일본어 연구
에 적극적으로 참여하게 되었다. 이때를 일본어 교과서의 초기단계라고
부를 수 있다. 2차 세계 대전 당시 일본에서는 영어교육을 폐지하였다.
그러나 이와는 반대로 미국과 영국은 적국에 언어에 대한 지식이 필요하
다고 보고 일본어 연구를 서둘렀다. 해군의 암호해독, 정보수집, 포로의
심문, 번역관, 독해 등의 목적을 위해서 일본어연구가 체계적으로 이루어
졌다.

이와 같이 일본어교육의 교과서는 초기단계에는 외국과의 접촉의 자극
에서 시작되었고, 대체로 영어교육의 교과서를 모방하는 형태로 개발되었
다. 유명한 나가누마(長沼直兄)의 교과서5)는 영국의 Palmer. H 박사가

---

5) 長沼直兄、1950 初版 『標準日本語読本』1卷~5卷、長風社 일반인과 대학생을

일본의 문부성에 소개했던 교과서를 참고로 개발된 것이었다.

일본어교육은 1980년대에 현저히 발전하였다. 발전이라는 의미는 교육기관과 학습자 수의 증가와 같은 양적 성장 이외에도 일본어교육을 담당하는 일본어교사의 사회적 신분이 안정되어 가고 있음을 가리킨다. 일본어교육학회의 설립목표에는 '교원의 사회적 신분향상을 위하여'라고 하는 표현이 나타나고 있다. 즉 다른 직업에 종사하는 전문인들에 비해서 외국어로서 일본어를 외국인 학습자에게 가르치는 일에 종사하는 교사들에 대한 인식이 미흡한 상태였던 것이다.

일본어교과서의 발전단계는 다음과 같이 구분한다.
제 1 기 : 1985 ~ 1940
제 2 기 : 1930 ~ 1945
제 3 기 : 1950 ~ 1960년대
제 4 기 : 1970년대 ~ 현재

3. 한국의 일본어 교과서

1975년 필자는 한국의 대학과 전문대학에서 사용하고 있던 일본어 교과서를 조사한 바 있다. 그 후 10년이 경과한 1985년 다시 한국의 고등학교와 대학에서 사용하는 교과서를 조사하여 분석한 바 있다.6)

대상으로 하는 독해, 작문, 회화용 교과서이다.
6) 김숙자 (1985) 일본어교육과 경어지도내용 분석.
   (한국인학습자를 위한 일본어 경어교재시안) 교육연구, 제6집, 상명대학교 교육문제연구소

3.1 고등학교의 일본어 교과서

고등학교에서의 일본어교육은 1973년 문교부령 310호에 의해 고등학교 교육과정에 제2외국어 과목으로 포함되면서 시작되어 1975년 대학입시과목으로 지정됨으로써 점차 활기를 띠기 시작하였다. 한국의 일본어학습자 수를 82만명으로 추정하고 그중 68만명이 고교생이라는 사실은 한국의 일본어학습자가 중등교육 중심이라는 것을 나타낸다. 1997년 교육부 자료에 전국의 고교생은 2243,307명이며 그 중의 34.1%인 76만 명이 일본어를 택하고 있는 것으로 나타났다. 제2외국어를 선택한 고등학생의 전체수는 1,714,554명이며 그중 44.65%가 일본어를 선택하고 있는 실정이다.

〈표 1〉 고등학교 제2외국어 과목 분표(1997)

연도	제2외국어 과목				
	1순위	2순위	3순위	4순위	5순위
1954	독일어	불어	중국어		
1973	독일어	불어	일본어	중국어	
1983	독일어	일본어	불어	중국어	스페인어
1986	일본어	독일어	불어	중국어	스페인어
1993	일본어	독일어	불어	중국어	스페인어
1998	일본어	독일어	불어	중국어	스페인어

일본어 학습자는 계열별로 보면 인문계고등학교의 경우 프랑스어와 독일어가 많고, 실업계 고등학교의 경우는 압도적으로 일본어가 많다. 고등학교의 교과서는 교과과정에 따라 만들어지며 교육과정은 그 시대의 교육이론과 국가, 사회, 시대적 요구에 따른 교육정책을 반영하고 있으며 이는 교육의 범위를 제시하며 교육의 질을 향상시키고자 하는 것을 목적으로 한다.

〈표 2〉 고등학교 외국어 교육과정의 변천

교육과정기	년도	특징
제 1 차	1955~1963	영어, 독일어, 프랑스어, 중국어
제 2 차	1963~1974	스페인어, 일본어 추가
제 3 차	1974~1981	생활중심 교육과정
제 4 차	1981~1988	1종 교과서의 범위축소 2종 교과서의 대상확대
제 5 차	1988~1992	정확성에서 유창성으로, 언어의 4기능 통합적 접근
제 6 차	1992~1997	정확성보다 유창성 중시, 학습자 중심
제 7 차	2002~2007	학습자중심 교육, 문화의 이해, 국제교류 강조

일본어는 제2차 교육과정기에서부터 추가되었고, 현재 제6차 교육과정기의 마지막해이다.

각 교육과정기의 일본어 교과서의 특징은 다음과 같다.

3.1.1 제2차 교육과정기의 일본어 교과서[7]

제2차 교육과정기에는 모든 고등학교 일본어 수업에서 한 권의 단일교재가 채택되었다. 고등학교일본어(상, 하), 한국일어일문학회였다. 이때의 문제점으로는 기초어휘가 3,000語로서 프랑스어와 독일어의 1500語보다 약 2배나 가까운 양이므로 어휘수가 지나치게 많았던 점이 지적되고 있다.

〈표 3〉 고등학교의 일본어 학습자수(1981)

도 별	학 교 수	학습자 수
서 울	35	35,110
부 산	7	10,130
경 기 도	72	42,228
강 원 도	12	7,016

---

7) 일본어는 제2차 교육과정기에서부터 한국의 고등학교 정규 교과목에 들어왔고 일본어 독자적인 교육과정이 마련된 것은 제3차 교육과정에서 시작된다.

충청남도	10	6,863
충청북도	12	16019
전라남도	25	25,129
전라북도	33	25,344
경상남도	36	18,365
경상북도	21	5,952
제 주 도	9	
전수학교	9	12,520
합 계	272	199,198

1980년 7월 31일의 교육개혁으로 본고사가 폐지되었고 1981년도 입학 시험은 "대학입학 학력고사"로 전국적으로 통합되었으며 영어를 포함하여 다섯 가지 외국어 중에서 한 과목을 택하도록 하는 것이 외국어 시험 과목이었다. 이 제도는 1986년도까지 계속되다가 1986년에는 영어를 제1외국어로 하여 필수과목으로 정하고 나머지 제2외국어를 필수 선택과목으로 지정하였다.

위에서 살펴본 바와 같이 일본어는 1973년 2월4일(문교부령 제 310호)의 제 2차 부분개정과 더불어 인문 제2외국어 과목에 추가됨으로 시작되었다. 당시 박정희대통령은 국가발전을 위하여 일본어교육의 필요성을 인식하고 이를 강조하였다.[8] 이 발표를 계기로 문교부는 15개의 일본어 강습소를 정식 인가해 주게 되었고 대학입시와 대학원 입시에도 일어를 시험과목에 추가하고 교직과목에 일어를 신설하는 등 일련의 일어교육확대 방안을 검토하게 되었다. 당시의 문교부는 고교에서 매주 2,3 시간정도 검인정으로 발간하게 될 것이라고 발표하였다.[9] 이와 같은 과정을 거쳐서 1973년 2월14일 문교부령 310호로 일본어교육에 관련된 교육과정이 발표되었다.

---

8) 서울신문 1972년 7월 5일자 1면
　　한국일보 1972년 7월 6일자 7면
　　조선일보 1972년 7월 6일자 7면
9) 서울신문 197년 7월 6일자 3면

　　제2차 교육과정기의 일본어 교과서는 일본어연구회 편 『日本語読本
(上)』고등교과서주식회사 출판되었다. 교육과정에서 교정하는 인문계고등
학교의 교과서의 특징은 다음과 같다.

　① 기본어휘 : 3년동안 사용의 빈도가 높은 일상 사용어 중 2,500어 내
　　　외를 택하며, 전문 기술용어로서 300~500어 정도를 추가할 수 있다.
　② 한자 : 당용한자 (1850자) 범위안에서 사용함을 원칙으로 하며 고유
　　　명사의 한자는 예외로 한다.

〈표 4〉 2차교육과정기의 일본어 교과서

구분	저　자	과수	쪽수	체　　제
일본어 상	이윤경, 이봉복, 박성원 전기정, 정재인, 민성홍	39	268	본문, 문형연습
일본어 하	김우열, 최창식, 문승연	31	261	본문, 연습문제

3.1.2 제3차 교육과정기의 일본어 교과서

　　제3차 교육과정기에서는 한국일어일문학회10)에 의뢰하여 1종도서로 발
행되었다.

　　제3차 교육과정기에는 언어기능과 어휘, 소재, 문형, 문법사항이 제시
되었다.

　　어휘가 3,000어 정도를 사용하도록 되었고, 교사용 지도서가 발행되었다.

〈표 5〉 3차교육과정기의 일본어 교과서

구분	저　자	과수	쪽수	체　　제
일본어 상	허초, 민성홍, 전기정	37	171	본문, 말하기연습, 연습문제
일본어 하	허초, 민성홍, 전기정	27	189	본문, 言葉のきまり, 관용어구, 연습문제

---

10) 1973년에 한국일본학회가 설립된 것을 시초로 1975년에 한국일어일문학회가 설립
　　되어 한국의 일본어문연구 전문가들의 연구발표와 논문을 수록하도록 되었다.

3.1.3 제4차 교육과정기의 일본어 교과서

제4차 교육과정기에는 2종 교과서가 확대되었다.

제4차 교과서에서는 방송통신을 통한 고등학교 과정이 고려되었고, 어휘가 1,263어로 어휘수가 감소되었다. 집필진에 일본인 원어민이 참가한 것도 변화로 볼 수 있다.

<표 6> 4차 교육과정기의 일본어 교과서

출판사	저　자	상하	과수	쪽수	체　　　제
교학	이봉희, 이영구	상	20	138	기본문형, 본문 연습문제
		하	25	156	기본문형, 본문, 연습문제
금성	박희태 유제도	상	32	154	본문,言葉のきまり, 연습문제
		하	30	148	본문, 대화,　言葉のきまり, 문제
시사영	김우열, 박양근, 김봉택	상	25	139	본문, 문형, 회화, 연습문제, (5과마다 수련문제)
		하	20	151	본문, 문형, 회화, 연습문제, (5과마다 수련문제)
지학	김효자	상	23	154	본문, 기본문형연습, (ことばの 広場), 연습문제
		하	19	157	본문, 新しい漢字の読み方, 연습문제, 言葉の使い方れんしゅう
한림	김학곤 田中節子	상	28	150	본문, 회화문, 문형, 연습문제
		하	23	152	본문, 회화문, 言葉の使い方,연습문제

3.1.4 제5차 교육과정기의 일본어 교과서

제5차 교육과정기에 와서는 일본어 교과서는 종래보다 쪽수가 줄어들었고, 8종으로 늘어났다.

문법 중심에서 의사소통능력의 향상을 위한 구성으로 바뀌고 문장에서 담화로 정확성에서 유창성으로 그리고 언어의 4기능을 통합적으로 접근하게 되었다. 그리고 다음과 같은 문화의 내용을 담고 있었다.

① 생활문화로 유적지와 풍경, 식사와 음료, 주택, 교통수단, 지형과 기후
② 습관과 행동양식으로 인사와 소개, 가족생활
③ 학교생활, 편지, 일기, 레저
④ 정신문화로 언어, 역사, 종교, 문학, 음악, 연극, 축제와 연중행사

그러나 이러한 문화의 소개가 극히 단편적이고 양적으로 부족하다고 볼 수 있다.

〈표 7〉 5차 교육과정기의 일본어 교과서

출판사	저 자	상하	과수	쪽수	체　　제
금성A	박희태 유제도	상	22	142	본문, ことばのきまり, 연습, 문제
		하	20	142	본문, 대화, 言葉のきまり, 연습, 문제
금성B	이인영 이종만	상	21	142	본문, ことばの学習, 문형연습, 연습문제
		하	22	142	본문, 대화, 言葉の使い方, 연습문제
동아	오경자 신영언	상	24	153	본문, 문형, 회화, 연습문제 (6과마다 종합문제)
		하	20	157	본문, 문형, 회화, 연습문제 (5과마다 종합문제)
박영	김우열 정치훈	상	25	143	본문, 문형, 연습, 회화, 문제
		하	20	140	본문, 문례, 회화, 문제
보진제	손대준 권만혁	상	23	137	본문, (言葉のまとめ), 기본문형, 연습 (종합연습문제)
		하	21	152	본문, 회화, 기본문형, 연습 (종합연습문제)
지학	김효자	상	23	156	본문, 문형연습, (ことばの広場), 연습문제
		하	18	147	본문, 言葉のきまり, 新しい漢字の読み方, 연습문제 言葉の使い方,
진명	이현기 사쿠마가 쓰히코	상	25	157	본문, 학습사항과 관련어구, 확인, 발음, 연습
		하	25	157	본문, 학습사항과 관련어구, 확인, 연습
천재	김봉택 양순혜	상	22	150	본문, 참고, 문형, 연습문제 (まとめの学習 종합문제, 회화)
		하	18	151	본문, 문형, 연습문제 (まとめの学習 종합문제, 회화)

3.1.5 제6차 교육과정기의 일본어 교과서

제6차 교육과정기에는 정확성보다는 유창성과 학습자 중심 교육을 강조하였다.

3.1.6 제7차 교육과정기의 일본어 교과서

제7차 교육과정기에는 의사소통 능력, 일본문화의 이해, 한국문화를 일본어로 소개하기, 국제이해 교육 등을 강조하고 있다.

3.2 대학의 일본어교과서

1961년에 4년제 대학에 일본어 전공학과가 개설된 이후, 1965년 한·일 국교정상화가 이루어 졌고, 1981년 현재 전국의 4년제 대학 34교에 일본어 전공학과가 개설되었고, 45교가 교양일본어를 채택하였고, 18교의 2년제 대학(전문대)에 일본어 관련학과가 개설되었다. 이 당시의 문제점은 "대학일본어"라는 타이틀로 각 대학별로 초급강독교과서를 제작하여 사용하고 있었으나 이들은 대부분 초급교재에 편중되었고 중급이상의 교재가 부족한 것이다.

필자는 1965년이래 1985년까지 한국인 저자에 의하여 발간된 교과서들 중 100권을 추출하였다. 그중 80 책은 강독교과서로 초급용이었고 문법교과서 10종과 회화의 작문교과서가 소수에 달했다. 표본으로 추출했던 80권의 강독교과서를 사용기관수로 분석해본 결과 <표 8>과 같다.

<표 8> 대학 일본어 교과서의 사용분포   단위 : 책수

	1개교	2개교	3개교	4개교	5개교	6개교	7개교	11개교	계
채택교	58	10	4	2	2	2	1	1	80

위의 도표에서 알 수 있는 것은 각 대학이나 교육기관별로 독자적으로 교과서를 편찬하여 사용하고 있으며 이를 다른 교육기관에서는 거의 채택하고 있지 않아서 연계성이 없음이 나타났다. 필자가 다르나 그 내용과 구성은 매우 유사하며 일본의 교과서를 그대로 옮겨 놓은 것도 많이 보였다. 가장 많이 채택되고 있었던 (58기관) 교과서도 일본의 나가누마(長沼直兄)의 표준일본어교본을 본 따서 편집한 것이었음이 드러났다. 그 내용과 체제 등이 서로 유사했고 소수의 중급과 고급강독교재들을 제외하고는 대다수가 초급[11] 교재였다. 이와 같은 현상은 한국의 일본어교육의 교과서가 일본의 외국인을 위한 교과서를 모방 내지 편집하는 단계에 머물러 있음을 잘 보여주고 있었다.

이 시기까지의 교과서의 저자들은 단일 저자가 많았다. 그리고 한국인과 일본어를 모국어로 하는 일본인의 공동 집필은 단 한 권이었다. 여기서 한국적 표현의 오용이 많이 나타난 것으로 추정된다. 이 시기의 국제교류기금이 주도한 해외의 일본어 교사 연수회의 보고서에 나타나는 한국의 일본어교육 문제점의 하나가 일본인 교사의 부족현상으로 보고된 바와 관련이 있다고 볼 수 있다.

1982년 일본어교육사전에 제시된 한국의 일본어교과서일람표에 나타난 교과서를 내용별로 분류하면 독해 32, 회화 16, 문법 5, 한자 3, 작문 1, 쓰기 1, 문제집 3, 단어장 2책으로 총 63책의 51%가 독해교과서에 편중되고 있음을 볼 수 있다.

1994년 6월 고려대학교 교육대학원의 자료[12]에서 총 872권의 교과서와 참고서들이 분석되었다. 그 결과는 다음과 같다.

---

11) 일본어교육에서 말하는 초급은 어휘 수 1,500~2000語, 한자 500字, 문법사항으로는 조사, 활용, 수동, 사역어 구성의 기초 등 주로 구어체 문장 연습이 포함된다. 중급은 어휘 수 5,000~7,000語, 한자 1,000~1,500字와 동시에 구어체와 문어체 문장연습을 포함한다. 그리고 상급은 어휘 수 10,000語 한자 2000~2500字와 일본인과 자연스럽게 대화 할 수 있는 수준을 가리킨다.

12) 고려대학교 교육대학원, 1994, 한국 일본어 및 일본어교육관계 단행본 일람.

<표 9> 한국의 일본어교과서 내용별 분류

단행본 종류	책수
대학교과서	18
일반 및 고교교과서	296
회화서	207
사전	73
이론서	89
일반시험 문제집	32
고등학교 문제집과 참고서	29
학습 참고서	238
합계	872책

위의 표에서 알 수 있는 바와 같이 대학교과서와 각종 교과서가 압도적으로 많은 양을 차지하고 있고 학습참고서와 회화에 필요한 교재가 증가한 것을 볼 수 있어서 학습자들은 커뮤니케이션을 위해 일본어를 학습한다는 것이 나타났다.

문제점으로는 첫째, 한국인 저자가 집필한 일본어 교과서에 있어서는 각과의 제목, 본문, 연습문제 등에서 한국식 표현의 번역이 있어서 한국인 학습자에게 일본어의 자연스러운 표현이나 어법과는 다른 일본어를 소개하는 경우가 많았다. 이와 같은 교과서의 오용의 예를 일본의 연구자들은 자세히 분석하여 수 차례에 걸쳐 발표한 바 있다.

둘째, 일본의 교과서의 부분적인 인용이 많음으로 한국인학습자가 처해있는 학습 장면과 어울리지 않는 내용들을 그대로 소개하고 있었다.

3.3 중학교 일본어 교과서

전국의 중학교에 그 통계를 잡기 어려울 정도로 특별활동시간이나 특기적성시간에 일본어를 채택하는 학교가 급증하고 있다.

2001년 3월부터 교육부가 제작한 일본어 교과서가 일본어를 선택하는 전국의 중학교에서 사용되었다. 『こんにちは』13)는 교육부 심의과정을 거쳐 제작되었다. 그 내용은 생활일본어로서 중학생들의 정서에 맞게 만들어 졌고 독해뿐만 아니라 회화교재로도 사용할 수 있도록 만들어 졌다. 그 이외에 약 10종의 주니어용 교과서가 최근 2,3년 사이에 전국각지에서 방과 후 활동의 일정에 알맞게 단들어 졌다. 그러나 어휘 수와 문형, 난이도에서 일관성이 없고 그 장면도 중학생에 알맞지 않은 경우가 많이 나타났다. 그러나 적어도 일본의 소학교 교과서를 그대로 사용하던 시기와 비교하면 많은 발전이 있었다고 말할 수 있고, 교사가 주역을 하는 주입식 가의 형태에서 벗어나 학습자 주도형의 활동위주로 나아가고 있음을 볼 수 있다. 중학교의 일본어 교사는 기간제 교사나 강사가 많아서 교재의 개발이나 교과내용에 대한 지속적인 연구 개발이 어렵다. 한편 학생들의 입장에서는 평가가 따르지 않는 특별활동 과목의 수업이라는 점에서 집중력이 떨어지고, 개인차가 심하여 이를 극복해야하는 것이 앞으로의 과제이라고 생각된다.

4. 결 론

4.1 대학의 일본어 교과서

대학의 일본어 교과서의 집필형태는 단일 저자에서 다수의 저자로 변

---

13) 중학교 생활 일본어, 2001,3 초판 『こんにちは』교육부.
　　이 책은 일본어를 학습한다기 보다 일본어와 일본문화를 즐겁고 유익하게 학습할 수 있도록 함을 그 목표로 하고 컬러 인쇄로 출판하였다. 집필진은 이덕봉, 김태호, 모리야마 신(森山新)3인이며 전체가 10단원이며, 116쪽으로 구성되어 있고 교사용 지도서도 있다.

화되고 있다. 특히 일본어 모국어 화자가 이에 참가하고 있는 점이 바람직하다고 말할 수 있다. 그리고 독해 또는 작문 등의 과목별 교과서가 통합적인 성격을 가지는 방향으로 변화되고 있음을 알 수 있다. 이는 1990년대 이후, 장면을 고려한 상황접근법의 교수법이 널리 보편화됨을 잘 반영하고 있음을 볼 수 있다. 1994년의 자료에서는 80년대와는 달리 강독교재 중심에서 문법, 작문, 회화, 쓰기 등의 교재의 증가현상을 보이고 있다. 그리고 교사용 지도서가 구비된 교과서들도 출판되고 있어서 발전적인 방향으로 나아가고 있음을 알 수 있다.

4.2 고등학교 일본어 교과서

제7차 교육과정에서 제시하는 외국어 교육의 목표에 따라서 일본어 교과서도 듣기, 말하기, 읽기, 쓰기의 언어의 4기능을 통합적으로 고려하여 제작되어지고 있다. 현재 교육부가 검인정 하는 외국어 고등학교용 일본어 교과서는 일본어 독해 Ⅰ, Ⅱ, 일본어 문법 Ⅰ, Ⅱ, 일본어 청해, 일본문화, 실무일본어 등이 있다. 2종 교과서도 기본어휘 824어를 사용하도록 하고 2002년 3월부터 사용하도록 예정되어있다. 이들 7차 교육과정의 일본어 교과서들은 학습자 중심 활동과 의사소통 기능을 강조하면서 제작되었다. 종래의 제4, 5, 6차 교육과정기의 교과서와 비교하면 그 내용이 쉽게 편찬되어서 학습자가 실제로 배운 내용을 사용 할 수 있도록 고려되었다고 볼 수 있다. 현재 제7차 교육과정의 교과서들은 『일본어Ⅰ』과 『일본어Ⅱ』를 합쳐서 900어휘를 사용하도록 정하고 있다. 이는 초기의 2,500어와 비교할 때 현저히 감소한 것이다.

4.3 초·중고생 일본어 교과서

제7차 교육과정에서는 중학교 재량 시간에 선택교과(한문, 컴퓨터, 환경, 제2외국어)중 한 과목을 택하도록 되어있다. 초·중고생을 위한 교과서는 그 수업시수와 어울리게 쪽수와 과수가 잘 고려되어 만들어지고 있다. 그 장면도 점차로 학습자의 상황에 맞도록 편집되고 있다.

4.4 멀티미디어 교재

현재 부분적으로 멀티미디어를 일본어교육에 활용하는 강좌가 늘어나고 있다. 영상 일본어, 인터넷과 일본어 등의 다양한 강좌의 이름들이 1990년대 후반의 각 대학의 커리큘럼에 나타나고 있다. 각 일본어 전문학원에서도 영상일본어, 스크린 일본어, 일본어 듣기. 일본어 뉴스 청취 등 멀티미디어를 활용하는 강좌들이 활발히 진행되고 있다.

4.5 문화교육의 교과서

1998년 일본어 관련 학부나 학과가 개설되어있는 대학은 93교이며, 95개의 대학 중 약 79%인 75대학이 학부제로 전환되었다. 학부제의 도입은 1995년도 5·31교육개혁안의 발표이후부터 이다. 이들은 지역학부(32.4%), 인문·어문학부(32.4%), 어학계(27%), 통상학부(8%) 등으로 종래의 어문학 위주의 경향에서 지역연구 경향으로 변화하고 있음을 알 수 있다. 학부제의 또 다른 특징으로는 복수전공제를 들 수 있다. 이에 따라서 전공과목은 70학점 정도부터 30~36학점 정도로 하향 조정되었다. 1970년대까지 일본사정이라는 명칭의 강좌가 개설되어 있었으나 현재 대학의 학부제로의 전환과 더불어 일어일문학 위주의 강좌가 점차 사회계열의 학생들에게 개방 확대됨으로 일본사정 뿐만 아니라 한일관계, 일본문화, 일본사회를 중심으로 하는 소위 교양선택 과목이 다양하게 개설되고 있다.

Ⅱ.4 第7次教育課程の
高校日本語教科書対する検討と提案[*]

───────┤ 요지 ├───────

　　교육인적 자원부가 한국의 초등교육과 중등교육의 방침과 내용을
정해서 제시하는 교육과정에 따라 제7차 교육과정은 1997년 12월
에 개정되어 발표된 바 있다. 제7차 교육과정은 초등학교에서는
2000년, 중학교에서는 2001년, 그리고 고등학교에서는 2002년부터
각각 적용되기 시작하였다. 제2외국어 과목은 선택과목에 해당되므
로 고등학교 2학년에서 적용되기 때문에 실제로는 일본어를 선택하
는 학교에서는 금년(2003년) 3월(1학기)부터 새로운 교과서가 사용
되기 시작하였다.

　　본 연구는 교육부의 심의를 거쳐서 출판되어 시판되고 있는 12
종의 고등학교 일본어교과서의 체제와 그 내용을 분석하여 앞으로
새로 만들어진 교과서들이 과연 현재의 교육현장에 질 부응하고 있
는지, 교육인적자원부의 기본방향을 잘 살려서 만들어졌는지, 그리
고 더 나아가 제6차 교육과정과 비교해볼 때 발전된 것이라고 말할
수 있을까 등에 대해서 고찰해 본 것이다.

　　12종 교과서에 대한 검토결과는 다음과 같이 요약할 수 있다.

(1) 체제면

　① 교과서의 판형이 4·6배판으로 확대되었다.

　② 2도 컬러를 사용하고 있다.

　③ 기본어휘는「日本語Ⅰ」과「日本語Ⅱ」를 합쳐서 900어로 규
　　정하고 있다.

　　12종 교과서가 사용어휘수의 평균은 550어이며, d교과서는 가장
많은 614어를 사용하고 있다.

─────────────

* 『日本語教育研究』第5輯 韓国日語教育学会, 2003

(2) 내용면

① 저자의 구성을 살펴보니 6종의 교과서는 한국인 저자들로 집필진이 구성되어 있고 나머지 6종은 일본인 저자가 집필진으로 참가하고 있다.

② 12종 교과서에서 사용하고 있는 문법용어가 통일되어 있지 않는 현상이므로, 제8차 교육과정에서의 개선해야할 과제로 남는다.

③ 사용어휘 전체에서 외래어가 차지하는 비율이 6차 교육과정에서 보다 증가현상을 나타내고 있다.

④ 12종 교과서가 모두에서 문화항목이 증가하였고, 컬러사진 등 다채로운 구성을 보인다.

1. はじめに

韓国の日本語教育が外国語教育として公的教育機関で実施されたのは、高等教育機関[1]である大学においてが初めてである。1961年に4年制大学である韓国外国語大学に日本語科が、そして、1980年には2年制大学である釜山女子大学に観光通訳科が開設された。その後、1973年に高等学校で、2001年には中学校で日本語教育が行われはじめ、学習者の低年齢化現象が顕著に現れている。

韓国の日本語学習者は、世界全体の学習者人口の中で占める比率が圧倒的に多いという。それは中等教育[2]機関である高等学校での日

---

1) 初等教育と中等教育に続く学校教育の最終段階として、大学(2年制，4年制)教育や大学院教育などを指す。

2) 初等教育と高等教育の中間段階をなす教育をいう。韓国の場合は、中学校と高等学校段階の教育がこれに該当する。1949年、教育法の公布により、中等教育

本語学習者の数が多いためである。韓国の中等教育機関での外国語教育は、教育人的資源部が制定し提示する教育課程の内容にそって行われる。1997年12月に第7次教育課程が改正・発表され、これに伴い、2000学年度から年次的に新しい教育課程が施行されている。年次的とは、小学校に対しては2000年から、中学校には2001年、高等学校には2002年からそれぞれ適用されるようになったことを指す。

　韓国の教育課程の目標は、国家が目指す教育目標の中で、その時代ごとの変化に合わせて改訂されてきた。第7次教育課程の基本は、21世紀の世界化及び情報化時代を主導する自律的かつ創意的な韓国人を育成するというものであり、何よりも教育現場が中心になるべきだとした点が、その特徴といえるだろう。

　本稿は、外国語系列教科書の開発指針にそって、教育人的資源部の審議を経て発行された日本語教科書の全体的な方向と特徴を検討する中で、今後の教育課程の制定において考慮されるべき事柄の提案を試みるものである。検討の対象は2種教科書[3]としての高等学校の日本語を中心とする。

2. 教育課程の変遷と日本語教科書

　教育課程とは、教育機関がその教育の目的と教育目標を達成するための基準であり、学習者にとっての教育的実現を意図しながら学校

は中学校3年と高等学校3年の授業期間で実施するよう規定された。
3) 出版社が発行し、教育人的資源部に検定を申請し、審議を経て出版許可を認められた教科書を指し、著作権は著者または該当出版社が保有する。現在、検認定に合格し、2種教科書として発行されているものは、高等学校の日本語教科書Ⅰが12種、高等学校の日本語教科書Ⅱの4種である。

で有効に機能するよう考え方や経験などの文化内容を再構成した、全ての水準の計画をいう。そして、教育課程の特徴としては、以下のような点を挙げることができる。

① 教育目標や教育内容を国家的次元で提示している。
② その時代の教育理論や教育政策が反映されている。
③ 各教育機関における教育の範囲を提示する。
④ 教育の質を向上させることをその目的とする。
⑤ その内容は教科書を通して現れる。

韓国の教育法第155条第1項では、その性格を以下のように記述している。

① 国家レベルでの共通性と、地域・学校・個人レベルでの多様性を同時に追求する。
② 学生を中心とする。
③ 教育庁、学校、教員、保護者が共に実現する。
④ 学校教育体制がその中心となるよう改善するためのものである。
⑤ 教育課程の結果の質的水準を維持・管理するためのものである。

このような具体的な目標の基に制定・告示された第7次教育課程により、2000年3月には小学校3年生から「生活英語」科目が追加された。初等教育4)に外国語が加わった点は新しい変化であり、その影響で外

---

4) 教育制度の体系において最も早く受ける教育を初等教育という。しかし、教育の歴史の上では初等教育期間の年齢が統一されておらず、制度によっても異なる。すなわち、初等教育を予備基礎教育と基礎教育に分け、前者は保育学校や

国語科に属する日本語の教育も韓国の中等教育の歴史上初めて、2001年度3月に中学校において「生活外国語」という教科目で裁量活動[5]の時間の中で実施されるようになった。そして、そのために教育人的資源部が中学生用の日本語教科書[6]を刊行することになった。高等学校では、2003学年度より、新しい教育課程に基づいて発行された日本語の教科書が使用されている。外国語の中で英語以外のいわゆる第2外国語(日本語、中国語、ドイツ語、フランス語、スペイン語、ロシア語、アラブ語の7カ国語と漢文)は選択科目となっているのだが、これは高校2年生から第2外国語の選択科目が適用されるからである。

　教育課程は告示した年と施行される年が必ずしも一致しないという状況がある。告示の年を基準に、高校用の日本語教科書の変遷を教科課程ごとの特徴との関連から検討してみる。

〈第1次教育課程期〉
　　1955年～1963年
　　1955年8月1日、文教部令第45号として告示。
　　1945年、大韓民国政府の樹立とともに、初等教育において植民地

　　幼稚園での教育を、後者は初等教育を指すこともある。韓国の教育法96条では、「全ての国民は、その保護する子女が満6才になった翌日から満12才になる日が属する学年の末まで　就学させる義務がある」と規定している。韓国では初等教育を6～12才までの6年間と規定しているのである。しかし、5才から13、14才までを初等教育の期間としている国もある。韓国の小学校の教育課程では、道徳、国語、算数、社会、自然、体育、音楽、美術、実科など9個の教科と、個別学校の創造的な活動のために三つの領域の「学校裁量時間」が設定されている。

5) 中学校では、国民共通の基本教科の深化・補充と同時に、選択教科目の学習として四つの領域を設定している。漢字、コンピューター、環境、第2外国語がこれに当たる。

6) 中学校生活日本語『こんにちは』, 教育部, (執筆陣：李徳奉、金泰昊、森山新) 2001

教育として行なわれていた日本語教育は直ちに廃止された。そして、1947年には高等学校の教科課程に外国語教育が導入され、1954年から1955年にかけて外国語学習の目標、教材の選択、教科内容が体系化された。外国語科目は選択科目として英語、ドイツ語、フランス語、中国語が開設された。日本語教育は含まれなかった時期である。

〈第2次教育課程期〉

1963年～1974年

1963年2月15日、文教部令第121号として2次教育課程が告示された後、追加として、1973年2月14日の文教部令第310号で日本語教育が認められた。その他、エスパニア語も追加された。

日本語研究会編『日本語読本(上)』『日本語読本(下)』の1種図書1種類が、1973年1学期から使用され始めた。

〈第3次教育課程期〉

1974年～1981年

1974年12月31日、文教部令第350号として告示。

国民教育憲章に基づいて、言語機能項目とその学習に必要な資料として、語彙、素材、文型、文法などが提示された。

この時期には、韓国日語日文学会編『日本語(上)』『日本語(下)』が単一教材として使用され、参考書も刊行され1979年1学期より使用された。「話す」「聞く」「読む」「書く」といった言語の四つの技能をバランス良く習得することと共に、日本文化の理解が強調された。

〈第4次教育課程期〉

1982年～1987年

1981年12月31日、文教部告示第442号で告示。

教育開発院によって基礎研究及び総論、各論、試案などが用意された。

『日本語(上)』『日本語(下)』5種類の2種図書が5社の出版社によって発行され、1984年1学期から使用された。「話す」「聞く」の音声教育が強調された。

〈第5次教育課程期〉

1988年～1995年

「話す」より「聞く」能力を強調した。『高等学校日本語』(上・下)の2種図書8種類が採択・発行された。人文系の高校において306,951人、実業界高校において477,498人の合計784,449名が日本語学習者の数として集計されており、日本語教育の安定期に入った時期である。日本語独自の教科課程が 作られた。新しい教科書は1990年1学期から使われ始めた。

〈第6次教育課程期〉

1996年～2001年

『高等学校日本語』Ⅰ、Ⅱがそれぞれ10種であり、日本語専攻者によって日本語教育の経験を基に韓国の高校の現実に合わせて作成された。編纂に先立つ教育部の指針づくりにおいても、日本語教師の意見を取り入れる段階を経た。

〈第7次教育課程期〉

2002年以降

教育部告示1997-1号として1997年12月に告示され、2000年より施行された。

エスパニア語をスペイン語に、アラビア語をアラブ語へと名称を変えることにした。

6次教育課程同様に外国語での意思疎通能力を養うようにすることと、多様なマルチメディア教授・学習資料の積極的活用を強調している。

　一般系高校の教科目は、1年生で国民共通の基本19教科目を学び、2年生及び3年生で一般選択と深化選択科目を学ぶようになっている。

　一般的に人文系高等学校での第2外国語Ⅰは一般選択科目であり、2年生の時に一つの科目を4単位または6単位として、1年ないし2年間行われる。しかし、第2外国語Ⅱは、深化選択科目に含まれていることから、学校によっては開設しないことも可能である。第2外国語科目を入試科目に入れていない大学を受験する学生たちは、深化選択科目である第2外国語を学習していないのが実情である。それは第2外国語に限らず、ほとんどの選択科目に関しても同様である。

　教科目の数と科目の変化を、第6次教育課程と第7次教育課程を通して比較すると、以下の表のようになる。

〈表 1〉6次、7次教育課程の高校教科目の比較

6次	共通必須10	課程必須/ 選択53	教養選択 7	70	
7次	基本教科10	一般選択26 深化選択53	深化選択 53	89	増加

3. 第7次教育課程の教科書の検討

3.1 外国語高等学校用の1種教科書[7]

　第7次高等学校外国語系列教育課程の教科書は、その教育内容を充実に反映することが期待され、学生たちが自主的に学習しやすいよう挿絵、写真、グラフィックなどを配置し、意思疎通能力を最大限に伸ばせるようにするという趣旨の下で開発された。

　教育内容は、国際関係への理解をもとに、社会の各分野で日本語を通して日本人との意思疎通を上手にこなし、政治、経済、社会、文化など各分野における韓日交流に能動的かつ積極的に参加できる専門的人材を養成することに重点を置くものとしている。

　教育部が開発した高等学校日本語の1種教科書は以下のようになっている。

　『日本語読解Ⅰ』、『日本語読解Ⅱ』,

　『日本語会話Ⅰ』、『日本語会話Ⅱ』

　『日本語 作文Ⅰ』、『日本語作文Ⅱ』

　『日本語聴解』

　『日本語文法』

---

7) 国定教科書を指し、教育部による編纂を原則とするが、教育部長官が必要を認めた場合は研究機関や大学などに委託して編纂することができる。学校長は1種図書がある場合はそれを優先的に使用しなければならず、1種図書がない場合は2種図書から選定・使用することになっている。教科用図書には教科書、指導書、認定図書の3種類がある。現在、日本語の1種教科書としては、中学校用『こんにちは』の1冊の教科書と教師用指導書があり、高等学校用6冊(読解、文法、会話、作文、文化、実務日本語)のⅠ巻とⅡ巻が発行され、外国語高等学校で使用するようになっている。

『日本文化』
『実務日本語』

そして、その概要は次の通りである。

〈表 2〉第7次教育課程の1種教科書の概要

分量	1冊当り250ページ
外形	4×6倍版、 2度カラーで印刷
指導書がない	教授・学習資料として付録に入れる
本文	190～200ページにし、負担を減らす
難易度	読解、会話、作文のⅠは易しくする

3.2 中学校用の生活日本語(1種)の教科書

現在、韓国の中学校では正規科目である裁量活動の選択科目として外国語を教育している。教育部はこのために2000年11月までに生活日本語『こんにちは』の1冊と、教師用指導書1冊、聴覚資料二つを開発した。現在、中学校で使用している日本語教科書は、教育部が発行した国定教科書である[8]。裁量活動とは、自律的な教育活動として、地域社会の特性に見合った学校教育の必要性や学生のニーズに応じた教育に取り組めるようにしたものである。第7次教育課程では、その時間数と適用対象学校が拡大され、初・中・高校それぞれの級に渡って一貫していながら、学校級間の連携が可能となるよう工夫されている。現在、中学校の裁量活動科目は第2外国語、漢文、コンピューター、環境、その他となっている。

___

8) 教育部が著作権を保有する教科書を指す。1種教科書と呼ぶ。

<表 3> 生活日本語の概要

分量	68時間程度で扱える内容
外形	4×6倍版、4度カラーで印刷
単元	12〜14単元
体裁	導入・展開・まとめの段階を創造的に構造化
内容	中学校の生活外国語課程に適合したもの
難易度	週当り1時間、1年〜3年の使用が可能にする

3.3 高等学校用の日本語(2種)教科書

韓国の高校用教科書には大きく分けて三種類がある。

① 1種教科書：特殊目的高校である外国語高等学校で使用し、教育部が編纂する。

② 2種教科書：検認定教科書9)で、人文系と実業系高校で使用し、一般の出版社が編纂して教育部による審議を経て発行する。

③ 認定図書10)：放送通信高校やその他の高校で使用する。一般の出版社が編纂し、教育部によって指定された機関(韓国教育開発院など)による審議を経て発行する。

---

9) 教育部の長官による検定または認定を受けた教科書用図書を指す。1977年に制定された教科書用図書に関する規定によると、大学・師範大学・教育大学・専門大学以外の各学校の教科書図書は、国定教科書(1種教科書)を除いては教育部長官の検定または認定を受けた後に使用が可能となる。すなわち、韓国の教科書用図書は全て国定教科書か検認定教科書のどちらかになる。

10) 認定図書とは特別な理由がある場合、国定・検定図書以外の図書を教科書や指導書として代用できるよう教育部長官が承認した図書を指す。特別市・直轄市及び道の教育長(小学校の場合は学校長)は、管轄区域の学校(小学校の場合は該当学校)の教科目に関する1種・2種図書がない時、その他の特別な理由により1種または2種図書の使用が困難な時、またはこれを補充する必要がある時に限って、教育部長官の承認を得て認定図書を使用することができる。放送通信学校用の教材、副教材形式の多様な教科書などが発行されている。

　高校の教科書は教育期間の特性に合わせて、特定年齢層の教室活動を通した授業を予想して作られたもので、一般教科書とは根本的に異なるといえる。すなわち、学習時間、学習進度、学習者の水準、評価の問題などを考慮して作成する。

　日本語教育において、外国人学習者のために作られる日本語教科書は、その難易度によって初級教科書、中級教科書、高級教科書に分けられる。ここで、これら段階別教科書の構成を比較してみると、以下のようになる。

<表 4> 段階別教科書の内容比較

段階	語彙	漢字	学習時間
初級	1,500	300～400	200
中級	3,000	400	200
上級	3,000～4,000	800	300

　上の表から見て取れるように、高校の日本語Ⅰと日本語Ⅱは、初級教科書に該当するものといえる。日本語が高校教育に取り入れられるようになってから、30年以上が過ぎた。2次教育課程期からの教科書変化を、発行された教科書の冊数と教育部が提示した基本語彙数の比較を通して見ると、次の表のようになる。ここで分かるように、日本語が科目として採択された当時は、他の第2外国語より語彙数を多く設定している。だが、現在は語彙数を減らし難易度を調節しているが、今でも日本が定めている海外学習者のための初級教科書の語彙数よりは多いということができる。

〈表 5〉高校の日本語教科書(2種)の変化

教育課程期	種類	語彙数
2次(1963)	1	2,500
3次(1974)	1	3,000～3,200
4次(1982)	5	2,200
5次(1989)	8	1,800
6次(1996)	10	1,400
7次(2002～)	12	900

3.3.1 6次教育課程における日本語教科書の検討

2002年まで使用された6次教育課程教科書のいくつかの問題として以下の点を挙げることができる。

① 語彙数が多い。

教育部は6次教育課程で日本語Ⅰと日本語Ⅱが使用するべき語彙の数を1,400語(基本語彙数771語を含む)と提示した。当時のドイツ語、フランス語、スペイン語、ロシア語などに対しては、1,000語を提示している。しかし、発行された10種類の教科書では、実際のところ平均1,500語程度が使用された。

＜6次教育課程教科書の使用語彙＞

	教学	教学	金星A	金星B	民衆	成安堂	時事	志学	進明	進明
Ⅰ巻	659	658	649	685	763	639	670	682	682	744
Ⅱ巻	872	761	872	675	884	891	727	790	897	757
合計	1,532	1,419	1,521	1,360	1,647	1,530	1,397	1,472	1,589	1,501

② 実業系用教科書が別途必要である。

工業、情報産業、商業、水産業、観光業など、独自の教育課程

と教科書が必要だという指摘が多かった。実業系高校は人文系
高校に比べ、単位数(1単位は毎週50分授業を17週間履修する授
業量)が多い。

③ 意思疎通能力の向上のためには1学級人数50人が多すぎる。その結果、2003年以後、現在では学級当りの生徒数が35人に調整された。

④ 聞き取り能力のための設備が不足しており、実際、聞き取り能力のトレーニングと評価が困難である。

⑤ 副教材(リスニング・テープなど)が含まれていないため、自律学習重視という教育目標の達成が難しい。絵カード、単語カード、CD、ビデオなどが求められる。

⑥ 文法用語の統一が必要である。

3.3.2 7次教育課程の日本語教科書の目標

以上で指摘した問題点を補完し、時代の流れや教授法の理論に合わせ、教育部の規定に基づいて執筆されたものが審議を経て発行され、2002年から市販された日本語教科書は計12種類がある。

教育部が提示した第7次教育課程の日本語教科書は、以下に述べる方向に従うものであった。

(1) 性格

6次教育課程より更に、情報収集や通信に対する興味誘発とその能力を強調しており、韓日両国の国際関係に肯定的姿勢を持つようにすることや、両国国民の相互理解の必要性を強調した。

(2) 目標

　日常生活で使われるやさしい日本語を、聞いて、話して、読んで、理解するようにし、簡単な日本語を 文章として書くことができるようにする。そして、情報検索能力を備えられるようにする。また、日本の生活文化を理解することで、国際交流に参加できるようにする。この部分が6次教育課程の内容に追加されたものである。

<表 7> 6次及び7次教育課程の内容比較

6次教育課程	7次教育課程
1400語彙 カセットテープの活用 挿絵の活用による聞き取りトレーニング VTRの活用 OHPパワーポイントなど生徒と共同制作 日本文化の理解 文法用語 聞き取り、話す能力の評価	900語彙(ⅠとⅡを通じて) 意思疏通能力の強調 独自教育課程の元年 原語の4技能の相互連携性(螺旋型) 生徒中心の授業(個別化授業、協力学習可能な授業などを強調) 自律的授業 多様な学習資料(補助教材の開発)

7次教育課程が特に強調しているのは次の内容である。
① 情報収集や通信に対する興味を誘発させる。
② 韓日両国の国際関係に肯定的姿勢を持たせる。
③ 韓日両国の国民相互理解の必要性を理解させる。

　また、学習者の技能的目標を向上させるための内容として、以下を強調している。

① 日常生活で使われる日本語の理解
② 日本語による意思疎通能力
③ 日本語での情報検索能力を育てる。

(3) 内容

-発音：現代日本語の共通語の発音を原則として、音素単位の発音、
　　　　文節単位のリズム、イントネーションを理解できるようにす
　　　　る。

-意志疎通能力：「聞く」と「話す」で提示し、再び「読む」と「書く」で繰
　　　　り返す。

-漢字：「漢字仮名まじり文」の原則に従って、日本の小学校教育用の
　　　　漢字と6次教育課程の教科書において頻度が高かった漢字を合
　　　　わせ、733字と提示した。また、常用漢字の字体を使用する。

-語彙：日本語Ⅰと日本語Ⅱを通して900語とする。

-文法：古語的な表現、過度に荒い口語表現、使役+受身型を使用し
ないようにする。

-文体：文章体と口語体、女性表現、親密体などを全て提示する。

3.3.3 第7次教育課程の日本語教科書の体制

　教育部の最終審議の過程を経て発行された教科書は計12種であ
り、それらの体制は6年前の6次教育課程の教科書と比較すると、大き
く変わったものとなっている。12社の出版社名のハングル綴り順にし
たがってアルファベットで表示すると以下のようになる。

〈表 8〉 12種の教科書の体制

教科書	a	b	c	d	e	f	g	h	i	j	k	l
単元数	12	10	12	10	13	10	12	12	10	10	12	12
単元の項数	16	14	14	16	16	12	14	14	14	16	14	12
全体の項数	202	219	220	222	214	192	206	214	224	192	216	207
本文の項数	172	182	181	179	174	160	180	181	188	160	184	174
語彙数	574	668	513	604	586	620	574	502	614	433	558	467

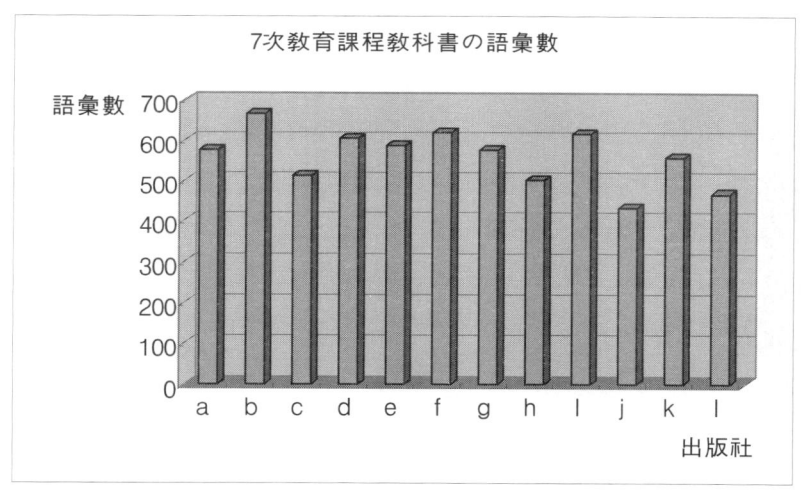

　使用語彙数の比較は、上のグラフに現れているように、433語から668語である。

　教育部では、日本語Ⅰで500語彙程度を使用することを勧めた。使用語彙数が減少されている現象は、内容が易しくなったことを意味している。

　12種の教科書が全て挿絵や写真資料をふんだんに使用しており、内表紙には5度カラーの写真資料を多く載せている。漢字の読み取りに対する学習者の負担を減らすために、ルビを振っている教科書と、従

来のように本文で漢字を提示し、新しい語彙の説明の中で平仮名表記
をしている教科書に分れる。

<表 9> 漢字読み方のルビの有無

教科書	a	b	c	d	e	f	g	h	i	j	k	l
ルビ	○	×	○	○	×	×	×	×	×	×	×	×

3.3.4 第7次教育課程の日本語教科書の内容

(1) 著者

<表 10>

著者	a	b	c	d	e	f	g	h	i	j	k	l
人数	2	3	4	6	4	4	3	3	4	3	4	2
K	○					○	○	○		○	○	
K+J		○	○	○	○				○			○
教師	○	○	○	○	○	○		○	○		○	

(Kは執筆陣が全て韓国人、K+Jは韓国人と日本語ネイティブが共同で執筆した場合、教
師は執筆陣に現職の高校教師が参加した場合を指す。)

　表10に示されたように、7次教育課程の著者については、6種(50%)
の教科書で韓国人著者と日本語原語民が共同で執筆しており、9種
(75%)の教科書が教授と教師による共同で執筆されている。原語民 著
者の参加は4次教育課程から始まった。この点、大変望ましい現象だ
ということができる。

(2) 単元の構成
　教育部の指針に従って、「聞く → 読む → 話す → 書く」言語の四つ
の能力が螺旋型に構成されている。螺旋型とは、前で提示した内容と

後で提示する内容がお互い連繋を持っていることを意味する。各部分
の 名称も、スピーキング、リスニング、リーディング、ライティング /
はなしましょう、ききましょう、よみましょう、 かきましょう、など多
様な表現を使っている。

(3) 文法用語
各品詞を表す用語と活用に対する用語の統一がなされていない。

(4) 自律性
教育部が提示した教育目標に応じて、活動を強調し、興味を誘発
させる内容が多く見られる。ロール、プレーをはじめ、ゲーム、歌、役
割遊びなどが含まれている教科書がほとんどである。付録にも「あそび」
の内容が収録された教科書がある。

(5) 文化に関する内容
本文の一部で写真や挿絵を使いながら説明していたり、関連するイ
ンターネット・サイトのURLを紹介するなど、様々な文化の紹介が目
立つ。文化項目の名称から見られるように、伝統文化、生活文化など
をあわせて紹介しながら、言語や社会など、日本を知るための情報を
提供している。

<表 11> 文化項目のタイトル

a	日本を知ろう	g	ことばとぶんか
b	日本のあれこれ	h	カルチャー
c	写真+解説	i	日本文化散策
d	日本文化を覗く	j	日本人の生活と文化
e	日本を知る	k	写真+解説
f	日本の文化	l	ことばとぶんか

4. 第8次教育課程の教科書のためのいくつかの提案

4.1 副教材の開発

　現在の12種類の高校教科書『日本語Ⅰ』と『日本語Ⅱ』は文字教材である。音声教材としての録音テープ、CDなどが不足している状況だ。そのため、統合教材の開発が必要である。その他にも、非言語的教材である図表、写真パネル、紙芝居、文字カードなどの学習資料の開発が早急に求められる。現在は、教師たちが直接授業資料を用意しており、大きな負担となっている。出入国カード、図書館 閲覧のための申込書などをはじめとする、多くの実物資料が求められる。

4.2 文法用語の統一

（1）動詞活用の名称

〈表 12〉

u動詞	1型	1類動詞	1類	Ⅰ グループ
ru動詞	2型	2類動詞	2類	Ⅱ グループ
不規則動詞	3型	3類動詞	3類	Ⅲ グループ

　著者によって恣意的に様々な名称を用いている現象が顕著に現れており、8次教育課程に向けた課題として残る。

　（2）連体詞の名称も統一性がなく、名詞修飾という表現も用いられ

ている。

(3) 形容詞と形容動詞の名称

〈表 13〉

形容詞 形容動詞	い形容詞 だ形容詞	い形容詞 ナ形容詞

4.3 基本語彙の現実化

　基本語彙の使用範囲を大幅に縮小し開放することで、各教科書の特性を活かし、現実化させる必要がある。語彙のデータベース化を通じてこれまで発表された論文などの成果を活用して、基本語彙には入っているが各教科書で使用頻度が低くなっているもの(6種未満でのみ使用している現状)、基本語彙表には　欠落しているが現在12種の教科書のうち8種以上で使用している語彙を整理すれば、現実場面での有効な語彙のリスト作成は可能であろう。教育部が提示している基本語彙の中には、時代に敵せず、12種の教科書のいずれも使用していない語彙が含まれている。また、現実生活からは消え去ったともいえる語彙も含まれている。

4.4 外来語

　6次教育課程の教科書における外来語の使用比率の平均は全体語彙

の5.24％を示し、7次教育課程の教科書では9.53％を示していることから、全体的に増加現象を見せている。しかし、日常生活における外来語の使用やマルチメディア関連の外来語が急増していることを考慮すれば、基本語彙に含める基本外来語の数を更に多く増やさなければならないであろう。

5. 結び

第7次教育課程の開始に伴い、2001年から中学校課程における教科裁量活動は、年間102時間(6単位)以上であり、高等学校では年間170時間(10単位)を割り当てている。これを「国民共通基本教科」の深化・補充学習に4〜6単位、選択科目に4〜6単位を配分するよう定め、各地域の特性や目的に合わせて選択できるようにした。制度的には第2外国語教育の教科活動が可能であると見ることができる。しかし、5、6年ごとに周期的に改訂されている教育課程は、2〜3年のうちに性急に「設計 → 研究 → 開発 → 告示」の段階を経るため、その効率性が高いとは言い難い。現在は、教育課程の方向が意思疎通能力を中心に、学生中心の授業を誘導し、音声言語を重要視しているという点で、多くの改善が図られた。

現場での日本語授業の成果は、大学入試制度に大きく影響を受けているのが実情であるため、教育 課程の目標をうまく生かした理想的な教科書が発行されても、学習者と教師はそれを十分に活用できずにいるのが現状といえよう。今後は、定期的に、また頻繁に教育課程を変えるという点が避けられ、安定的に外国語教育が行われるようになることを期待する。

Ⅱ.5 7차 교육과정 고등학교 일본어교과서에 나타난 문화내용 검토[*]

1. 들어가기

1920년대에 들어와 「직접법」 등의 다양한 교수법이 개발되었고 교사
가 외국어 교육에서 매개어를 사용하여 설명하는 「절충식 지도방법」이
채용되기 시작하였다. 세계 제 2차 대전 이후에는 구조주의 언어학과 행
동주의 심리학을 배경으로 하는 「오디오링걸(Audio Lingual Approach)」
교수법[1]이 개발되어 여러 외국어 교육의 지배적인 교수법으로 자리 잡게
되었다. 구조주의 언어이론은 언어는 구조체이며 언어의 본질은 음성이라
고 보았다. 그리고 언어습득은 새로운 습관의 형성의 과정이며 이를 촉
진하는데 있어서 반복연습은 훌륭한 수단이라고 한다. 오디오링걸 어프로
치 에서는 문형의 암기, 모방암기법[2] 등이 외국어 학습에서 효과적이라고
각광을 받아왔다. 그 후 1960년대에 들어와 「변형생성문법(Generative
Transformational Grammar)」이라는 새로운 언어이론이 대두되어 오디
오링걸 어프로치의 이론을 비판하며 학습자의 커뮤니케이션능력의 중요성
을 강조하게 되었다. 「커뮤니커티브 어프로치(Communicative Approach)」

* 『교육연구』 상명대학교 교육연구소, 2005
 1) 구조주의 언어이론의 언어학습에서는 먼저 그 언어의 음성체계를 습득하는 것이
며, 학습자는 담화의 내용을 듣고 이해하며 음성의 변별적 특징을 이해하고, 그
언어의 구조를 습득하는 것을 강조하였다.
 2) mimicry-memorization 즉 MIM-MEM연습을 통해서 문형연습을 하는 교수법을
가리킨다. 학습지는 교사의 모범발음을 흉내 내며 연습하고 더 나아가 문법의 내
용도 학습하게 된다. 이 방법은 매우 효과적인 교수법이라는 평가를 받았다.

에서는 오디오링걸 교수법에서 학습자가 교사의 주도적인 역할에 따라 수동적으로 습득하는 형식의 교수법을 지양하고, 학습자 중심으로 언어활동에 있어서 일어나는 모든 상황에 대하여 학습자 스스로 대처해 나아가는 창의적인 학습내용을 강조하게 되었다. 그리고 종래의 음성중심에서 학습자가 어떤 장면과 관련해서 전달하고자 하는 의미도 매우 중요하다고 파악하게 되었다.

커뮤니커티브 어프로치는 「의사소통 교수법」이라고도 말한다. 의사소통 교수법에서는 커뮤니케이션이 이루어지는 장면, 참가자 상호간의 인간관계, 그 내용 등이 중요한 요소로 지적된다.

현재는 어떤 대표적인 최선의 교수법을 택하기 보다는 몇 가지 교수법을 절충하는 경향으로 바뀌고 있다.

외국인을 위한 일본어교육은 그 초창기였던 1950년대부터 상당 기간 동안 언어의 구조를 중심으로 하는 교육에 집중되어 있었다. 그리고 일본어의 학습내용은 일본어의 문자, 어휘, 문법체계, 한자, 경어, 문학, 문학사, 일본사 등을 중심으로 하는 것 이었다.

그 후 커뮤니카티브 어프로치 교수법의 대두와 더불어 1990년대에 들어서면서 전달내용에 있어서도 관심을 넓혀가게 되었다. 그리고 점차로 일본어교육에 있어서 일본사정(日本事情)[3], 이문화(異文化)이해, 국제이해 교육 등의 문제가 강조되고 있다.

즉 언어내용 중심의 일본어교육에서 이본문화를 고려하는 일본어교육으로의 변화가 일어난 것이다. 일본어 학습자(유학생을 포함하는) 들이 각자 배경으로 지니고 있는 문화와 일본의사회 일본의 문화 등을 비교하는 학습활동 등이 교실활동에 들어오기 시작했고, 언어이외의 요소의 중

---

3) 1962년 일본의 文部省令 제21호에서 일본사정이라는 과목이 4년제 대학의 졸업 요건으로서 인정받는 단위에 합산하도록 하는 통지를 각 대학의 학장에게 통지한 바 있다.

요성을 인식하게 된 것이다. 왜냐하면 일본어 학습의 초종목표는 일본어 학습을 통하여 일본의 사회와 문화를 이해하거나 기술을 습득하고자하는데 있기 때문이다.

본고는 한국의 제7차 교육과정의 고등학교 일본어 2종교과서4)에 제시된 문화내용의 항목들을 분석하고 그 제시된 내용에 대하여 검토해 본다. 연구의 목적은 제7차교육과정에서 제시하고 있는 이문화(異文化)이해 교육이 현재 한국의 고등학교 일본어교과서에 어느 정도 어떠한 내용과 형식으로 반영되고 있는지를 알아보고 앞으로의 가능성에 대해서 생각해보고자 하는데 있다.

분석의 자료는 교육인적자원부의 심의를 거쳐 발행된 2006년 현재 전국의 고등학교에서 사용하고 있는 『일본어Ⅰ』의 12종(12개 출판사에 의해 발행됨)과 『일본어Ⅱ』의 6종(6개 출판사에 의해 발행)을 대상으로 한다.

2. 외국어 교육에 있어서 문화교육의 필요성

2.1 문화의 정의와 속성

「문화(culture)」란 '인간이 사회의 구성원으로서 얻은 능력과 습성의 복합적 전체'를 가리킨다. 그리고 그것은 집단 구성원들에 의해서 공유되고 학습되며, 축적되고 항상 변화한다는 속성을 지닌다. 그러한 문화는 언어라는 매개체를 통하여 한 세대에서 다음 세대로 전달되기도 하며 다

---

4) 한국의 중등교육에서 사용되고 있는 교과서는 크게 1종교과서와 2종교과서로 구분한다. 전자는 교육부가 편찬과 심의를 맡아 출판되며 외국어고등학교의 교재로 사용하기 위한 목적으로 만들어진다. 후자는 교육부가 교육과정의 내용과 의사소통기능 예시문, 기본어휘표, 기본한자어 등을 정하고 각 출판사가 그 규정에 맞추어 제작한 후 교육부의 심의를 거쳐 심의에 통과된 책들이 출판되어 각 고등학교에서 채택하여 사용하도록 되어있다.

른 집단으로 전달되는 것이다.

문화는 다음과 같은 속성을 갖는다.

① 공유성(公有性): 어느 시대와 어느 지역에 걸쳐 공통적인 경향으로 나타난다.

② 학습성(学習性): 어느 개인이든 후천적으로 학습이 가능하며 습득할 수 있다.

③ 축적성(蓄積性): 과거의 것은 쌓여서 역사를 이루고 발전해 갈 수 있다.

④ 전체성(全体性): 단편적이 아니라 유기적으로 관련성이 있다.

⑤ 변화성(変化性): 유기체와 같아서 고정적으로 머무르지 않고 항상 변화한다.

2.2 외국어 교육과 문화

외국어 교육에서는 언어이론, 언어의 구조, 언어표현에 대한 것을 강조하고 이를 학습하기에 치중하는 것을 목표로 하는 경우가 많다. 외국어 교육을 통해서 우리는 학습자가 외국어의 구사능력 뿐만 아니라 「국제인」이 될 수 있는 소양을 갖추기를 기대한다. 여기서 말하는 국제인은 '자신의 문화 배경을 저 버리지 않고, 타문화를 부정하지 않으면서 새롭게 사물을 보고 행동할 수 있는 사람, 즉 제3의 행동양식을 창조할 수 있는 사람'을 말하는 것이다.

외국어 교육에서는 문화간의 언어학(Linguistics Across Cultures), 서로 다른 문화 속에서의 언어(Language and Culture in Conflict), 서로 다른 문화를 이해하기(Crosscultural Understanding), 문화간 커뮤니케이션(Intercultural Communication)과 같은 표현들이 있다. 즉 「이문

화(異文化)이해」란 '한 개인이나 사회적 집단이 타 문화와의 접촉에서 자신의 문화와 다른 점인 갭(cultural gap)을 줄이고 문화적 충격(cultural shock)을 최소화 해가며 타 문화에 적응하는 것'을 의미한다.

한국의 일본어교육에서도 제2차 교육과정기인 1974년도에서부터 문화 교육이 강조되어져 오고 있다. 교과서의 편찬에서 가장 중요한 것은 교사가 택하는 교수법을 가장 잘 발휘할 수 있어야 한다. 교수법은 언어교육의 이론의 변천에 따라 시대적으로 달라지며 교과서는 이를 잘 담아 낼 수 있도록 편찬되어야 한다.

3. 교육과정의 변천과 일본어교과서

3.1 교육 과정의 변천

「교육 과정(教育課程)」이란 교육기관이 그 교육의 목적과 교육목표를 달성하기 위한 기준이며, 학습자에게 교육적 성취를 의도하며 학교에서 유효할 수 있도록 사고의 양식과 경험 등 문화내용을 재구성한 모든 수준의 계획을 말한다. 그리고 교육 과정의 특징으로는 다음과 같은 점을 들 수 있다.

① 그 나라의 교육목표와 교육내용을 국가적 차원에서 제시하고 있다.
② 그 시대의 교육이론과 교육정책이 반영되어 있다.
③ 각 교육기관의 교육의 범위를 제시한다.
④ 교육의 질을 향상시키고자하는 것을 그 목적으로 한다.
⑤ 그 내용은 교과서를 통해서 나타난다.

한국의 교육법 제155조 제1항에서는 그 성격을 다음과 같이 기술하고 있다.

국가 수준의 공통성과 지역, 학교, 개인 수준의 다양성을 동시에 추구한다.

① 학생 중심이다.

② 교육청, 학교, 교원, 학부모가 함께 실현한다.

③ 학교교육체제가 그 중심이 되도록 개선하기 위함이다.

④ 교육과정의 결과의 질적 수준을 유지, 관리하기 위한 것이다.

한국의 교육 과정의 목표는 국가가 지향하는 교육의 목표 안에서 그 시대의 변화에 맞추어 개정되어 왔다. 제7차 교육 과정의 기본은 21세기의 세계화와 정보화 시대를 주도할 자율적이고 창의적인 한국인을 육성하려는 것이며, 무엇보다도 교육현장 중심이 되어야 하는 점이 그 특징이라고 말 할 수 있다.

〈표 1〉 교육과정의 변천

교육과정기	년도	특징
제 1 차	1955~1963	영어, 독일어, 프랑스어, 중국어
제 2 차	1963~1974	스페인어, 일본어 추가
제 3 차	1974~1981	생활중심 교육과정
제 4 차	1981~1988	1종 교과서의 범위축소 2종 교과서의 대상 확대
제 5 차	1988~1992	정확성에서 유창성으로, 언어의 4기능 통합적 접근
제 6 차	1992~1997	정확성보다 유창성 중시, 학습자 중심
제 7 차	2002~2007	학습자중심 교육, 문화의 이해, 국제교류 강조

교육과정은 告示年과 施行年이 반드시 일치하지 않고 차이가 있다. 告示年을 기준으로 고등학교 일본어교과서의 변천을 교과과정 별 특징과의 관련에서 살펴보기로 한다.

〈제1차 교육과정기〉

1955년~1963년

1955년 8월 1일 문교부령 제 45호로 고시

1945년 대한민국정부가 수립되면서 초등교육에서의 식민지교육으로 행해지고 있었던 일본어교육은 곧 폐지되었다. 그리고 1947년에는 고등학교 교과과정에 외국어 교육이 도입되어 1954년과 1955년 사이에 외국어 학습의 목표, 교재의 선택, 교과내용이 체계화 되었다. 외국어 과목은 선택과목으로 영어, 독어, 불어, 중국어가 개설되었고 일본어 교육은 포함되지 않았던 시기이다.

〈제2차 교육과정기〉

1963년~1974년

1963년 2월 15일 문교부령 제121호로 2차 교육과정이 고시된 후 추가로 1973년 2월 14일 문교부령 제 310호로 일본어교육이 인정되었다. 그 밖에 에스파니아어도 추가되었다.

『일본어독본(상)』『일본어독본(하)』일본어연구회편으로 1종도서 1종류가 1973년 1학기부터 사용되기 시작하였다.

〈제3차 교육과정기〉

1974년~1981년

1974년 12월 31일 문교부령 제350호로 고시

국민교육헌장을 기초로 하여 언어기능항목과 그 학습에 필요한 자료들이 어휘, 소재, 문형, 문법 등으로 제시되었다.

이 시기에는 『일본어(상)』『일본어(하)』한국일어일문학회편이 단일교재로 쓰였고, 참고서도 간행되어 1979년 1학기부터 사용되었다. 말하기, 듣기, 읽기, 쓰기의 언어의 4기능을 골고루 습득하도록 하며 동시에 일본문화의 이해를 강조하였다.

〈제4차 교육과정기〉

1982년~1987년

1981년 12월 31일 문교부고시 제442호로 고시

교육개발원에 의해서 기초연구와 총론, 각론, 시안 등이 마련되었다.
『일본어(상)』『일본어(하)』5종류의 2종도서가 5개의 출판사에 의해서
발행되어서1984년 1학기부터 사용되었다. 말하기와 듣기의 음성교육
을 강조하였다.

〈제5차 교육과정기〉

1989년~1995년

말하기보다 듣기 기능을 강조하였다. 『고등학교일본어』(상·하)의 2
종도서 8종류가 채택되어 발행되었다. 인문계 고등학교에서 306,951
명과 실업계 고등학교에서 477,498명 합계 784,449명의 일본어 학습
자의 숫자가 집계되어 일본어교육의 안정기에 들어섰던 시기이다. 특
기할 만한사항으로 일본어의 독자적인 교과과정이 마련되었다는 점이
었고 새로운 교과서는 1990년 1학기부터 사용되기 시작했다.

〈제6차 교육과정기〉

1996년~2001년

『고등학교일본어』Ⅰ,Ⅱ 각각 10종으로 일본어전공자들에 의해서 일
본어교육의 경험을 바탕으로 한국의 고등학교의 현실에 알맞게 작성
되었다. 편찬에 앞서서 교육부의 지침을 마련함에 있어서도 일본어교
사들로부터 의견을 수렴하는 단계를 거쳤다.

〈제7차 교육과정기〉

2002년~

교육부 고시1997-1호로 1997년 12월에 고시되어 2000년부터 시행에 들어갔다.

에스파냐어를 스페인어로, 아라비아어를 아랍어라고 명칭을 바꾸기로 하였다.

6차 교육과정과 마찬가지로 외국어의 의사소통 능력을 기르도록 하는 것과 다양한 멀티미디어 교수·학습 자료를 적극 활용하는 점을 강조하고 있다.

현재 일반계 고등학교의 교과목은 1학년에서 국민 공통 기본 19개 교과목을 배우고 2,3학년에서 일반선택과 심화 선택과목을 배우도록 되어있다.

대체로 인문계 고등학교의 제2외국어Ⅰ은 일반 선택과목이며, 2학년 때 한 과목을 4단위 또는 6단위로 하여 1년 내지 2년간 시행된다. 그러나 제2외국어Ⅱ는 심화 선택과목에 포함되어 있어서 학교에 따라서는 개설하지 않아도 무방하다. 제2외국어 과목을 입시에 선택하지 않는 대학을 지원하는 학생들은 심화 선택과목인 제2외국어를 학습하지 않는 실정이다. 제2외국어만이 아니라, 대부분의 선택 과목도 마찬가지 현실이다. 그 결과 현재 제7차 교육과정 기에서는 제2외국어의 교육은 실제로는 정상적으로 운영되지 못하고 있는 실정이다.

3.2 제7차 교육과정 일본어교과서

한국의 중등교육 기관의 외국어 교육은 교육인적자원부가 제정하고 제시하는 교육 과정의 내용에 따라 시행되어진다. 1997년 12월에 제7차 교육과정이 개정·발표되었고 이에 따라서 2000학년도부터 연차적으로 새로운 교육과정이 시행되고 있다. 연차적이라고 함은 초등학교에 2000년, 중학교에 2001년, 고등학교에 2002년에 각각 적용됨을 말한다.

한국의 교육 과정의 목표는 국가가 지향하는 교육의 목표 안에서 그 시대의 변화에 맞추어 개정되어 왔다. 제7차 교육 과정의 기본은 21세기의 세계화와 정보화 시대를 주도할 자율적이고 창의적인 한국인을 육성하려는 것이며, 무엇보다도 교육현장 중심이 되어야 하는 점이 그 특징이라고 말 할 수 있다.

7차 교육과정의 목표:
① 학습자 중심의 교육
② 의사소통 기능 중심
③ 정확성 보다 유창성 중요시
④ 문화를 고려하는 언어교육
⑤ 멀티미디어 교육 강조
⑥ 자신의 문화를 일본어로 설명할 수 있어야 한다.

3.3 외국어고등학교용 1종교과서[5]

제7차 고등학교 외국어 계열 교육과정에서 기대하는 교과서는 그 교육

---

5) 국정교과서를 말하며 교육부가 편찬하는 것을 원칙으로 하나, 교육부장관이 필요하다고 인정한 경우에는 연구기관이나 대학 등에 위탁하여 편찬할 수 있다. 학교장은 1종도서가 있을 때에는 이를 우선적으로 사용하여야 하고, 1종도서가 없을 때에는 2종도서를 선정, 사용하여야 한다. 교과용 도서에는 교과서, 지도서 및 인정도서의 세 가지가 있다. 현재 일본어 1종교과서는 중학교용 1책 『こんにちは』의 교과서와 교사용 지도서가 있고, 고등학교용 6책(독해, 문법, 회화, 작문, 문화, 실무일본어)의 Ⅰ권과 Ⅱ권이 발행되었고 외국어고등학교에서 사용하도록 되어있다.

내용을 충실히 반영하는 것으로서, 학생들이 주도적으로 학습하기에 적합하고 삽화, 사진, 그래픽 등을 잘 배열하고, 의사소통 능력을 최대한으로 신장할 수 있도록 한다는 취지에서 개발되었다.

교육내용은 국제관계의이해를 바탕으로 사회 각 분야에서 일본어를 통하여 일본인과의 의사 소통을 잘 해 낼 수 있고 정치, 경제, 사회, 문화 각 분야의 한일 교류에 능동적이고 적극적으로 참여할 수 있는 전문 인력을 양성하는 데에 중점을 두는 것으로 하였다.

교육부가 개발한 고등학교일본어의 1종교과서로는

『일본어 독해Ⅰ』, 『일본어 독해Ⅱ』

『일본어 회화Ⅰ』, 『일본어 회화Ⅱ』

『일본어 작문Ⅰ』, 『일본어 작문Ⅱ』

『일본어 청해』

『일본어 문법』

『일본 문화』

『실무 일본어』가 있으며 그 개요는 다음과 같다.

〈표 2〉 제7차 교육 과정 1종 일본어교과서의 개요

분량	1책 당 250쪽
외형	4*6배판, 2도 색상으로 인쇄
지도서가 없음	교수・학습 자료를 부록에 넣는다.
본문	190~200쪽으로 부담을 줄인다.
난이도	독해, 회화, 작문의 Ⅰ은 쉽게 한다.

3.4 중학교용 생활일본어(1종)교과서

현재 한국의 중학교에서는 정규과목의 재량활동 선택과목으로 외국어를

교육하고 있다. 교육부는 이를 위하여 2000년 11월까지 생활일본어『こ
んにちは』1책, 교사용 지도서 1책, 청각자료 2개를 개발하였다. 재량 활
동이란 자율적인 교육활동으로서 지역사회의 특성에 맞는 학교교육의 필
요성이나 학생의 요구에 따른 교육을 전개 할 수 있도록 하는 것이다.
제 7차 교육 과정에서는 그 시수(時數)와 적용 대상 학교가 확대되었고,
초·중·고등학교 급에 걸쳐 일관되어 있어서 학교 급간의 연계성이 가
능하도록 고안하였다. 현재 중학교의 재량활동 과목은 제2외국어, 한문,
컴퓨터, 환경, 기타이다.

<표 3> 생활 일본어교과서의 개요

분량	68시간 정도에서 다룰 수 있는 내용
외형	4*6배판, 4도 색상으로 인쇄
단원	12~14단원
체제	도입·전개·정리 단계를 창의적으로 구조화
내용	중학교 생활외국어 교육과정에 부합하는 것
난이도	주당 1시간, 1년~3년 사용가능하게 함

전국의 중학교에 그 통계를 잡기 어려울 정도로 특별활동시간이나 특
기적성시간에 일본어를 채택하는 학교가 급증하고 있다.

2001년 3월부터 교육부가 제작한 일본어 교과서가 일본어를 선택하는
전국의 중학교에서 사용되었다. 『こんにちは』는 교육부 심의과정을 거쳐
제작되었다. 그 내용은 생활일본어로서 중학생들의 정서에 맞게 만들어
졌고 독해뿐만 아니라 회화교재로도 사용할 수 있도록 만들어 졌다.

그 이외에 약 10종 이상의 주니어용 교과서가 최근 몇 년 사이에 전국
각지에서 방과 후 활동의 일정에 알맞게 만들어 졌다. 그러나 어휘 수와
문형, 난이도에서 일관성이 없고 그 장면도 중학생에 알맞지 않은 경우
가 많이 나타났다. 그러나 적어도 일본의 소학교 교과서를 그대로 사용

하던 시기와 비교하면 많은 발전이 있었다고 말 할 수 있고, 교사가 주역을 하는 주입식 가의 형태에서 벗어나 학습자 주도형의 활동위주로 나아가고 있음을 볼 수 있다. 중학교의 일본어 교사는 기간제 교사나 강사가 많아서 교재의 개발이나 교과내용에 대한 지속적인 연구 개발이 어렵다. 한편 학생들의 입장에서는 평가가 따르지 않는 특별활동 과목의 수업이라는 점에서 학습자들의 집중력이 떨어지고, 개인차가 심하여 이를 극복해야하는 것이 앞으로의 과제이라고 생각된다.

3.5 고등학교용 일본어(2종)교과서

고등학교의 교과서는 교육기간의 특성에 맞추어 특정한 연령층의 교실활동을 통한 수업을 예상하여 만들어 진 것으로 일반 교과서와는 근본적으로 다르다고 말 할 수 있다. 우선 교육인적자원부가 규정하는 교육과정의 목표와 방침에 따라야 하고 학습시간, 학습 진도, 학습자의 수준, 평가의 문제 등을 고려하여 집필하고 심의를 거쳐서 발행된다.

일본어교육에서 외국인 학습자를 위하여 만들어 지는 일본어교과서는 그 난이도에 따라서 초급교과서, 중급교과서, 고급교과서로 나눌 수 있다. 여기서 이들 단계별 교과서의 구성을 비교해 보면 다음과 같다. 한국의 고등학교 일본어 교과서는 수업시수나 내용으로 보면 초급교과서에 속한다.

<표 4> 단계별 일본어교과서의 내용 비교

단계별	어휘	한자	학습시간
초급	1,500	300~400	200
중급	3,000	400	200
상급	3,000~4,000	800	300

위의 표에서 알 수 있는 바와 같이 고등학교의 일본어Ⅰ과 일본어Ⅱ
는 초급교과서에 해당한다고 말 할 수 있다. 일본어가 고등학교의 들어
가게 된 것은 이제 40여년이 지났다. 2차 교육 과정기로부터의 교과서의
변화를 발행된 책 수와 교육부가 제시한 기본어휘 수를 비교해 보면 다
음의 표와 같다. 여기서 알 수 있는 바와 같이 일본어가 채택 된 당시에
는 다른 제2외국어보다 많은 어휘수를 설정했던 것이다. 그러나 현재는
어휘수를 줄이고 그 난이도를 조절하고 있으나 아직도 일본이 해외의 학
습자를 위한 초급교과서의 어휘 수 보다는 많다고 말 할 수 있다.

<표 5> 고등학교일본어교과서(2종)의 변화

교육과정기	종류	어휘 수
2차(1963)	1	2,500
3차(1974)	1	3,200
4차(1982)	5	2,200
5차(1989)	8	1,800
6차(1996)	10	1,400
7차(2002~)	12	900

<그림 1>

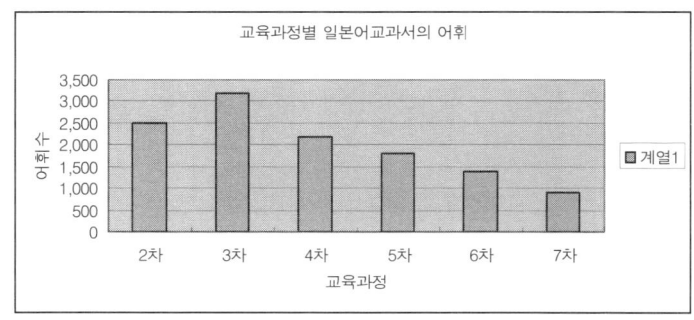

3.6 현재(7차 교육과정)의 일본어교과서의 방향

위에서 지적된 문제점들을 보완하고 시대의 흐름과 교수법의 이론에 맞추어 교육부의 규정에 따라서 제작되고 심의를 거쳐서 발행되어 2002년부터 市販에 들어간 일본어교과서는 모두 12종류이다. 교육부가 제시한 제7차 일본어교과서는 다음의 방향에 따르는 것이었다.

① 성격 6차 교육과정에서 보다 정보 수집과 통신에 대한 흥미 유발 시키고 그 능력을 강조하며, 한·일 두 나라 국제관계에 긍정적 자세를 가지도록 하고, 두 나라 국민의 상호 이해의 필요성을 강조한다.

② 목표 일상생활에서 사용되는 쉬운 일본어를 듣고 말하고, 읽고 이해하도록 하며, 간단한 일본어를 글로 쓸 수 있도록 한다. 그리고 정보검색 능력을 갖추도록 한다. 또한 일본의 생활문화를 이해하고 국제교류에 참여할 수 있도록 한다. 이 부분이 6차 교육과정의 내용에 추가된 것이다.

〈표 6〉 6차와 7차 교육과정의 비교

6차 교육과정	7차 교육과정
1400어휘 카세트테이프 활용 삽화의 활용 통한 듣기 훈련 VTR의 활용 OHP 파워포인트등 학생들과 공동제작 일본문화 이해 문법용어 듣기, 말하기의 평가	900어휘(Ⅰ과Ⅱ를 합쳐서) 의사소통 기능의 강조 독자적 교육과정의 원년 언어 4기능 상호연계성(나선형) 학생 중심 자율적 수업 (개별화 수업, 협력학습 가능한 수업등 강조) 일본문화 이해 다양한 학습자료(보조교재 개발)

7차 교육 과정에서 특별히 강조하는 것은 다음의 내용이다.

- 정보 수집과 통신에 대한 흥미 유발시키도록 한다.
- 한·일 두 나라 국제관계에 긍정적 자세를 갖도록 한다.
- 한·일 두 나라 국민의 상호 이해의 필요성을 이해하도록 한다.

또한 학습자의 기능적 목표를 향상시키도록 하는 내용으로

- 일상생활의 일본어의 이해,
- 일본어에 의한 의사 소통능력,
- 일본어로 정보 검색 능력을 기르기 등을 강조한다.

③ 내용

발음: 현대일본어의 공통어의 발음을 원칙으로 하며, 音素단위의 발음, 文節단위의 리듬, 인토네이션을 이해하도록 한다.

의사소통기능: 듣기와 말하기에서 제시하고 다시 읽기와 쓰기에서 반복 한다.

한자: 「漢字仮名まじり文」의 원칙을 따르고 일본의 소학교 교육용 한자와 6차 교과서에서 빈도가 높은 것으로 나타난 한자를 합쳐서 733자로 제시한다. 그리고 常用漢字의 글자체를 사용한다.

어휘: 일본어Ⅰ과 일본어Ⅱ를 합쳐서 900어로 한다.

문법: 고어적인 표현, 지나치게 거친 구어표현, 사역+수동형을 사용하지 않도록 한다.

문체: 문장체와 구어체, 여성표현, 친밀체 등을 모두 제시한다.

3.7 현재 고등학교 일본어교과서의 분석

3.7.1 체제

교육부의 최종심의 과정을 거쳐 발행된 교과서는 모두 12종이며 그들의 체제는 6년 전의 6차 교육 과정의 교과서와 비교하면 체제 면에서 크게 달라졌다. 12개 출판사의 가나다 순서에 따라 알파벳으로 표시하면 다음과 같다.

<표 7> 12종교과서의 체제

교과서	a	b	c	d	e	f	g	h	i	j	k	l
단원수	12	10	12	10	13	10	12	12	10	10	12	12
단원쪽수	16	14	14	16	16	12	14	14	14	16	14	12
전체쪽수	202	219	220	222	214	192	206	214	224	192	216	207
본문쪽수	172	182	181	179	174	160	180	181	188	160	184	174
어휘수	574	668	513	604	586	620	574	502	614	433	558	467

3.7.2 사용어휘

<그림 2>

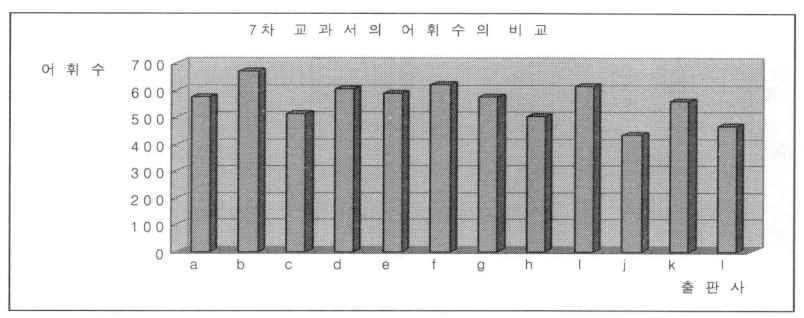

사용어휘수의 비교는 위의 그래프에서 보는 바와 같이 433어에서 668

어이다.

교육부에서는 일본어Ⅰ에서 500어휘 정도를 사용하기를 권장하였다. 사용어휘 수가 감소현상을 보이는 것은 그 내용이 쉬워졌다는 것을 의미한다.

12종 모두 삽화와 사진자료를 많이 넣고 있다는 것과 속표지에 5도 컬러의 사진자료를 많이 실었다.

3.7.3 한자의 덧말

넣기한자읽기에 대한 학습자의 부담을 덜어주기 위해서 덧말 넣기를 해 준 교과서와 종래와 다름없이 본문에서 한자를 제시하고 새로운 어휘를 설명하면서 히라가나로 표기해 준 교과서로 구분되고 있다.

〈표 8〉 한자읽기의 덧말 넣기

교과서	a	b	c	d	e	f	g	h	i	j	k	l
덧말	○	×	○	○	×	×	×	×	×	×	×	×

3.7.4 著者

〈표 9〉

저자	a	b	c	d	e	f	g	h	i	j	k	l
인원	2	3	4	6	4	4	3	3	4	3	4	2
K	○					○	○	○		○	○	
K+J		○	○	○	○				○			○
고교교사	○	○	○	○	○	○		○	○		○	

(K는 집필진이 모두 한국인, K+J는 한국인과 일본인 원어민이 공동으로 집필한 경우, 현직교사란 집필진에 현직 고등학교 교사가 참여한 경우를

가리킨다)

위에서 보이는 바와 같이 7차 교과서의 저자들은 6종(50%)의 교과서에서 한국인 저자와 일본인 원어민이 공동으로 집필 한 것으로 나타났고, 9종(75%)의 교과서가 교수와 교사가 공동으로 집필한 것으로 나타나고 있다. 원어민 저자의 참여는 4차 교육과정에서부터 시작되었다. 이러한 현상은 매우 바람직한 현상이라고 말할 수 있다.

3.7.5 단원의 구성

교육부의 지침에 따라서 듣기→ 읽기→ 말하기→ 쓰기의 언어의 4기능이 나선형으로 구성되어 있다. 螺線型이란 앞에서 제시한 내용과 뒤에서 제시하는 내용이 서로 연계성을 가짐을 의미한다. 각 부분의 명칭도 スピーキング、リスニング、リーディング、ライティング/はなしましょう、きましょう、よみましょう、かきまそう 등으로 다양한 표현을 쓰고 있다.

3.7.6 문법용어

각 품사를 나타내는 용어와 활용에 대한 용어의 통일이 보이지 않는다.

3.7.7 자율성

교육부가 제시한바 교육의 목표에 따라서 활동을 강조하고 흥미를 유발하는 내용이 많이 보이고 있다. 롤 플레이를 비롯한 게임, 노래, 역할놀이 포함된 교과서가 대부분이다. 부록에도 「あそび」의 내용이 수록되어 있는 교과서들이 있다.

4. 제7차 교육과정 일본어교과서의 문화내용

4.1 문화내용의 제시방법

일본어Ⅰ의 12종 교과서에 제시된 문화항목은 다음과 같다.

기모노, 스모, 오쇼가쓰, 가부키, 마쓰리, 어린이 날 (고이노보리), 히나마쓰리, 노, 오본, 분라쿠, 시치고산, 연중행사, 다나바타, 교겐, 하나미, 오미야게, 쇼도, 스시, 이케바나, 하나비, 인사예절, 식사예저라, 일본인의 음식, 고교생의 동아리활동, 고교생의 연간행사, 선물관습, 야구, 일본인의 이름, 만화와 에니메이션, 스포츠, 일본 사람의 습관, 종교, 결혼식, 고교생의 수학여행, 고교생의 장래희망, 고교생의 하루생활, 기원음식, 다타미, 일본영화, 일본의 의복문화, 일본의 주거, 일본인의 약속문화, 축구, 취미생활, 학교생활, 라면, 녹차, 전화예절, 일본인의 나이세기, 인터넷이용, 주거환경, 화폐, 일본의 대중교통, 일본의 관광지, 일본의 지리와 기후, 일본의 학교제도, 일본인의 통행법, 국경일, 연호, 우편, 장마, 지진, 환경문제, 골든위크(합계 56항목)

일본어Ⅱ의 6종 교과서에 제시된 문화항목은 다음과 같다.

일본어2문화항목, 노, 리사이클, 분라쿠, 신칸센, 오다이바, 하나미, 환경보전, 100엔숍, 가루타, 가부키, 가정식사, 경제, 고교생활, 고령화사회, 고토, 관광문화, 교겐, 교육제도, 국토, 기요미즈데라, 날씨, 노면전차, 다도, 다도부, 다이안, 다이코, 다케토리모노가타리, 다코, 담소, 대회수상집, 도시, 도자기가게, 도쿄, 독서, 동아리, 디즈니랜드, 라멘, 마라톤, 마쓰리, 만화와 에니메이션, 모금상자, 모모타로, 문화신문, 바

자회, 방문예저라, 벼룩시장, 분리수거, 생활습관, 샤미센, 서예부, 선물가게, 소바, 쇼핑, 스시, 스포츠, 시내버스, 식사예절, 아르바이트, 아메요코, 야구, 역사, 연중행사, 연하장, 연회독상차림, 영화관, 예절, 오미야게, 오사카, 오세보, 오센치요리, 오추겐, 온천, 옷가게, 우동, 운동부, 이모티콘, 일본무용, 일본어교육, 일본의 목욕 문화, 입시학원, 자원봉사, 자전거, 전통음악합주, 전화, 정치, 종교, 종이풍선, 주거환경, 철도교통, 초보운전마크, 편지, 프리터, 하고이타(합계 100항목)

4.1.1 본문에 제시

제시된 방법으로는 본문의 일부에서 듣기, 말하기, 일기, 쓰기의 내용으로 다루는 경우가 있다.

4.1.2 문화란을 별도로 설정 제시

사진이나 삽화와 함께 설명하기도 하고 관련 인터넷 사이트의 주소를 소개하는 등 다양한 문화의 소개가 돋보인다. 문화 항목을 별도로 제시한 경우에는 다음과 같은 별도의 란을 설정하고 있다. 표 12의 문화항목에 대한 명칭에서 보이는 바와 같이 전통문화 생활문화 등을 함께 소개하며 언어와 사회 등 일본을 알게 하는 정보를 제공하고 있다.

〈표 10〉 문화항목의 타이틀(일본어 I)

a	일본을 알자	g	ことばとぶんか
b	일본의 이모저모	h	カルチャー
c	사진+해설	i	일본 문화 산책
d	일본문화 엿보기	j	일본인의생활과 문화
e	日本を知る	k	사진+해설
f	일본의 문화	l	ことばとぶんか

4.1.3 앞표지와 뒤표지의 이면에 화보로 제시

제2종 일본어과서는 기본적으로 2도 컬러, 즉 흑백 이외에 한 가지의 색깔이 추가되는 것을 교육부가 지침으로 제시한 바 있다. 따라서 모든 교과서들이 책 커버의 앞과 뒤의 이면에 컬러 지면을 할애하여 컬러 사진으로 일본사정과 일본문화내용을 담고 있다. 특별한 설명을 생략하고 이미지를 제시하는 것만으로도 학습자의 흥미를 끌고 효과적인 문화의 소개가 된다는 의도인 것으로 볼 수 있다.

4.2 문화항목별 출현빈도

『일본어Ⅰ』의 12종 교과서에 제시된 문화항목의 총수는 56항목이며, 일본어Ⅱ에서는 6종 교과서에 100항목이 나타나고 있다.
이들 항목의 출현빈도별 비교는 다음과 같다.

<표 11>

출현횟수	8	7	6	5	4	3	2	1	합계
항목 수	2	2	3	3	5	13	8	20	56

<그림 3>

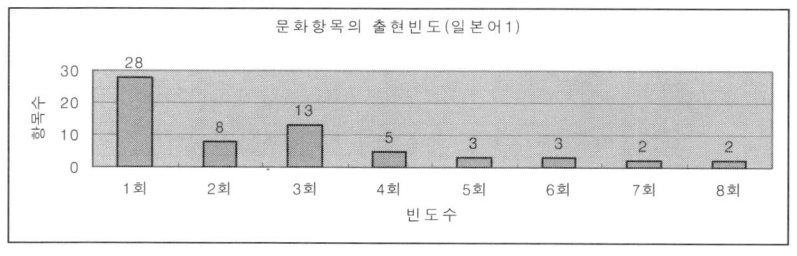

초급교재라고 볼 수 있는 『일본어Ⅰ』에서 사용할 수 있는 어휘수는 500어 (10%증감 가능)였고 이 점을 고려할 때 문화의 소개는 극히 간단한 어휘의 내용과 관련된 것들이다.

12종 교과서 중 8종에서 공통으로 제시하는 문화항목은 2가지

(기모노, 스모),

8종에서 공통으로 제시하는 문화항목은 2가지(기모노, 스모),

7종에서 공통으로 제시하는 문화항목은 2가지(오쇼가츠, 주거),

6종에서 공통으로 제시하는 문화항목은 3가지(가부키, 미츠리, 화폐),

5종에서 공통으로 제시하는 문화항목은 2가지

(어린이날/고이노보리, 히나마츠리, 인사예절)

4종에서 공통으로 제시하는 문화항목은 5가지

(노, 오본, 식사예절, 음식, 대중교통)

『일본어Ⅱ』는 100항목의 다양한 문화소재가 제시되어 있다.

중급교재라고 볼 수 있는 6종에서 공통으로 제시하는 문화항목은 3가지(가부키, 미츠리, 화폐),에서 사용할 수 있는 어휘 수는 『일본어Ⅰ』에서 이미 사용한 어휘를 포함하여 900어이다. 제시된 항목의 수는 『일본어Ⅰ』의 약 2배에 달하고 있으나 공통으로 출현하는 것은 7항목에 지나지 않으며 6 출판사가 발행한 6종의 각 교과서에서 각각 다양하게 제시하고 있는 항목이 대부분이다.

6종에서 공통으로 제시하는 문화항목은 7가지(노, 리사이클, 분라쿠, 신칸센, 오다이바,하나미, 환경보존)이다.

〈표 12〉

출현횟수	2	1	합계
항목수	7(7.53%)	93(92.47%)	100

<그림 4>

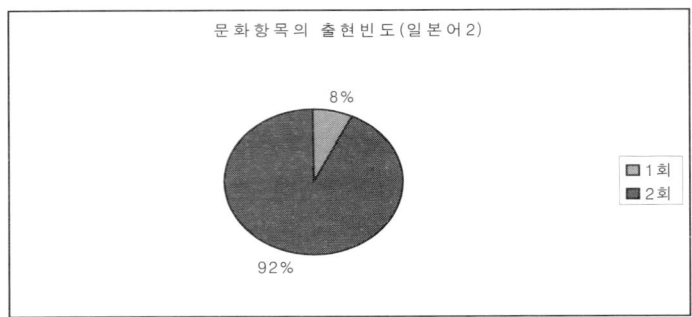

4.3 교과서별 문화항목의 비교

문화항목을 제시하는데 있어서 가장 많이 제시한 교과서의 21항목과 가장 적게 제시한 9항목의 편차가 나타나고 있다.6)

<그림 5>

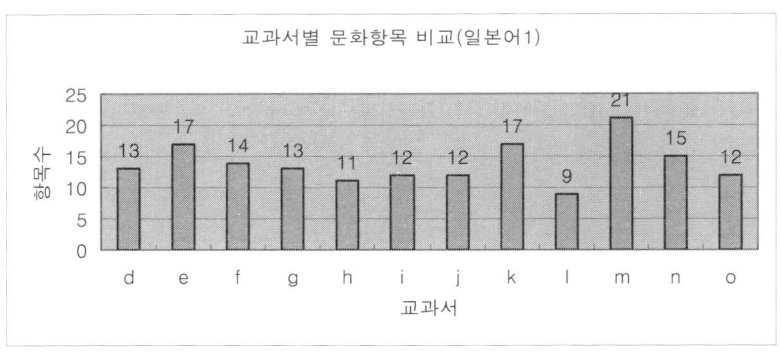

---

6) d교과서는 진명출판사(유), e교과서는 진명출판사(이), f는 블랙박스, g는 대한교과서, h는 시사영어사, i는 학문출판, j는 교학사(유), k는 교학사(이), l은 민중서림, m은 성안당, n은 천재교육, o는 지학사에서 발행한 『일본어Ⅰ』을 약호로 표시하였다.

　<그림 6>에서 보이는 바와 같이 『일본어Ⅱ』의 경우에는 문화 내용이 8항목으로 가장 적게 나타나고 있는 교과서와 42항목으로 가장 많이 나타나고 있는　교과서 사이에 큰 편차가 보인다. 이는 집필진의 의도와 방향이 다르다고 볼 수 있다. 제7차 교육과정의 교육목표에서는 문화내용을 적극적으로 제시할 것이 강조되고 있다.

<그림 6>

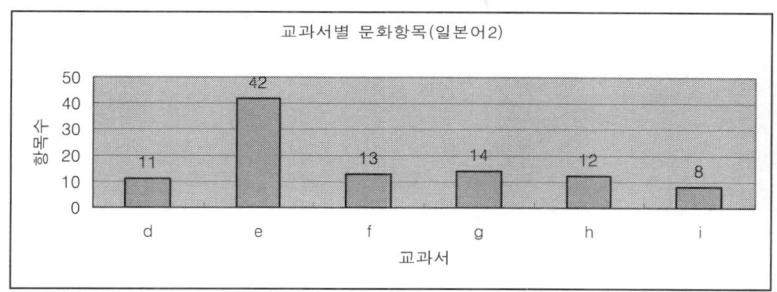

4.4 문화내용의 구분

<그림 7>

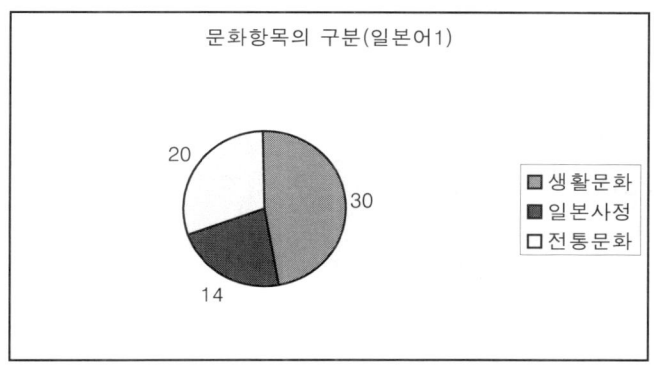

〈그림 8〉

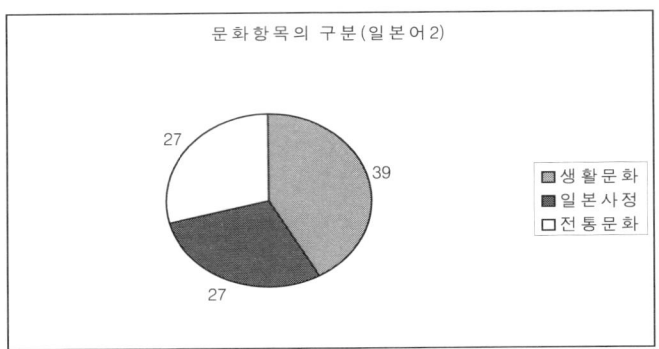

제시된 모든 문화항목들을 전통문화(연중행사, 마츠리, 전통예술 등), 일본사정(교육제도, 교통, 화폐, 기후와 풍토 등) 생활문화(고교생의 학교생활, 하루의 일과 취미생활, 전화, 등)으로 구분하여 비교하면 〈그림 7〉과 〈그림 8〉과 같다.

5. 맺는말

제5차 교육과정기에는 문법 중심에서 의사소통능력의 향상을 위한 구성으로 바뀌고 문장에서 담화로 정확성에서 유창성으로 그리고 언어의 4기능을 통합적으로 접근하게 되었다. 그리고 다음과 같은 문화의 내용을 담고 있었다. 첫째, 생활문화로 유적지와 풍경, 식사와 음료, 주택, 교통수단, 지형과 기후, 둘째, 습관과 행동양식으로 인사와 소개, 가족생활, 학교생활, 편지, 일기, 레저, 넷째, 정신문화로 언어, 역사, 종교, 문학, 음악, 연극, 축제와 연중행사를 소개하고 있다. 그러나 소재에 대한 소개가 극히 단편적이고 양적으로 부족하다고 볼 수 있다. 제 6차 교육과정기에는 정확성보다는 유창성과 학습자 중심 교육을 강조하였다. 제 7차 교육과정기에는 의사소통 능력, 일본문화의 이해, 한국문화를 일본어로 소개하기, 국제이해 교육 등을 강조하고 있다.

교육부의 교단선진화 사업의 일환으로 실시된 "학교정보화 3개년 계획"의 결과 현재 각 중등교육기관의 인터넷 망의 구축계획이 진행되고 있다. 각 학교의 첨단기자재는 갖추어져 있으나 현장의 교사들은 교과서나 카세트를 사용하여 수업하고 있으며 CD-ROM이나 파워포인트를 사용하고 있는 교사들은 소수라고 답하고 있다. 학습자에게 언어의 구조나 전달 내용만을 강조하는 단계를 넘어서서 이제는 언어, 생활, 제도, 예술, 전통, 정신문화까지도 실러버스에 포함시키므로 학습자의 원만한 의사소통과 학습언어를 둘러싼 가치관까지도 이해할 수 있도록 하는 것이 외국어 교육을 목표라고 보며 이러한 점에서 일본어교재도 예외는 아니라고 생각한다.

Ⅱ.6 청해교육과 교재연구[*]

1. 들어가기

외국어 교육의 방법론은 각 시대의 언어관 또는 언어교육의 이론의 영향을 받아 그 사회적 요구에 맞게 변화해 왔다. 1970년대 이전의 교수법 중 「문법번역식 교수법」은 문법규칙의 설명과 번역에 중점을 둔 교수 방법이었고, 독해를 위한 문법 지식을 중시하였고, 교사와 학습자들은 학습 대상어를 매개어로 하여 번역하는 교수·학습에 관심을 가졌던 것이다. 「직접식 교수법」은 매개어를 사용하지 않으며 학습목표어를 학습자가 듣고 이해하게 하고, 직접 말하게 하는 교수법이다. 필요에 따라서 교사가 간단한 이야기를 하기도 하며, 난해한 표현을 쉬운 표현으로 바꾸어 설명하거나 「전신반응법」 등을 통하여 이해시키기도 한다. 경우에 따라서는 그림이나 실물을 보여줌으로써 이해를 돕기도 한다. 「직접식 교수법」에서는 모국어의 사용을 배제하기 때문에 추상적인 내용을 이해시키는데 어려움이 많고, 교사가 목표어를 유창하게 구사해야 한다는 전제조건이 따른다. 따라서 비모어화자인 교사들에게는 그만큼 부담이 따르기도 한다.

「구두언어 교수법」은 구조주의 언어이론에 근거하여 언어란 의미를 부호로 나타내기 위한 구조적으로 연관된 요소들의 조직체로서 그 요소는 음소, 형태소, 단어, 구조와 문형이라는 가설에서 출발한다. 이 교수법은 행동주의 심리학의 이론을 도입하여 언어를 학습된 행동이라고 보고, 좋은 언어 습관의 형성에 목적을 두어 대화를 암기하고 문형 연습을 통하

---

[*] 제8회 한국일어교육학회 학술발표회 발표. 2005. 7. 2 수원대학교

여 오류를 범하지 않도록 지도한다. 「구두언어 교수법」은 1960년대에 일본어교육에 도입되어 오랫동안 지속적으로 사용되어졌다. 이 교수법에 의한 외국어의 학습에서는 학습자의 청해능력을 개발하고, 정확한 발음을 가르치며, 말과 문자의 관계를 인식하도록 하고, 음성, 형태, 어순 등의 구조를 이해하는 것을 강조해왔다. 그러나 이 교수법은 대화문의 암기와 문형 연습을 주로 함으로써 학습 초기부터 듣기와 말하기 능력을 길러줄 수 있다는 장점을 가지는 반면 학습자들로 하여금 기계적인 연습을 강조함으로 반복은 잘 하지만 의미를 이해하지 못하는 경우가 많고, 암기된 지식을 다른 상황에 적용하는데 약하다는 단점이 지적되어 왔다.

「의사소통 중심 언어 교수법」은 언어의 구조와 문법에 대한 정확한 지식보다는 의사소통을 위한 유창성을 강조하여 의사소통 기능에 역점을 두고 있다. 이 교수법에서는 교사가 학생들의 수준을 고려하여 의사소통 이전 활동과 의사소통 활동으로 구분하여 처음에는 의미를 전달하는 데 사용할 수 있는 구문과 어휘를 이해하도록 하고 유사한 상황을 만들거나 상황을 말해 주고 이를 충분히 연습하도록 한다. 다음 단계에서 학생들이 의사소통 기능을 이해하여 적용할 수 있는 활동을 하도록 유도하고 역할극을 통하여 실제 의사소통 활동을 하게 한다. 그러므로 교사는 학생들에게 활동에 참여할 수 있는 기회를 많이 제공하고 상호 의존적으로 학습하도록 유도하며, 학생과 학생 간, 학생과 활동, 과업간의 의사소통 과정이 원활하게 진행하도록 편의를 제공해 주어야 한다. 교사는 학생들과 마찬가지로 참여자가 되어야 한다.

「절충식 교수법」은 언어학습의 목표를 달성하기 위한 방법으로서 여러 가지 교수법의 장점을 통합하여 학생들에게 맞는 교수법을 적용해 나가야 한다는 이론이다. 언어 학습은 매우 복합적인 과정이며 학습자들은 서로 다른 성격과 학습 스타일, 욕구를 가지고 있으므로 교사는 실제의 수업에 가장 적합한 방법을 절충적으로 취합, 혹은 통합하여 적용할 수 있어야 한다. 그러나 절충식 교수법이라 하여 여러 가지 교수법을 뚜렷

한 목표나 원칙 없이 선택하여 사용하는 것을 의미하지 않는다. 구체적인 프로그램의 목표들과 연관된 교수기법과 활동들을 신중하게 선택하는 원칙을 지키는 절충주의가 되어야 한다.

일본어 교수법은 19세기 말엽에 파머의 영향으로 직접법이 도입되었다. 1960년대 말에 이르기까지의 외국어 학습은 정보 수집이 주된 목적이었다는 점에서 문법 번역식 교수법을 중심으로 발전되어 왔다. 그 후 70년대에 들어와서 외국인을 위한 일본어교육이 그 체제를 갖추게 되면서 점차로 의사소통중심 일본어교육으로 바뀌게 되었다.

「구두언어교수법」특징은 음성을 중요시했고, 학습자의 청해 능력을 개발하고 정확한 발음을 가르치며, 말과 문자의 관계를 인식하도록 하고, 일본어의 음성, 형태, 어순 등의 구조에 익숙하도록 한다. 수업의 진행은 듣기→말하기→읽기→쓰기의 순서로 하며, 초급과정에서는 구두 언어 중심으로 하고, 상급과정으로 갈수록 읽기와 쓰기 중심으로 바뀌지만, 듣기와 말하기는 여전히 중요한 역할을 한다. 「구두언어교수법」에서 보편적으로 사용하는 모방 암기법(ミム-メム: mim-mem)과 문형 연습에서는 음성구조와 문법구조를 「듣기」과정을 통해서 습득하도록 해 왔다.

청해지도는

인식(recognition) → 모방(imitation) → 반복(repetition)

의 세 단계를 거쳐 이루어진다. 인식의 단계에서는 테이프 등을 통해서 먼저 듣고, 이를 따라 발음해 보고, 마지막으로 기억하는 과정을 통해 청해 능력을 기르게 된다.

그러나 「의사소통 중심교수법」이 70년대 초부터 외국어 교육에서 대두되면서 커뮤니케이션 능력이 중요시되기 시작하여 현재도 널리 활용되고 있다. 이 교수법은 언어를 커뮤니케이션의 총체로서 파악하여 언어를 사용하는 장면과 결부시켜 실제적인 전달 능력을 익히게 하려는 것이다. 그 이론적 배경은 Hymes의 의사소통 능력이론과 Halliday의 기능주의 적 언어관에 두고 있다.

Hymes는 언어 이론은 커뮤니케이션과 문화까지도 통합한 광범위한 것으로 인식한다. 그리하여 능력과 운용을 잠재적인 능력과 실제적 운용 으로 구별하여 잠재적 언어 능력이란 Chomsky가 말하는 언어 능력뿐만 이 아니고 언어 사용 방법까지도 포함 된다는 것이다. 이런 능력의 총체 를 가리켜 언어 사용 능력(Communicative competence)이라고 명명하 였다.

또한 Halliday는 언어 행위는 인간이 타인에게 행하는 행위의 하나로 서 언어의 형태로 행해지는 행위라고 하여, 언어란 「무엇에 대하여 말하 는」것일 뿐만 아니라 「무엇인가를 하기 위한」것이기도 하다는 것이다. 한국의 중등교육의 목표를 제시하는 교육과정도 이러한 교수법의 발전과 정에 따라 설정되며, 제6차 교육 과정의 의사소통 기능과 제7차 일본어 과 교육 과정의 의사소통 기능의 분류는 이런 연구의 결과이기도 하다.

「의사소통 중심교수법」의 큰 특징은 다음과 같다.

첫째 : 언어의 문법 체계보다는 기능을 중시하며, 언어의 구조보다는 장 면에 따른 기능을 중시한다.

둘째 : 어구보다 언어의 기능을 파악할 수 있는 단락 내지 문장을 중시 한다.

셋째 : 지식의 획득이 아닌 능력의 습득을 중시하고, 효과적인 커뮤니케 이션 기능을 중시하므로 암기할 필요는 없다.

넷째 : 장면이나 문맥상의 의미를 중시하며, 정확한 발음보다는 이해 가 능한 수준의 발음이면 충분하다.

다섯째 : 모어 사용에서 번역까지 학습자에게 도움이 될 수 있는 모든

수단을 동원하여 학습자를 돕는다

이상과 같은 교수법의 변천과정에 따라서 일본어교육에서의 교수·학습방법도 변화해 왔으며, 현재 중등교육의 7차교육과정의 목표도 이를 잘 반영하고 있다. 즉 ①학습자 중심의 교육 ②의사소통 기능 중심 ③정확성 보다 유창성 중요시 ④문화를 고려하는 언어교육 ⑤멀티미디어 교육 강조 ⑥자신의 문화를 일본인에게 설명할 수 있어야 한다.

현재 가장 보편적으로 활용되고 있는 교수법에서는 언어의 네 가지기능 즉 듣기, 말하기, 읽기, 쓰기가 상호 연계성을 가지도록 하는 것을 그 목표로 하고 있다.

본 연구에서는 한국인학습자를 대상으로 하는 듣기능력 신장을 위한 교재개발의 실제를 소개하고자 한다. 이를 위하여 모어화자인 일본어 교사 2인과 비모어화자 교사1명이 공동 작업을 할 것이다. 교재의 목표는 현재의 외국어 교육에서 활용되고 있는 주요교수법들을 도입하고 학습의 초급단계에서 사용가능한 항목들을 포함하나 그 주된 내용은 중급의 학습자에게 적합한 것으로 구성하기로 한다.

2. 청해(듣기)의 특징

청해 능력이란 학습자가 이미 학습한 어휘나 문법사항들이 사용된 문장을 듣고, 그 의미를 잘 이해할 수 있는가에 관한 것이다. 대체로 청해 시험에서는 이와 같은 능력을 측정하게 된다.

(1) 청해의 학습은 테이프나 실제 발음을 통한 듣기활동이다.

즉 학습자는 먼저 수동적으로 듣는 활동으로 시작하게 되므로 이를 위한 준비가 되어 있어야 한다.

「掃除をしたり、テレビを見たりします」라는 듣기내용을 청해 학습에서는 귀로 듣고, 이해하고, 판단하게 된다. 그러나 같은 문장을 읽고 어휘나 문장의 구조를 파악하거나, 문화적으로 이해할 수도 있다. 이와 같이 청해는 듣기활동에서 출발한다.

(2) 제시되는 어떤 장면의 담화 내용을 듣고 정보를 파악해야 한다.

많은 정보 중에서 핵심적인 것과 그렇지 않은 것을 구별할 수 있어야 한다.

醿題1

Pre-Q : 二人は　どこで　会いますか。

A　　：もしもし、中野です。

B　　：あ、中野さん? 私、阿部ですが、

　　　　今日の約束、午後3時でしたよね。

A　　：そうですよ。

B　　：学校の前でしたね。

A　　：え? 図書館の前じゃなかったんですか?

B　　：え? そうですか。私、図書館をわからないんですが、、、

A　　：じゃ、駅の前で会っていっしょに行きましょうか。

B　　：それがいいですね。そうしましょう。

Post-Q : 二人は　どこで　会いますか。

① 学校の前　　② 図書館の前　　③ 教室の前　　④ 駅の前

위의 문제에서 학습자는 우선 「会う、約束、午後3時、学校、図書館、駅」 등을 정보로서 판단할 것이다. 청해 시험에서는 일반적으로 담

화의 장면에 등장한 정보들을 선택지에 넣는 경우가 많다. 학습자는 Pre
-Q와 Post-Q에서 요구하는 정보인 「どこで会う」를 핵심적인 정보로
판단할 수 있어야 한다.

(3) 정보를 파악함에 있어서 정확성의 판단이 요구된다.
　청해 시험에서는 흔히 단 한번의 듣기가 가능하며 반복듣기가 없으므
로 이에 대한 훈련이 필요하다.

齟題2
日本の友達が修学旅行で韓国に来ます。友達と会うのはいつですか。
　PreQ　：日本の友達と会うのはいつですか。

　ひろし：もしもし、ミンス、元気。今度修学旅行で韓国へいくんだ。
　セナ　：ほんと。それじゃぜひあいたいね。ソウルにはいつ来るの?
　ひろし：10月10日から3泊4日でブサン、慶州、ソウルに泊まるん
　　　　　だ。高速鉄道にも乗るよ。
　セナ　：じゃあ、ソウルに来る日に会おう。時間はいつがいい?
　ひろし：昼間はスケジュールがあるけど夜なら大丈夫だよ。
　セナ　：じゃあ、夜会いに行くよ。
　　　　　楽しみだなあ。

　PostQ：日本の友達と会うのはいつですか。
　　1.10月 10日　　2.10月 11日　　3.10月 12日　　4.10月 13日

　위의 문제에서 학습자는 우선 「10月 10日」라는 숫자를 정확히 듣고
제시된 선택지에서 그것을 가장 정확한 정보라고 판단하여야 한다. 단
한번의 청취로 판단하여야 하므로 경우에 따라서는 핵심이라고 생각되는

정보를 메모해 가면서 듣는 것도 좋은 방법이다.

(4) 제시되는 선택지 중에서 적합다고 보는 것과 그렇지 않은 것을 가려내야 한다.

「田中さんの部屋は二階にあります」라는 정보를 정답으로 택해야하는 경우 선택지로 제시된 삽화나 사진에서 2층 건물을 눈으로 보면서 동시에 듣기 활동이 이루어져야 할 것이다.

(5) 자신이 경험하지 않은 장면에 대해서도 이해할 수 있는 능력이 있어야한다.

학습자는 가능하다면 다양한 장면을 직접 체험하는 것이 바람직하다. 그러나 간접체험을 통한 판단도 매우 유효하다. 일본에 가 본 경험이 없는 학습자에게 있어서 일본의대학원의 사정에 관한 것을 들려주거나 일본 사회의 정보들에 관한 것을 제시하게 되면 학습자는 간접적으로 얻은 일반적 지식에 따라서 판단하게 될 것이다.

3. 청해지도의 유형

듣기 활동은 언어의 타 기능(말하기, 읽기, 쓰기)과 비교하면 대체로 「受容的技能」이라고 평가되기도 한다. 그러나 堀口純子(1987)는 예측이나 유추를 하며 듣고, 학습자의 배경지식을 토대로 판단하면서 듣는 학습활동이라고 말하며 이를 「能動的技能」으로 바꾸어갈 수 있다고 말한다.

현재의 한국의 중등교육의 목표와 방향을 제시해 주는 제7차 교육과정에서는 「듣기」를 위한 교수·학습 활동의 전개를 다음과 같이 말하고 있다.

① 긴 말과 글을 듣고 그 요점을 알아본다.

② 대화 장면을 시청하여 그 뜻을 알아본다.

③ 의사소통기능에 관한 표현을 듣고 그 뜻을 알아본다.

④ 의사소통기능에 관한 표현을 듣고 그대로 행동하여 본다.

⑤ 보도를 듣고 중요한 내용을 알아본다.

⑥ 상대편의 말을 듣고 그 의도를 알아본다.

⑦ 현장의 소음이 섞인 말을 듣고, 그 뜻을 알아본다.

즉 현재 한국의 중·고등학교의 일본어교육에서는 일상의 의사소통 기능 수행에 따른 일본어를 교육용 테이프로 제작된 모범 발음 뿐 만 아니라 소음이 수반되는 일상적인 환경에서도 알아들을 수 있도록 하고, 듣기 능력의 중요성을 깨달아, 듣기 학습 활동에 능동적으로 참여하도록 그 목표를 제시하였다.

(1) 개인적인 청해학습

ICT 방식을 도입하는 교수법에서는 스크린을 통해서 문자나 이미지를 보면서 동시에 듣고, 학습자가 들은 내용을 반복 청취하거나 원하는 특정 부분만을 반복 청취하는 일이 간편해 졌다. 개개인 학습자들이 자신의 학습동기에 맞추어 원하는 레벨의 내용에 도전하여 청취능력을 높여갈 수 있게 교육환경에 변화가 나타났다. 일본의 학습사이트에 접속하여 가나문자를 들려주는 초급단계에서부터 뉴스의 청취, 동화나 기타 책을 읽어주기, 노래배우기, 영화, 드라마, 애니메이션 감상 등을 학습활동으로 발전시킬 수 있다. 그 외에도 위성방송 등 TV를 활용하여 일기예보, 스포츠 중계 등을 통한 청해능력의 신장을 기대할 수 있다.

(2) 교실활동으로서의 청해학습

멀티미디어 기자재의 보급과 더불어 매우 다양한 교수모형이 개발되고 있다. ICT 방식을 도입하는 교수법에서는 스크린을 통해서 문자나 이미지를 보면서 동시에 듣고, 학습자가 들은 내용을 가지고 그룹별로 게임을 하거나, 빈칸 메꾸기, 빙고게임, 역할놀이, 노래 부르기 등 다양한 활동을 할 수 있다.

実践䚫:

① 공란메꾸기(穴埋め) : 군데군데 공란을 남기고 노래를 듣고, 정답을 찾아내고 다시 듣는다.

② 과제부여(タスク) : 전체를 몇 개의 그룹으로 나누고 가사 없이 노래를 듣고, 협력하여 가사를 만들어 나간다. 교사는 자신의 학습자의 수준에 알맞은 곡을 택해야 한다.

③ 빙고게임 : 인원이 많을 경우에는 큰 그룹으로 나누어 할 수도 있다.

④ 비디오를 듣고 가장 인상에 남는 대사나 장면을 일본어로 표현해 보도록 한다.

⑤ 롤플레이 : 청해교재의 내용에 따라 CD나 DVD를 활용한다.

4. 청해지도의 응용

(1) 청해와 회화지도 : 말하기 능력을 신장시키는 실러버스를 구성하여 회화수업과 병행한다.

(2) 청해와 음성지도 : 단어나 문장의 음성훈련을 듣기활동의전·후에 실시한다.

5. 맺는말

청해의 교재는 문법서나 회화교재에 비하여 부족한 편이다. 그러나 한편, 교사는 각종 현장의 장면을 수업으로 끌고 와서 교재로 활용 할 수 있다. 현재와 같이 동영상의 학습자료를 제작하기 쉬운 환경에서는 학습자와 교사는 원하는 레벨의 거의 모든 실제 생활의 소리들을 교실이라는 학습현장에 끌어올 수 있다. 문제는 올바르고 적절한 교재를 판단하는 일이 교사의 과제로 남는다.

제Ⅲ장 이문화(異文化)지도

Ⅲ.1 상급반 일본어 수업의 멀티미디어 활용방안*

1. 들어가기

우리나라의 교육개혁은 정치적인 필요와 의지에 따라서 교육개혁의 필요성이 제기되고 그 전담기구가 편제되어 왔다. 대통령직속자문기구로 설치되어 오고 있는 전담기구의 명칭을 살펴보면 제5공화국의 교육개혁심의회(1987), 제6공화국대통령교육정책자문회의(1992), 문민정부의 교육개혁위원회(5회의 교육개혁안 제출), 국민의 정부의 교육공동체위원회에서 현재의 참여정부로 이어지고 있다. 그리고 그 전담기구들이 내놓은 미래의 한국대학이 지향하는 내용으로는 ①대학의 특성화 ②교육개방 현상으로 인한 대학간의 불균형현상 ③대학원 중심대학으로의 전환 ④교사중심에서 학생중심학습으로 ⑤정보통신 기술의 발달로 교육환경의 변화 ⑥산·학협동체제로의 급전환등을 제시하고 있다.

본 연구는 ④와 ⑤의 변화의 요구에 대응해가고자 하는 시도의 한 부분이며, 현재 본인이 담당하고 있는 일어교육과 전공과목인 「일어학연습」 과목의 수업을 중심으로 교육현장에서 가능한 범위 내에서 점진적으로 그 목표에 접근해가고자 하는 실천사례이다. ④와 관련된 「교육비전 2002」 에서는 "교사중심에서 학습자중심의 학습으로, 획일적인 교육에서 자율적이며 다양한 교육으로, 지식위주에서 지·덕·체의 조화로운 교육으로

---

* 『인문과학연구』 상명대학교 논문집, 2005

변화시키는 것이다"라고 밝히고 있다. 그리고 ⑤와 관련해서 "원격교육, 가상대학의 등장으로 학생들은 타 대학 교수의 강의나 외국교수의 강의도 수강할 수 있게 될 것이며, 특히 어학의 기초과목 등에 큰 변화가 예상된다"라고 보고하고 있다.

또한 중등교육에 있어서도 교육부는 고등학교의 수업의 최소한 10%를 멀티미디어를 활용하는 수업을 할 것을 권장하고 있다. 일본어교사를 양성하기를 일차적인 목표로 설정하고 있는 본 학과의 수업의 내용도 점차로 그러한 교육부의 방침에 맞추어 가야 할 것으로 보고, 앞으로 교육현장에 나아가게 될 졸업생들이 멀티미디어 활용능력을 갖추어야 하는 문제도 과제로 등장하게 되었다.

한편 이웃나라 일본의 경우에 있어서도 이러한 정부주도형 변화는 이미 시작되었다. 1998년 일본의 문화청은 「일본어교육시책의 추진에 관한 조사연구협력자 회의」를 개최하고 「앞으로의 일본어교육 시책의 추진에 관하여」라는 보고서를 낸 바 있다. 그 내용은 앞으로의 일본어교육의 새로운 전개를 위한 지침과도 같은 것이며, 그 주요내용 중에는 "정보화사회에서는 단지정보의 양이 증대해 가는 것만이 아니라 새로운 정보미디어가 계속 만들어질 것이며, 발전할 것이므로 문자, 음성, 영상이 통합된 정보의 교환이 점점 용이해질 것이다"라고 전망하고 있다. 그 결과, 한 방향으로만 정보가 전해지는 단계에서 쌍 방향으로 정보가 교환되고, 그 결과 원거리간의 쌍방향 커뮤니케이션을 활용한 수업방식도 현실화될 것이라고 말하고 있다. 현재 국내의 대학의 일본어관련 학과에서도 일본의 자매 대학과 쌍방향 공동 수업을 운영하고 있는 예가 있다. 이제 새로운 정보미디어의 활용은 수업형태를 크게 변화시키고 있다.

2. 교육환경의 변화

우리나라의 「교육인적자원부」는 초등교육과 중등교육의 교육목표에 따라 교육과정을 제시한다. 현재 제7차 교육과정에서는 교육정보화 계획이 커다란 특징으로 나타나고 있다.

제1차 교육정보화계획은 1997년부터 2000년에 걸쳐 이루어 졌고, 특히 교육인프라의 구축 면에서 큰 성과를 보게 되었다. 그 결과 하드웨어의 구축이 매우 보편화 되었다. 초·중·고교의 각 교실에는 TV가 설치되었고, 현재는 교사용 컴퓨터와 교육용 컴퓨터의 보급이 거의 완성된 상태이다. 그리고 교실과 교무실, 교장실 등 교내의 시설이 인터넷 망으로 연결되어 있다.

이와 같이 멀티미디어 환경의 구축으로 인한 교육환경은 정부주도형으로 큰 변화의 양상을 나타내게 되었다.

제2차 교육정보화계획은 2001년부터 2005년에 걸쳐 완성되어가고 있다. 제1차의 하드웨어의 구축에 이어서 이번에는 주로 소프트웨어의 구축에 힘을 기울이고 있다. 구체적인 목표는 다음과 같다.

첫째, 교사와 학생들의 컴퓨터 활용 능력의 향상

둘째, 교육행정과 평가 등을 전산화하는 것

셋째, 건전한 정보문화를 조성하기

그러나 초등교육과 중등교육에 비하면 고등교육기관인 대학의 경우에는 그 편차가 매우 심하고 멀티미디어 수업의 활용도는 매우 저조한 편이다. 그러나 워드프로세서의 자격시험 준비, 강의 방식의 변화, 정보의 활용도 등 전반적으로는 교육환경이 10년 전과는 비교할 수 없을 정도로 크게 달라지고 있다.

2.1 교사의 역할의 변화

과거에는 교사가 교실에서 수업의 진행을 주도하고 학습자는 이를 받아들이는 일방적인 수업방식이 많았다. 특히 학생 수가 많은 학급에서는 교사는 '가르치는 역할'을 주도해 왔다.

교사 중심의 수업에서 교사는 자칫 수업에서 "진도 나가기"를 실질적인 목표로 삼을 수도 있었다. 진도 나가기 수업의 문제점은 학생 개개인의 능력이나 학습의 속도, 학생의 흥미나 관심사 등을 파악하지 못하는 구조라는 점이다. 이를 개선하기 위해서 수업의 개선이 요구되고 현재는 교사와 학생의 상호 보완과 협조가 바람직한 수업의 형태라고 하는 인식이 보편화 되어가고 있다. 교사의 무게 중심이 학생 쪽으로 이동되어지고 있으며 교사는 학생을 지원하는 역할을 잘 수행하기를 요구받고 있다.

<표 1> 종래의 교사주도형 수업의 장단점

장점	단점
집단교육으로 효율적	학습자가 수동적 학습태도에 익숙
동시에 대량의 정보를 발신 가능	협동학습의 수단이 제한적
기존의 지식 전달로 노력 절약	학습 공간의 제약
직접 대면 수업으로 학습자 파악	교사의 질이 수업을 좌우할 수 있다

2) 학습의 내용 : 교재 이외의 것을 스스로 정보수집, 사용, 편집

4) 학습자의 취향 : 흥미로운 것에 관심

흥미로운 것이란 : 큰 소리로 웃을 정보가 아니라 지적 호기심 유발 가능한 정보 시장성의 문제

5) 교사의 입장 : 학생들이 컴퓨터에 더 능숙하다는 인식에서 자신(自信)을 잃을 수 있다.

2.2 주교재 개념의 붕괴

언어 교육에 있어서 교재의 역할은 교수법의 변화와 더불어 변화되어 왔다. 종래에는 외국어 교육에서도 반드시 교재가 필요하다고 하는 생각이 주류를 이루고 있었다.

흔히 「教材」라고 하면 이를 주 교재와 부교재로 나눈다. 주 교재는 교과서를 가리키고, 부교재는 보조교재라고도 말하며 부독본, 참고서, 자습서, 워크북, 신문, 잡지, 낱말카드, 궤도, 모형, 그림, 사진, 슬라이드, OHP시트, 오디오테이프, VTR 등을 포함한다.

교재에는 문자교재, 음성교재, 영상교재 그 밖에 실물 자료 등을 교재로 활용할 경우의 실물교재가 포함된다.

① 문자교재 : 교과서, 단어카드, 연습장 등
② 음성교재 : 녹음테이프, 라디오와 텔레비전을 청취하기
③ 영상교재 : 음성이 들어간 움직이는 화면으로 텔레비전, 비디오, 영화, 애니메이션 등
④ 각종 실물교재 : 모든 실물 자료 등을 교재로 활용할 경우

한국의 일본어교육에 있어서 주교의 개발은 상당한 발전이 이루어지고 있으나 부교재의 개발은 미흡한 사정이라고 말 할 수밖에 없다.

(1) 종래의 教具
① 비디오 영상교재
② CD 교재
③ 음성 테프 · 라디오방송 · TV
④ 카라오케
⑤ 그림교재 · flash card 등

(2) 영상교재의 특징

① 영상교재는 교사의 의도에 따라서 다양한 목적으로, 다양한 레벨의 수업에 활용할 수 있다. 가령 한 가지의 VTR을 초급반에서 발음, 문법, 어휘표현에 사용하는 한 편 중급반에서 일본인의 생활, 담화, 일본 사정 등의 교재로 사용할 수 있다. 뿐만 아니라 상급반에는 일본인의 생활양식, 언어행동 등을 이해하는 학습 자료로 사용할 수 있다.

② 영상교재는 제작된 시대의 문화를 종합적으로 파악하기에 적합하다. 그러나 제작된 이후 변화하는 사회적 요인을 반영시키는 것이 어렵다는 단점이 있다. 제작된 당시와 달라지는 등장인물들의 복장 헤어스타일 배경 등의 차이로 인해서 제작비에 비해서 사용 가능한 기간이 제한될 수도 있다.

③ 영상교재는 교사 자신이 수업의 목적에 따라서 스스로 제작하여 사용하기에 간편하다. 비교적 짤막한 VTR이나 CD의 제작, 동영상의 촬영 등이 용이해 짐에 따라 멀티미디어 시스템을 활용하여 수업한다는 일이 큰 부담 없이 사용하는 교사들이 증가하고 있다. 초급반을 위한 일본어 영상교재로는 1986년의 조사에서 나타난 보고에는 『日本語敎育映画 基礎編』을 사용하고 있는 교육기관이 가장 많은 것으로 나타났다.

(3) 학습용 비디오와 일반 비디오의 차이

위에서 언급한 영상교재에 속하는 것들은 대체로 언어교육을 목적으로 많은 연구와 비용을 들여 제작된다. 그러나 경우에 따라서는 일반비디오도 청취와 발음학습, 문화의 이해학습 등에서 큰 성과를 올리고 있다.

<표 2> 학습용 비디오와 일반 비디오의 차이

학습용 비디오	일반비디오
표준어의 발음이다	표준어와 방언의 발음이다
대화의 속도가 인위적 (청취하기쉽다)	대화의 속도가 다양하다
오래된 정보도 섞여있다	최신의 정보를 담고 있다
자연언어와 다르다	부적절한 표현, 속어 등도 포함되어 있다

　본교의 경우를 보면, 현재는 컴퓨터가 강의실에 연결되어 있어서 멀티미디어 시스템의 구축이 보편화되었다. 학생들은 이러한 새로운 환경에 빠르게 적응해가고 있다. 과제를 준비함에서, 그리고 자신들의 과제내용을 발표함에 있어서 학습의 효과를 최대화 시킬 수 있는 방향으로 발전되어가고 있다. 한 학기동안 주교재의 일정 부분만을 읽고 내용파악에 머무르던 교수·학습의 형태에서 주 교재를 중심으로 관련 자료들을 보완해가는 다양한 자료들을 얻을 수 있게 되었다. 일본어 수업에서 부교재로 사용해오던 VTR 교재들도 현재는 그 사용 빈도가 점점 줄어들고 있다. 1980년대에 일본의 국립국어연구소가 해외의 일본어교육용으로 개발한 교육용 비디오 30권의 초급용 비디오 테이프 등을 영상교재로 사용해 왔다. 그러나 현재 본교의 시청각실에 비치되어 있는 그러한 VTR 교재의 사용은 점차로 그 사용빈도가 줄어들고 있고, 그 대신 새로 제작되는 CD교재와 인터넷 검색을 통해서 얻고 있는 최신자료들과 동영상 자료들로 대치되어 가는 변화가 빠르게 일어나고 있다.

　학습의 내용도 그 폭이 넓어졌고 학생들은 교재 이외의 다양한 매체를 통하여 스스로 정보를 수집하고, 사용하고, 편집하여 주교재의 고정관념을 탈피해 가고 있다.

2.3 학습자 스스로 만들어가는 e-learning교재

(1) 멀티미디어 활용 학습이란?

CALL(Computer Assited/(Aided) Instruction)의 교수법은 컴퓨터를 수업에 도입하는 방식이다. 다른 표현으로는 CAI(Computer Assited/ Aided Instruction)라고도 한다. 즉 수업의 진행에 주교재이건 부교재의 형식으로이건 웹(Web)이 관여하게 되는 수업방식을 말한다. 이를 위해서 교사와 학생들은 인터넷에 접속하게 되며 이는 전 세계적으로 연결되어있어서 빠른 시간 내에 공간을 초월하여 정보를 얻어 낼 수 있다. 전 세계적인 인터넷 망은 WWW(World Wide Web)라고 하는 매우 강력한 시스템으로 연결되어 있다. 그리고 자연언어의 한계를 뛰어넘는 HTML(Hyper Text Markup Language)이라는 인공 언어로 정보를 나타낸다.

(2) 멀티미디어 교재 활용의 장점
   ① 멀티미디어 기자재의 활용능력의 신장(교사, 학습자)
   ② 교사의 일방적 수업에서 학습자와 상호작용 수업으로
   ③ 능력별 개인 지도 가능
   ④ 흥미유발
   ⑤ feed back 가능

멀티미디어교재는 교사 자신이 수업의 목적에 따라서 스스로 제작하여 사용하기에 간편하다. 비교적 짤막한 VTR이나 CD의 제작, 동영상의 촬영 등이 용이해 짐에 따라 멀티미디어 시스템을 활용하여 수업한다는 일이 큰 부담 없이 사용하는 교사들이 증가하고 있다. 한편 학습자 스스로 인터넷에 접속하여 웹서핑을 하면서 필요한 정보를 얻어서 이를 편집하고 정리하여 수업의 자료로 만들어온다. 그리고 발표 후 온라인으로 웹에 올려서 동료들과 그 내용을 공유하고 평가받는 일이 가능해졌다.

  (3) 멀티미디어활용 학습의 장점
   ① 사이버 공간을 협력, 대화 토론, 의사교환의 매체로 사용할 수 있다.
   ② real time communication 등에 의해 상호작용이 강화된다.
   ③ Hyper text 구조로 조직되어 있어 정보의 이동이 용이하다.
   ④ 다원적·통합적 툴의 사용이 가능(text, 그래픽, 오디오, 비디오, 애니메이션)
   ⑤ 자료의 기록성 공개성이 우수함
   ⑥ 교사의 일방적 수업에서 학습자와 상호작용 수업으로
   ⑦ 능력별 개인 지도 가능
   ⑧ 흥미유발
   ⑨ feed back 가능
   ⑩ 인터넷 활용능력 강화

3. 상급반「일어학연습」에의 멀티미디어 시스템 활용

3.1 상급반에서의 활용의 意義

  멀티미디어교재는 교사의 의도에 따라서 다양한 목적으로, 다양한 레벨의 수업에 활용할 수 있다. 가령 한 가지의 VTR이나 멀티미디어 교재라도 다양한 목적에 사용할 수 있다.

<표 3> 단계별에 따른 교재 사용의 다양성

초급반	중급반	상급반
발음, 문법, 어휘표현	일본인의 생활, 담화, 일본 사정	일본인의 생활양식, 언어행동

(1) 전통적 교수법에 의한 일어학 연습(1974)

교수목표 : 일본어의 기초, 중급과정을 마친 후 일본어를 통한 일본인의 의식구조, 일본어 표현의 특징 등을 조명해 본다. 이를 토대로 사회생활에 있어서 일본의 이해를 올바르게 하는데 기여함을 목표로 한다.

내용 : 일본어의 세계적 위치, 발음, 표기, 어휘, 문법, 언어관, 여성어와 경어, 일본어의 장래

(1995) : 일본어와 일본문학의 기초과정을 마친 후 일본어와 일본문화에 대한 종합적인 정리 단계로서, 일본인의 의식구조, 일본어 표현의 특징 등을 중점적으로 다루기로 한다.

(1996) : 일본어의 기초와, 중급, 상급과정을 마친 학습자로 하여금 의사소통능력을 기르고 일본문화에 대한 이해를 목표로 한다.

(1998) : 일본어의 기초과목을 모두 이수한 학습자들에게 현실적인 일본어를 구현 할 수 있도록 한다. 영상교재와 시청각 교재와 실제 언어자료를 통한 분석 작업 등을 통하여 자기표현을 하며 통합적인 의사소통능력을 증진시킨다.

3.2 상급반 「일어학연습」에의 멀티미디어 시스템 활용(2003년)

2003년 본인의 수업에서 멀티미디어 시스템 활용자료를 사용하여 수업

한 사례를 중심으로 「일본인의 언어행동」을 이해하는 데에 어떠한 효과를 얻게 되었는지 반성해 보고자 한다. 다음은 교수요목에서 제시한 강의의 개요와 그 목표, 그리고 강의 진행방법이었다.

演習이란 '세미나(seminar)'라는 의미를 갖는다. 즉 exercise나 drill을 가리키는 말이 아니다. 일본어학을 전공과목에서 다룰 때, 우리는 흔히 어떤 일정한 교과서를 중심으로 읽고 이해하고 정리하는 것에 주력해 왔다. 이번 강의는 지금까지 단편적으로 일본어를 이해해 온 것들을 서로 토론을 통하여 종합하고자 한다.

수강자들은 매주 발표에 참가해야 하며, 발표자의 발표 내용에 대하여 적극적으로 토론에 참가해 보도록 할 것이다. 흔히 학습자중심 수업이라고 말하지만 여러 가지 여건이 갖추어져 있지 않았다는 것을 구실로 제대로 충실한 수업이 진행되지 못했던 경우가 많았다.

강의내용은 "일본인의 이해"로 한다. 그 중에서도 일본인의 행동양식을 이해하는 것으로 그 범위를 좁힌다. "커뮤니케이션의 규칙"이란 것을 염두에 두고, 주변에서 접근할 수 있는 구어체 자료들을 분석 검토한다. 구체적인 주제는 「감사, 거절, 부탁」의 표현들을 중심으로 하였다.

다른 나라의 언어와 문화를 이해하고 그 유사점과 차이점을 잘 파악하는 것은 외국인과의 커뮤니케이션을 원활하게 해 줄뿐만 아니라, 바람직한 인간관계를 만들어 가는 지름길이 된다.

우리의 방식과 다른 커뮤니케이션 룰을 마음에 안든다고 간단히 비판하지 말고, 있는 그대로 이해해 보고자 하는 자세로 이 강좌에 임해야 할 것이다.

발표순서와 발표테마는 자율적으로 정한다. 가능한 범위 내에서 일본어로 강의를 진행할 것이나 의사소통이 잘 안되는 경우에는 한국어를 사용한다.

주 교재 : 오쿠야마요오코 『일본인은 이상해 한국사람 못 말려』 1995, 시사일본어사.
이 책의 저자는 일본인으로 한국에서 활약하고 있는 동덕여자대학의 오
쿠야마교수의 사례스터디 집이다. 본인이나 주변의 사람들, 그리고 수업
에서 만나는 학생들의 경험을 토대로 분석한 것을 비교문화론적 입장에
서 펴낸 것이다. 부제에는 "한국인 일본인 원활한 커뮤니케이션을 위한
47가지 사례 스터디"라고 쓰여있다.

<표 4> 수강자의 구성

수강생	분포
남여비율	남자 6명 여자 5명 합계 11명
학과	일어교육과 10명, 불어교육과 1명
일본연수경험	유경험자 4명과 무경험자 7명

발표순서와 발표테마는 자율적으로 정한다. 가능한 범위 내에서 일본
어로 강의를 진행할 것이나 의사소통이 잘 안 되는 경우에는 한국어를
사용한다.

<일본어의 언어표현의 특징>

(1) 拒絶表現

거절표현의 특징을 먼저 설명하고 그 종류를 2가지로 나누고 이에 해
당하는 표현어구를 제시한다.

(1) 직접적 거절(直接的な断り)

직접적인 거절은 다음과 같은 어휘나 표현을 사용하여 상대방의 의뢰
나 요구에 대해 화자가 이를 거절하는 경우이다.

いいえ/うん、いいです、いやです、いらない、お断りします、
けっこうです、大丈夫です、だめ、できません、～ない型/～しませ
ん、平気です、無理です、やめる、その他 : もう～です, ほしくな

い/～したくない、嫌いだ

(2) 간접적 거절(間接的な断り)

간접적 거절은 화자가 상대방에게 간접적으로 거절하는 경우이다. 일본인의 대화에서는 일반적이다. 외국인 학습자들이 이러한 대화의 패턴을 이해하기는 쉽지 않다.

婉曲表現、謝罪/謝り「ごめん, すみません、 悪いけど、申し訳ございません」、願望、理由/言い訳/辨明、代案、次回の約束の希望、曖昧な回答を 수반하는 断り表現、させていただく、感謝

3.3 2004년 「일어학 연습」의 실천 예

주 교재 : 오쿠야마요오코『일본인은 이상해 한국사람 못 말려』1995, 시사일본어사.
부 교재 : 미즈타니 오사무 외 3명『日本事情 ハンドブック』1995, 大修館書店.

문화요소를 통괄적으로 이해하기는 불가능하고 제한된 극히 일부만 이해. 그것도 자신의 문화를 기준으로 판단하게 된다.

악수와 절하기＜맞장구 표현＞

커뮤니케이션에 있어서 말하는 사람(話者)과 듣는 사람(聴者)은 서로 "호응관계"를 유지해 가며 상호간의 대화를 진전시키는 역할을 한다. 듣는 사람의 언어행동은 말하는 사람의 언어행동에 못지않게 매우 중요한 역할을 한다.

(1) 맞장구 표현의 종류에는 다음과 같은 몇 가지가 있다.

① 완결표현(先取り/完結)

② 반복표현(くり返し)

③ 환원표현(言いかえ)

① : 화자가 말하고 있는 부분을 청자가 미리 예측하고 이를 앞서서 말하며 그 문장을 완결(finishing up)하는 표현형식이다. 앞부분에 중점을 두고 「先取り」(堀口純子)라고, 또는 뒷부분에 중점을 두어 「完結」(水谷信子)이라고도 말한다.

이하에서 K(한국어), J(일본어), C(중국어), E(영어)로 말한다.

K : 예, 네, 그렇습니까?

J : ええ、はい、そうですか。

② : 말한 것의 일부분을 청자가 그대로 반복해서 말한다.

③ : 그대로 반복하지는 않으나 다시 한 번 더 말한다.

　　補强(reinforcement)

〈표 5〉K :

네	예	네에	으흠	음(응) 네
아 하	예 예	어	그렇죠	하하하
아	어허	그렇습니까?	예예예	네네네
아 예예	아하 예	아 그러세요	아 그러시군요	그래요
그래요	아 네네	음 네네	어 네네	와아

J :

ハア	ハアネ	ハアア	ハアハア	ハイ
ハイハイ	エエ	エ	エエエエ	ウン
ウーン	ウンウン	アハハ	ホホ	アア
ホウ	ホウホウ	ナルホド	ナルホドネ	フンナルホド
ナルホドナルホド	ホウナルホド	ソウデスカ	ソウデデショウカ	ソウデスネ
ソウデスヨ	ソウデスヨネ	ソウナンデスヨネ	ソウデゴザイマスネ	ソウ
アアソウ	アアソウデスカ	アアソウウ	ソリャソウ	ネエ
ヤツパリネ	ソレハイエル			

(2) 맞장구 표현의 기능

① 이야기에 대한 관심의 표현

② 이야기를 듣고 있다는 증거

③ 내용의 이해를 나타내는 표현

④ 회화에 참가한다는 의미(K와 J의 차이 나타남)

⑤ 분위기를 부드럽게 한다.

⑥ 그 밖에 정보의 추가, 정정, 요구(K의 경향)

(3) 맞장구 표현이 화자에게 미치는 영향

① 기분 좋다.

② 이야기 할 의욕이 생긴다.

③ 이야기를 듣고 있는 것 같다.

④ 이야기 할 의욕이 없어진다.

⑤ 이야기를 듣고 있지 않는 것 같다.

⑥ 기분 나쁘다.

⑦ 싫다.(K : 좋다 / 싫다)

⑧ 불안해 진다.(J : 안심된다 / 불안해 진다)

교육용 비디오 「こんなとき日本語で」를 활용한 수업사례

〈전철역에서〉

(1) 場面 : 젊은 여성이 전철을 타고 「明大前」라는 역까지 가고자 한다. 역무원에게 물어보고, 친절한 아주머니를 만나서 함께 타고 간다. 아주머니는 자기의 무거운 짐을 들어 준 것에 대하여, 젊은 여성은 친절히 안내해 준 것에 대해서 서로 감사의 인사를 나눈다.

(2) 主要表現

感謝 :

ありがとうございました。

どうも。

どうもありがとう。

あ、どうもこちらこそ。おせわさまでした。

謝罪?お?び

すみません

すみませんね

ちょっとすみません

길묻기

A : すみません、この電車、明大前に止まりますか。

B : ええ、止まります。

A : どうもありがとうございます。

〈커피숍(喫茶店)에서〉

場面1 : 서양인이 깃사텐에 들어가서 혼자서 커피를 주문한다. 겨우 의사소통이 되어서 더운 커피 한잔을 주문하게 되었다. 커피를 마시다 우연히 계산서를 보니 종업원의 착오로 옆 좌석의 계산서가 왔다. 종업원에게 확인을 요구하고 종업원은 깊이 사과한다.

場面2: 젊은 남성이 여자 친구를 기다린다. 길이 막혀서 약속 시간에 늦는 것으로 생각하고 여자 집에 전화하니 집에는 없다. 나중에 시간에 늦게 도착한 여자 친구가 사과한다.

場面3: 업무상 약속을 한 남자가 다른 남자를 기다리게 한다. 늦게 도착한 사람이 변명하며 사과한다.

(2) 主要表現

　　従業員: ホットですか、アイスですか。(홋토입니까? 아이스입니까?)
　　客: ホットって何ですか。(홋토가 무엇이니까?)
　　ホット: 뜨거운 커피 (hot coffee)
　　アイス: 냉커피(iced coffee)

　　従業員: ワンホットお願いします。(종업원이 주문 받은 것을 주방 쪽을 향해 말한다)

　　割り勘: 각자 부담
　　レジ: 영어의 register의 뒷 부분을 생략한 말. 슈퍼내 확인 매장, 백화점, 식당, 깃시뎬 등의 계산하는 곳. 카운터라고 말하지 않는다.

　　感謝: サンキュウ。

　　A: どうも。
　　B: いいえ。どういたしまして。

A：ありがとうございます。

B：どういたしまして。

A：ありがとう。

B：どうも。

A：でもわるいわ。ありがとう。

謝罪わおわび

ごめん。

申しわけございません。

どうも失?しました。

やあ、おうも。礼くなってすみません。

それじゃどうも失おそくします。

大変申しわけございませんでした。

A：あのう。これ、私のじゃありませんが。

B：どうもすみません。

〈편의점(コンビニエンスストア)에서〉

(1) 場面1 : 일본어가 서툰 한 외국인 여성이 편의점에서 새 구두 신어서
아픈 발에 붙이려고 밴드에이드를 찾는다. 종업원에게 물어
서 물건을 산다. 안내 받은 것을 감사하는 손님과 물건을 파
는 남자 종업원이 손님에게 깊이 머리 숙여 감사한다.

場面2 : 강아지를 안고 쇼핑하러 온 젊은 부인에게 종업원이 정중하
게 강아지를 가게 안에 들어오게 할 수 없다고 말한다. 택배
를 부탁하는 아저씨는 택배 발송을 부탁한 후 오뎅을 사먹는
다. 그것을 본 외국여성이 오뎅에 관심을 보인다.

(2) 主要表現

感謝：はい、ありがとうございます。（종업원）

A：あ、どうも。

B：いいえ。

3.4 2004년 일어학 연습의 실천 예

이하에서 멀티미디어 활용에 의한 일어학 연습(2004)의 수업사례를 중심으로 상급반 일본어 클라스에서 어떤 결과를 얻게 되었는지 반성해 보기로 한다.

강좌개요 : 본 강좌는 상급반을 대상으로 함, 일본인의 언어행동과 비언어
　　　　　행동의 특질을 분석의 대상으로 한다. "타 문화이해"의 틀 안
　　　　　에서 한국인 학습자가 일본인과 어울려 행동하거나 업무를 담
　　　　　당할 때에 문화충격을 줄이기 위한 일본어이해에 관한 것이다.

학습목표 － 일본인의 언어습관과 행동의 개요를 이해한다.
　　　　　－ 비디오, 드라마, 소설 등을 분석하고 언어행동을 이해한다.
　　　　　－ 일본어로 자신의 생각을 나타낼 수 있는 훈련을 한다.

악수와 절하기<맞장구 표현>

커뮤니케이션에 있어서 말하는 사람(話者)과 듣는 사람(聴者)은 서로 "호응관계"를 유지해 가며 상호간의 대화를 진전시키는 역할을 한다. 듣는 사람의 언어행동은 말하는 사람의 언어행동에 못지않게 매우 중요한 역할을 한다. 문화항목은 보편적 가치를 가지며, 문화요소를 통괄적으로 이해하기는 불가능하고 제한된 극히 일부만 이해. 그것도 자신의 문화를 기준으로 판단하게 된다.

(1) 맞장구 표현의 종류에는 다음과 같은 몇 가지가 있다.

① 완결표현(先取り/完結)

② 반복표현(くり返し)

③ 환원표현(言いかえ)

① : 화자가 말하고 있는 부분을 청자가 미리 예측하고 이를 앞서서 말
하며 그 문장을 완결(finishing up)하는 표현형식이다. 앞부분에
중점을 두고 先取り(堀口純子)라고, 또는 뒷부분에 중점을 두어
完結(水谷信子)이라고도 말한다.

이하에서 K(한국어), J(일본어), C(중국어), E(영어)로 말한다.

K : 예, 네, 그렇습니까?

J : ええ、はい、そうですか

② : 말한 것의 일부분을 청자가 그대로 반복해서 말한다.

③ : 그대로 반복하지는 않으나 다시 한 번 더 말한다.

補強(reinforcement)

〈표 5〉 K :

네	예	네에	으흠	음(응) 네
아 하	예 예	어	그렇죠	하하하
아	어허	그렇습니까?	예예예	네네네
아 예예	아하 예	아 그러세요	아 그러시군요	그래요
그래요	아 네네	음 네네	어 네네	와아

J :

ハア	ハアネ	ハアア	ハアハア	ハイ
ハイハイ	エエ	エ	エエエエ	ウン
ウーン	ウンウン	アハハ	ホホ	アア
ホウ	ホウホウ	ナルホド	ナルホドネ	フンナルホド

ナルホドナルホド	ホウナルホド	ソウデスか	ソウデデショウか	ソウデスネ
ソウデスヨ	ソウデスヨネ	ソウナンデスヨネ	ソウデゴザイマスネ	ソウ
アアソウ	アアソウデスか	アアソウウ	ソリャソウ	ネエ
ヤツパリネ	ソレハイエル			

(2) 맞장구 표현의 기능

① 이야기에 대한 관심의 표현

② 이야기를 듣고 있다는 증거

③ 내용의 이해를 나타내는 표현

④ 회화에 참가한다는 의미(K와 J의 차이 나타남)

⑤ 분위기를 부드럽게 한다.

⑥ 그 밖에 정보의 추가, 정정, 요구(K의 경향)

(3) 맞장구 표현이 화자에게 미치는 영향

① 기분 좋다.

② 이야기 할 의욕이 생긴다.

③ 이야기를 듣고 있는 것 같다.

④ 이야기 할 의욕이 없어진다.

⑤ 이야기를 듣고 있지 않는 것 같다.

⑥ 기분 나쁘다.

⑦ 싫다.(K : 좋다 / 싫다)

⑧ 불안해 진다.(J : 안심된다 / 불안해 진다)

4. 문제점과 앞으로의 전망

컴퓨터를 사용해 수업한 「일어학 연습」에서 전통적 교수법과 멀티미디어 활용강의의 차이점을 확인할 수 있었다.

첫째, 학습자들은 교사가 생각하는 것보다는 훨씬 컴퓨터의 적응능력이 우수하다.

그 결과 전통적교수법으로 강의했던 학기보다 훨씬 많은 정보를 얻게 되었다.

둘째, 교사의 리드와 코멘트가 없이는 단순한 검색작업에서 끝날 수 있다. 즉 학생들은 생생한 자료를 접하는 능력이 있으나 이를 자신의 목적에 따라 선별적으로 정리하는 면에서 약하다. 그러므로 유능한 교사라면 이를 보완해줄 수 있어야 할 것이다.

셋째, 실제로 자신의 정보를 구축함으로 학습자 스스로 교육 컨텐츠를 만들 능력이 길러진다. 정보를 외부로부터 얻어오거나 찾는데서 그치지 말고 발신형(発信型)학습자로 자신들의 위치를 확인할 수 있다.

Ⅲ.2 日本語教育の面から見た
交換学生制度[*]

1. はじめに

　21世紀を迎え、韓国の大学の環境と構造が急激に変わっている。大学の主体である大学生らが自らの4年間の大学生活を設計する内容が変わって来た。これは今日の社会が大学の卒業生に対して要求している教育の内容が変わっていることに関連していると言える。日本語関連専攻学科の大学生の場合も、大学に入学して通常ならば8学期以内に140学点[1]を履修し、卒業論文を提出すると学士学位を取得すると認識されていた。しかし現在の実情は従来の考え方とはかなり異なっている。即ち大学の環境の変化に注目する必要が出て来た。

　「文民政府(1993～1998)」から「国民の政府(1998～2003)」に、その後、「参加政府(2003.2～現在)」に政権が変わる度に教育改革審議会[2]などが構成され、常に新しい課題が与えられてきた。その中でも大学入学試験制度に関する政策が外国語教育には最も敏感に影響を与えている。現在は、大学入試で第2外国語[3]がそれほど重要な比重を占めて

---

* 『日本学報』第60輯, 韓国日本学会
 1) 日本では単位を用いるが、韓国においては学点を用いる。
 2) 21年間、政権交代のたびに、大統領直属の諮問機関として、様々な名で教育改革機構が設置されてきた。
 3) 英語を第一外国語として、第二外国語には日本語・中国語・フランス語・ドイツ語・ロシア語・スペイン語・アラビア語が入る。

いない。その結果、全国の約1700校の高等学校での日本語教育は、正常に行かれることが難しい状況に置かれている。日本語教師の養成プログラムは言うまでもなく、現場で教えている日本語教師の日本語教育に対する情熱までも試されているという状況にある。

　その一方、韓国と日本との相互交流は着実に成長している。ソウル市及び京畿道をはじめ全国の日本語科目を採択している高等学校では、次々に日本の高校等と姉妹提携を推進している。また韓日教師にする研究会等も増加しており、年を重ねる毎にその内容が充実しつつあると聞く。大学の場合も政府奨励の「国際交流」が行われたり、ユネスコ(UNESCO)等が中心になって「国際理解教育」という枠組の中で具体的な交流プログラムが開発されている。本稿は日本側の海外留学生誘致プログラムや留学生支援プログラム等の内容を主な関心とすることで、受恵者としての韓国の海外留学生問題を見直すための試案である。そのために、まず韓国内の大学において、いかなる交換学生プログラムが開発。運営さんているのかについて検討してみる。そして交換学生に選ばれ日本に行き、一年、または半年間、日本の大学で留学生活を終えて帰国した学生達に、どのような変化が起きているかについてまとめてみることにする。韓国内では主に教科書を通じ、非母語話者である韓国人教師から、仮想の場面を設定し日本語を学習して来た韓国人大学生が、母語話者である日本人教師から、日本語と日本の事情について勉強する機会を得るのは大変貴重な経験になるということである。同時に24時間、日本語の現実に接し、生活することを通じ、日本語と日本人に対してより深い理解が可能になると思われる。

　この考察は次のようなことを目標にしている。

　まず第一に、日本への様々な種類の交換留学プログラムは、いかなる内容を含んでいるのかについて調査してみる。

　二番目に、韓国の日本語教育の内容は、社会的要求にどのくらい応え得るものなのかを検討し、それを今後の韓国における日本語教育の新しい課題として提案したい。

　三番目に、日本の大学生が韓国に留学することができるようにする方案として、現在実施されている交換学生プログラムに対し、日本語教育の主体である私達は何を始めるべきであるかという問題について関心を呼び起こすことも必要であろう。そのため、本稿では交流プログラムの内容を分析し、そこに参加する学生達の日本語学習に及ぼす効果について考察してみることにする。

　調査対象は2004年現在の全国の4年制大学の中から、ランダムに25校を選び、その資料を分析することにした。資料は次の大学からである。

建国大	国民大	明知大	誠信女子大	全南大	慶北大
檀国大	釜山大	世宗大	中央大	啓明大	徳成女子大
釜山外大	淑明女子大	忠南大	高麗大	東国大	祥明大
崇実大	韓国外大	光云大	同徳女子大	新羅大	漢陽大
ソウル女子大					

2. 交換学生プログラムの概要

2.1 交換学生制度

　「交換学生制度」とは、学生及び単位の交換に関する協定を締結した外国の妹姉大学[4]と学生を相互交換する制度を指す。交換留学生に選

---

4) 最近は、妹姉校という名称を用いず、協力校という呼び方をする大学が増えてきている。

抜された交換期間中、学生は本校(Home Institution)に授業料を払い
ながら姉妹大学に行き、そこで講義を受け単位を取得する「学点交流
制度」である。交換期間の終了後には本校に帰り、単位代替認定書を
提出し、単位を認めてもらうことが可能である。そして、授業料以外
の費用(寮費、往復の航空料等)は学生本人が負担するようになってい
る場合が多い。

2.2 交換学生の資格と選抜

　各大学において、交換留学生を選抜する業務を担当しているセク
ションは次の通り様々な名称になっている。対外協力室、国際教育文
化交流委員会、国際協力部、国際交流課、対外協力課、対外交流
チーム、研究交流課。大学は姉妹校が要求する資格を備えた学生を推
薦し、相手校は推薦された交換留学生に対して入学許可の可否を決定
するような形式を取る。
　書類にする言語能力・成績の審査 ⇒ 面接 ⇒ 選抜 ⇒ 派遣
交換留学を希望し、志願する学生に対する各大学共通の資格条件は次
の通りである。

① 2学期以上、授業を履修している学部生で、4年の2学期に在学し
　ている生徒は除外とする。
② － 学業成績の平均が3.0以上である者。
　－ 全学年の平均点が2.5以上である者。
　－ 最近1年間のJPT成績表を所持している者。
　－ 日本語能力試験(JLPT)2級、または2級300点以上である者。

- JPT成績が800点以上である者。
③ 該当する留学先の国の言語能力がある者。即ち日本語で講義の
受講が可能な日本語能力を認定された者。
④ 学則により懲戒を受けたことのない者。
⑤ 海外旅行に欠格事由のない者(健康状態をも含む)。

上記の条件を備えており選抜された学生は、およそ次の書類などを
提出することになる。

支援事由書(申込書)、
在学証明書/英文在学証明書
学科教授推薦書
英文成績証明書
学習計画書(国文、該当言語1部ずつ、A4用紙 1ページ分量)
語学能力証明資料(JLPT、JPT)
保護者の同意書

2.3 交換学生の派遣

大学の国際交流課室は姉妹校の責任者に、母校において選抜された
学生を交換留学生として推薦し、入学の許可を依頼する。その後、相
手の姉妹校は入学審査をたどり、入学許可の可否を知らせ、入学許可
や寮に関する案内及び入国に必要な書類などを送付する。

入学許可を受けた学生は出国のための手続を取り、交換留学生とし

て相手の学校で留学することになる。そして講座を履修し、成績を認められて帰国し、自分の学校で成績点代替認定手順を経ることによって交換留学生のプログラムを終えることになる。

2.4 帰国後の学点認定手順

交換留学生にとって一番重要な仕事として成績認定手順が挙げられる。交換留学生は帰国後2週以内に

- 帰国申告書
- 修学報告書
- 密封成績表1部
- 交換留学生単位認定依頼

を国際協力課室に提出しなければならない。履修した科目名には、派遣され修学した大学の元の科目名を記載する。

① 姉妹大学で取得した教科目の成績は、学生が成績票を貼付して「成績比較認定申請書」を専攻主任教授に提出する。
② 専攻主任教授は学部(学科)、または専攻教授会において、母校の教育課程と交換留学生が派遣された大学で履修した専攻及び教養教科目を比較し、類似の教科目に代替可能な認定の範囲を審議し、その結果を国際協力課に提出する.
③ 国際協力課は、提出された審議結果を最大の取得許容成績範囲以内で認めることを通報する。

2.5 交換留学生プログラムのある大学

　現在、韓国の大学との姉妹校として交換留学生プログラムを運営している日本の大学を挙げることができるが、この度の筆者の調査資料以外にも数多くの大学があると推定できる。

愛知大学	青山学院大学	茨城キリスト教大学	宇都宮大学
大阪大学	大阪外国語大学	お茶の水女子大学	桜美林大学
神田外国語大学	関西外国語大学	杏林大学	慶応大学
京都大学	京都造形芸術大学	熊本県立大学	高知大学
佐賀大学			
佐賀造型大学	札幌大学	札幌学院大学	尚志大学
泉州大学	昭和女子大学	中央大学	筑波大学
筑波女子大学	天理大学	青山大学	同志社女子大学
同志社大学	東海大学	東京大学	東京学芸大学
東京女子大学	東京外国語大学	甲南女子大学	
立命館アジアパシフィック大学		立命館大学	姫路独協大学
琉球大学	早稲田大学	北海道東海大学	宮城教育大学
浅井学園大学	宏島大学	広島女学院大学	広島修道大学
別府大学	文化女子大学	松山大学	明海大学
明治大学(順不同)			

2.6 交換学生制度の長所

　最近の大学生の多くは学部4年を終える前に自分が専攻する外国語の学習のために留学することを希望していると言っても無理がないであろう。現在、韓国の大学5)の中で日本語関連専攻学科が設置されている学校は、約130校になる。これらの大学の学生は、卒業後により良

5) 20044年現在,、韓国における大学数は、4年制大学205校、2年制大学182校である。

い会社に就職するために、数多くの学生が在学中に休学し、外国語を集中的に勉強することを希望しているということである。外国に行って語学の能力を上達させる機会を経験するにはいくつかのパターンがある。

2.6.1 短期研修

夏休みや冬休みを利用して1週間、または1ケ月など、短期間の語学研修に行くことがある。姉妹学校へ行く場合と、個人旅行として日本語学校を探して行く場合、または特定の団体などが主催する国際交流プログラムへの参加等がこれに該当する。韓国政府の「日本文化開放」が行われて以来、政府は青少年交流プログラムを開発し、多くの学生を短期間日本に派遣している。

2.6.2 長期研修

1学期もしくは1年間、学校を休学して日本へ行き、日本語学校に通いながら集中的に日本語を学び、帰国してから再び復学するパターンで、90年代以来、徐々に増加傾向にある。このような現状は卒業後の就職において、より有利な条件で自分の望む企業に採用さんるための戦略であると考えることができる。しかし、かなりの費用が必要とされる。その他、帰国後復学をしても留学期間中取得した成績が残念ながら、全く反映されることはない。また卒業時期が遅れるという、不利な条件とも言える。特に韓国の男子大学生の場合は、兵役義務の期間が2年以上(陸軍は24ケ月、空・海軍は3年程度)になるので、このような語学研修に行くよりは、早く大学を卒業することを選ぶ傾向が見られる。一方、女子学生は、大学3年生の時、1学期、もしくは1年間留学

して研修を終え帰国し、最終学年を本国で過ごす学生も増えつつある。このグループの学生たちは大手会社の就職試験にパスしたり、教師任用試験で合格するチャンスが多いことも事実である。

2.6.3 交換学生留学

本国で学費を払いながら外国の姉妹学校に派遣されて6ケ月(1学期)、または1年(2学期)間語学や専攻科目を同時に勉強することのできるプログラムで、学生たちにとってもっとも理想的なプログラムとも言える。

ここで交換留学が他の制度に比べて有利な点について述べてみることにする。

① 交換期間中に取得した単位の認定が可能なこと。

交換学生留学は在籍する大学の国際交流プログラムの枠組みの中で行われるため、学生の派遣や受け入れの主体は、姉妹校との相互の約束の上で成り立つものである。交換留学生は「学点認定依頼」を国際協力課室に提出することで審議を経て、履修した科目の成績が認められる。ここで注意しなければならないことは、交換留学生として選抜された学生は、出発前に必ず自分の成績認定条件に対する十分な理解をした上で行かなくてはならない。

② 留学の経費の節約が可能である。

交換学生制度は母校に学費を納めれば姉妹大学への留学中の授業料が免除される制度である。現在韓国のある大学では委員会の審議を経て学生に航空料や旅費の一部を支援している。学費以外に、一番大きな負担になるであろう住居の問題も、交換留学生は学生

寮に入られる機会が多いため、私費留学生に比べ、大きなメリット
になっている。

③ 外国語を向上させる機会として最適な条件であること。

交換留学生は日本の学生と同じ講座を受講するため、日本人の大
学生と交流も可能で、日本語学習において非常に良い学習条件に
置かれる。その他、現地の大学生のクラブにも加入できる。交換留
学生は日本語で行われている講義だけではなく、場合によっては英
語で行われている講義も聞くことがある。たとえば「日本語Ⅰ、
Ⅱ、日本事情、日本語表現研究、日本語文法論、日本文学研究、
日本の経済、比較文化」等の科目を選択し、受講するようになる。
いずれも学習目標語だけ使うため、媒介語の使用機会は制限され
る。

④ 独立した生活をる経験することが出来る。

韓国の大学生は、ほとんど高校を卒業してからも、親元で暮らして
いる場合が多い。この点、欧美やその他の国の若者達と異なった環
境の中で大学生活を送っていると言える。海外留学の期間が短いと
はいえ、学生にとって貴重な機会として受け入れていることがわか
る。今回の調査でインタビューに応じてくれた学生は、皆寮や下宿で
一人で生活することは良い経験であったと指摘している。

⑤ アルバイトを通じて社会に接することが出来る。

外国に行って外国人と共に教室で勉強することは非常に良い経験
である。しかし自分の国では稀にしか経験していかったアルバイト
をしてみることも、留学生には非常に望ましい経験であると思う。
韓国の大学生は、自分で生活費を稼ぐことが難しい方である。現
在、大学生のアルバイトは、かなり一般化されつつあるが、学生達
は大学に通いながらダブルスクール、つまり塾や学院などに通って
いる場合も多く見受けられる。

⑥ 卒業後、外国の大学で勉強を続けようとする学生にとっては、留学に必要な情報や資料等の収集及び生活適応の機会になる。

⑦ 母校の推薦を受けて入学許可を受けるため、留学先の大学で他の私費留学生より関心や管理を受けながら修学することになる。これは留学生がその国に対するイメージを作る際、重要な働きをすると考えられる。

⑧ 留学準備及び出国に関するオリエンテーションを受けることができ、入学許可から出国まで母校の国際交流課の案内を受けることができる。

⑨ 交換留学生は期間が終われば必ず本校に帰ってくることになっている。

　　すなわち姉妹校で若い青年期に異文化体験をし、将来を決めるにあたって幅広い思考をすることができるようになる傾向にある。そこで派遣する学校側の充分なオリエンテーションがあり、留学において起きがちな文化衝突を経験せずにスムーズに生活適応などができるならば、交換留学生は相手の国の言語や人々、また、その国の文化に対する肯定的な思考形成をするようになるので、将来のリーダーとして両国間の交流と親善に大きな役割を果たすことができる。この点こそがまさに交換留学生制度本来の目的でもあると思われる。

⑩ 交換留学生は自国文化の紹介者としてのプライドを持つことになる。従って帰国後には、自国と文化に対する愛着心がより強くなる傾向もある。日本に留学するからといって、日本の学生との接触機会ばかりがあるわけではない。多くの場合、彼らは世界各国から日本に派遣されてきた外国人留学生と共に勉強し、サークル活動や学校行事に参加することになる。交換留学生として日本で生活してきた学生は、日本人以外にアジア系の留学生と親しくなる機会が

多かったと言う。

3. 日本語教育の面から見られる長所

3.1 母語教師(native speaker teacher)による授業で 発音面での効果が目立つ

韓国内での日本語教育では、発音の指導において様々な制限がある。

- 受講生数が多いため、個人指導ができない。
- 韓国人学習者にとって障害要因として生じる清音と濁音、音節 の問題、長短音の問題等の音声指導において有能な教師に出会 うのが容易ではない。
- 学習資料が日本に比べ不十分であるため、自分でかなりの努力 をしたとしても、日本語のリズムを習得し理想的な発音をすると いうことは、語彙や文法等、他の分野の能力に比べ難しいこと である。

　一方、留学先の日本人教師は外国人留学生の指導についての知識や 経験を持っており、母語別発音上の問題点等に関してもよく理解して いると言えるであろう。韓国で留学前に音声学を履修済みの学生は、 一年程度日本に留学した後、発音とリズム面において著しい発展を見 ることができる。

3.2. 教材だけでは学べない文化の接触が可能である

　留学生の文化接触は教室の外でも可能である。学習者の学習能力を成長させる要素として、人的ソースと物的ソースを挙げることができる。

　　　人的ソース：教師、同じ授業を取っている学生、サークルの友達、同じ寮
　　　　　　　　　で生活する学生、アルバイト先で会う現地人等
　　　物的ソース：テレビ、ラジオ、映画、ビデオ、雑誌、新聞、チラシ、広告等

3.3 非言語コミュニケーションの習得が容易である

　言語による対話以外の手振り、身振りや表情などによる意思疎通に対して理解するようになる。これは上級日本語をマスターする上で非常に重要な部分として指摘されていることである。現在、韓国の日本語関連専攻学科において運営されているカリキュラムを見ると、この分野の講義や科目が非常に少ない状態にある。しかし、学生は卒業後、日本系企業に就職したり、韓国企業に就職する場合も日本系企業との業務や取引をする機会が多く、そのような場合、会社では日本語関連専攻学科出身の学生に業務を任せるようになる。言語面での知識に加え非言語コミュニケーションのルールがわかっていなければ、円滑な業務遂行に支障をきたすことがある。

3.4 留学先での生活を通して、
   その国の言語行動に対する理解が容易になる

　言語学と言語教育において、「言語行動」に関する議論がますます注目を浴びている。日本語教育においても1980年代初期から多くの研究がなされている。言語教育における言語行動には、話者がコミュニケーションので駆使する身ぶり、声のトーン、態度等が含まれる。従来これらの要素は、語彙、発音、文法、表記、意味等に比べ疎かにされてきた。しかし、現在はコミュニカティブアプローチ教授法が主流であり、表現の正確性よりは流暢性がより強調さんている。

　語彙や文の意味をよく理解するといっても、その言語の談話の意味とルールを理解することは非常に難しい部分である。特に日本語には「本音と建前」、「言いつけ」、「言い回し」、「婉曲表現」、「忌み言葉」等、デリケートな面が多い。これらの言語習慣は、現地の経験を通じてでなければ、なかなか習得し難い部分でもある。もし、留学生が言語行動に対する知識なしに生活すれば、自分はもちろん、他人との関係を円滑に進めることが難しく、満足のいく留学生活を送るのは難しいであろう。

4. まとめ

　以上、韓国の大学で実施されている「交換学生制度」の現況について考察し、この制度が学生にとって有益な点が何かに対して考えてみた。現在、日韓の各大学は国際交流のために努力を傾けているようである。教育人的資源部[6)]をはじめとする韓国政府も各教育機関が他の

国の教育機関等と相互交流し、開放さんるすろ推奨している。

　従来の言語教育においては、「異文化理解」や「異文化との衝突」などの問題は充分扱われてこなかった。特に、韓国は伝統的に多民族国家ではなかったため、大学生たちは他民族に対して非常にナイーブな面を持っていることが多い。大学を卒業して社会に出て世界人と交流し、外交や企業を通じ業務を推進していくに当たっても、他民族や異文化についての背景や知識が不充分であるため非常に難しいことが事実である。

　日本語教育が韓国の教育機関で外国語として実施されてから45年になる。現在、高等教育機関である二年及び四年制大学と大学院、中等教育機関である中学・高校において日本語教育が行われている。その数全世界における日本語学習者の中で、中国に続き第2位を占めている。形態としては、クラブ及び課外授業(コンピューター・外国語・環境・漢字の中から選択)などを見ることができる。

　学習者は日本の文化と社会に関心を持って、自らが自発的学習能力を高めていっていることが見受けられる。

　韓国と日本の大学間の交換留学生制度は、今後もこのような日本語教育の効果を向上させる上で大きな役割を果たせるよう、より検討が深められなくてはならない。

　そのためには、学校当局の行政担当者による一律的な業務推進以外に、日本を理解し日本における生活の経験が豊かな教員ちの関心と助言が大きな助けになることであろう。できれば数多くの大学が、少ない費用で安全に姉妹学校に行き大学生活の一部を送ることができる「交換学生制度」を多く開発し、現在より数多くの学生達が参加し交流できるようになることを期待し、本稿を終えたい。

---

　6) 日本の文部科学省に当たる韓国の政府機関

제IV장 평가

Ⅳ.1 JAT(日本語能認証試験)의 개발과 과제[*]

1. 들어가기

한국의 일본어교육은 그 학습자의 수에 있어서 다른 나라들과 비교가 되지 않을 정도로 많다는 점을 들 수 있고, 그보다는 학습자의 연령 분포의 폭이 매우 넓은 것이 그 특징이다.

현재 우리나라의 일본어 학습자로는 초등학교의 고학년에서 비롯하여 2001년부터 시작된 중학교의 학습자와, 전국의 고등학교의 학습자가 있고, 대학(4년제와 2년제)의 전공자와 비전공자로 일본어를 선택하는 학생들이 있고, 각종 사회교육기관과 단체들의 프로그램에 참가하고 있는 학습자들을 들 수 있다. 이들 다양한 학습자들은 각각 나름대로의 학습목표를 가지고 일본어 학습에 임하고 있다.

1997년 교육인적자원부는 초등학교의 정규과목에 영어를 편성시키도록 하여 그 후 영어교육이 초등교육에서 실시되고 있으며, 외국어도 과외활동으로 주 2시간 내지 4시간 정도 수업을 할 수 있게 되었다. 이와 같은 외국어 교육의 강조 경향에 따라 2001년 3월부터는 중학교에서도 일본어가 선택과목으로 되어서 한국의 초·중고의 교육에서 일본어가 제2외국어의 한 과목으로 포함되게 되었다.

일본어가 우리나라의 대학에서 외국어로서 전공과가 개설된 이래 40년

* 『日本語教育研究』第3輯, 韓国日語教育学会. 2002. 10

이 경과하였으나 현 단계에서 우리나라 국내에서 개발된 시험으로 초·
중·고생의 일본어능력을 측정하는 단계에는 이르지 못하고 있다. 다만
몇몇 대학이 주최하는 경시대회가 시행되고 있어서 유능한 학생들이 추
천을 받아 그러한 경시대회에 참가하고 실력에 따라 입상자가 결정되는
시험들이 시행되고 있다. 이와 같은 시점에서 국내에서도 신뢰성 있는
시험의 개발은 때늦은 감이 있으나 반드시 마련되어야 할 것이라고 본다.

　본고는 한국일어교육학회가 한국의 중·고교생 일본어 학습자를 대상
으로 개발한 「日本語能力認証試驗 : Japanese Ability Test」에 대하여
고찰한다. 이 시험은 본 학회의 사업으로 매년 한 번씩 7월 17일에 실시
될 예정이며, 2002년 여름에 제1회 시험이 실시되었다. 앞으로도 계속 연
구 검토를 거듭하며 신뢰성과 객관성이 있는 유익한 시험으로 발전시키
고자 한다. 이하에서 그 개요와 앞으로의 과제에 대하여 고찰해 보고자
한다.

2. 言語教育에 있어서의 評価의 機能

　평가는 언어교육에 있어서 학습자, 교사, 코스디자인, 교육기관 등의
모든 분야에 걸쳐서 이를 분석 검토하는 넓은 의미의 평가와, 학습자에
대하여 학습내용 등을 테스트하는 좁은 의미의 평가로 나누어진다.
평가의 방법으로는 ①테스트법, ②질문법, ③면접법, ④관찰기록법, ⑤학
습자의 기록에 의한 평가법 등을 들 수 있다.
　①의 방법은 경제적으로 많은 인원을 동시에 평가할 수 있고 기준이
잘 설정된 후에는 많은 사람의 우열의 비교가 매우 용이하며 선발고사
등에 매우 유효한 방법의 평가이다.

②의 방법은 앙케트 조사 등이 그 대표적인 방법이다. 교사가 교수활동의 내용에 대해 학습자에게 질문의 형식으로 응답을 유도하는 방법이다. 시간이 많이 필요한 반면 구체적인 조사항목에 대하여 면밀한 분석이 가능한 방법이다.

③의 방법은 입시나 입사시험의 면접고사 등에 적용되는 형식으로 질문의 내용에 관한 것 이외에 언어 구사법, 발음과 표현능력 등을 동시에 관찰할 수 있다.

④의 방법은 교사가 학습자의 수업 등을 기록해 가며 그 진보 상황을 평가하는 방법이나. 면밀한 지도를 할 수 있어서 효율적이기는 하나 많은 인원을 관찰 기록하는 것은 제한이 따른다.

⑤의 방법은 교사가 학습자에게 작문, 관찰기록, 일기 등을 기록하도록 타스크를 주고, 이를 평가하는 것으로 교사의 주관적인 판단이 작용할 수 있다. 평가의 측정의 일관성과 객관성을 갖추는 조건이라면 지도에 많은 효과를 기대할 수 있다.

테스트는 시험, 검사 등의 표현으로 쓰이며 지능테스트, 적성테스트, 성격테스트, 체력테스트, 학력테스트 등이 이에 속한다. 언어의 능력을 측정하는 언어능력테스트는 언어의 4기능별 테스트로 나뉘어 진다. 테스트는 피검사자의 개인차를 경제적이며 능률적으로 분석할 수 있는 매우 과학적인 방법이며 이를 위해서는 테스트의 신뢰성, 타당성, 객관성 그리고 효율성이 전제되어야만 한다.

2.1 教師와 評価

학습자의 수준과 니즈를 파악하기 위하여 교사는 평가를 실시하여 교사로서의 수업의 방향과 진도를 조절 할 수 있다. 평가의 시기는 ① 학습전, ② 학습중, ③ 학습후로 나누어진다.

학습전 평가는 플래이스먼트 테스트와 같은 것이 그 대표적이다. 학습자의 집단을 그 언어능력에 따라서 평가하여 초급, 초중급, 중급, 상급 등으로 나누어 클래스를 구성한다. 현재 이 방법은 매우 보편적으로 사용되어지고 있다.

학습중 테스트는 교사가 학습자의 수업의 이해도를 확인하기 위하여 퀴즈와 같이 수업 중에 간단한 테스트를 실시하거나 질의응답을 통하여 평가하는 방법이 있다.

학습중 테스트를 실시하는 것은 학습의 방향이 시러버스에 맞게 잘 진행되고 있는 지의 여부를 체크할 수 있다. 그리고 수업에 적당한 긴장감을 주어 집중도를 유지하도록 하는 효과도 기대할 수 있다.

학습후의 테스트로는 학기별, 또는 분기별 예정표에 의하여 학습한 일정한 분량의 내용을 평가함으로써 교사가 자신의 수업이 학습자에게 어느 정도 전달되었으며 이해되었는지 알 수 있다.

이와 같이 교사는 평가를 통해서 자신의 교수활동이 학습자에게 어떻게 전달되고 이해되어지고 있는지 등에 대한 정보를 얻는다. 이를 지도기능이라고 말할 수 있다. 그밖에도 교사는 평가를 통해서 학습자의 우열을 가리거나 일정한 수의 집단을 선발하고 배치하는데 있어서의 정보를 얻을 수 있으며 이것은 평가의 관리기능이라고 말한다. 이러한 평가에는 매일매일 행하는 것과 같은 단기적인 사이클의 평가와 중간시험, 기말시험, 졸업시험 등 장기적인 사이클의 평가가 있다.

2.2 学習者와 評価

학습자는 수업에서의 이해와 난해한 부분을 테스트를 통하여 스스로 평가하고 학습의 대책을 세우는 데에 도움을 받게 된다. 즉 학습자는 스스로 평가를 통하여 자신의 학습의 진도에 대한 확인과 개선해야 할 부분들을 체크할 수 있고 이를 학습의 기능이라고 말한다. 다양한 평가의 방식은 교수법과 직결되며 언어의 4기능에 따라 그 평가방식도 달라진다.

① 학습내용의 이해도의 자가진단으로써: 학습자가 읽기, 쓰기, 말하기, 듣기 등 각 기능의 수업내용을 테스트를 통하여 스스로 취약한 부분을 발견함으로써 자신의 능력을 평가하는데 도움이 된다.

② 학습의 최종목표설정으로써: 적절한 단계에서의 평가를 거쳐서 본인이 도달하고자 하는 능력을 습득할 수 있다. 평가없이 학습만 반복되는 경우에는 스스로 표준화된 능력의 어느 단계에 처해있는지를 진단할 수 없고, 따라서 상급단계에 도달하기가 어렵거나 그 언어의 지식에 필요한 기초어휘 등을 습득하는 데에 문제가 발생한다.

③ 평가항목에 자주 등장하는 내용들은 그 언어의 주요 학습항목일 경우가 많다. 학습자는 언어의 4기능의 분야별 시험문제를 유용히 활용함으로써 효과적인 언어학습을 해낼 수 있다.

3. 국내에서 실시되는 日本語試驗

각종 시험들은 다양한 목적을 가지고 시행되며 응시자들은 자신들의 필요에 따라 이를 활용한다. 테스트의 유효성으로는 다음과 같은 면을 꼽을 수 있다.

첫째, 자신의 학습과 언어능력의 진단 자료로써: 일정한 기간을 학습하고 나면 학습자는 그 학습의 목적이 순전히 취미를 위한 것이 아닌 경우에는 무엇인가에 활용되기를 원한다. 이러한 경우에 학습자는 표준화된 객관적인 테스트를 원하게 된다. 이를 위해서는 언어능력 인정시험과 같은 테스트가 유효하다고 말할 수 있다. 정기적인 것과 부정기적인 테스트가 모두 이에 포함된다.

둘째, 선발시험 등의 근거 자료로써: 소수의 인원의 능력의 우열을 가리기 위하여 언어능력시험을 실시하는 것은 시간적으로나 경제적으로 많은 낭비가 따른다. 뿐만 아니라 객관적인 기준을 마련하기 어려우므로 표준화된 시험의 결과를 기준으로 선발하는 것이 훨씬 더 효율적이며, 선발의 결과에 대하여도 설득력을 갖게 된다. 기업의 인사관리, 해외파견 요원의 선발기준, 해외유학생선발, 정부 공공단체의 파견 요원 선발, 수시입시의 자료로서도 이러한 평가자료가 활용되고 있으며 앞으로 더 다양한 종류의 시험이 개발될 것이 예상된다.

현재 한국내에서 일본어능력을 평가하는 시험으로는 성인 일반을 대상으로 하는 것들이 대부분이며 이를 담당하는 기관들도 대부분 사회단체나 기업체들이다.

이하에서 대표적인 몇 가지 테스트와 그 개요를 소개하기로 한다.

〈표 1〉 국내에서 실시되고 있는 일본어시험

구분	출제기관	실시기관	URL
JLPT	일본어능력시험 위원회	국제교류기금	www.jlpt.or.kr
JPT	순다이 외국어 종합학원	YBM시사영어사	www.ybmsisa.com
JTRA	인터컬트언어학교	국제외국어평가원	www.jtra.co.kr
NPT	전문교육출판	일본어 뱅크	www.nihongoban k.co.kr
매경 FLEX	한국외국어대학	매일경제신문사, 한국외국어대학	www.hufs.ac.ke/fl ex
서울대학교 어학연구소 시험	서울대학교	서울대학교	language.snu.ac.kr

3.1 JLPT(Japanese Languages Proficiency Test)

〈표 2〉 日本語能力試驗 개요

급	과목	시간	배점	인정사항
1급	문자・어휘	45分	100점	고도의 문법 한자 2000자 정도 어휘 10000어 정도)를 습득하고 사회생활 하는데 필요한 정도와 함께 대학에서 학습, 연구의 기초로서 필요한 종합적 일본어 능력(일본어를 900시간 정도 학습한 수준)
	청해	45分	100점	
	독해・문법	45分	200점	
	計	180分	400점	
2급	문자・어휘	35分	100점	약간 고도의 문법, 한자(1000자 정도), 어휘(6000어 정도)를 습득하고 일반적 인 회화 가능하고 읽고 쓸 수 있는 능 력(일본어를 600시간 정도 학습하고 중급 일본어 코스를 수려한 정도)
	청해	40分	100점	
	독해・문법	70分	200점	
	計	145分	400점	
3급	문자・어휘	35分	100점	기본적인 문법, 한자 300자 정도 어휘 1500어 정도 습득하고 일상적인 회화 가 가능하고 간단한 문장을 읽고 쓸 수 있는 능력(일본어를 300시간 정도 학습하고 초급일본어 코스를 수료한 수준
	청해	35分	100점	
	독해・문법	70分	200점	
	計	140分	400점	
4급	문자・어휘	25分	100점	초보적인 문법 한자 100자 정도 어휘 800어 정도를 습득하고 일상적인 회화 가 가능하고 간단한 문장을 읽고 쓸 수 있는 능력(일본어를 150시간 정도 학습하고 초급일본어 코스를 수료한 수준)
	청해	25分	100점	
	독해・문법	50分	200점	
	計	100分	400점	

3.2 JPT 일본어 능력시험(Japanese Proficiency Test)

<표 3> JPT의 개요

구분	유형	문항수	시간	배점
청해	사진묘사	20문항	45분	495점
	질의응답	30문항		
	회화문	30문항		
	설명문	20문항		
독해	정답찾기	20문항	50분	495점
	오문정정	20문항		
	공란메우기	30문항		
	독해	30문항		
계	총 8개 유형	200문항	95문	990점

<표 4> JPT의 평가 기준

Level	JPT Score	평가(Guide Line)
A	880점↑	어떠한 상황하에서도 적절한 대응이 가능할 만큼 뛰어난 커뮤니케이션 능력을 갖고 있다. 어휘 미 표현이 풍부하고 복잡 미묘한 내용에 대해서도 유창하게 의사소통을 할 수 있다.
B	470점↑	일상적인 여러 상황 하에서 충분히 대응할 수 있는 커뮤니케이션 능력을 갖고 있다. 일반적인 화제라면 문제없이 원활하게 이해하고 응답할 수 있다. 아직은 문법적인 실수나 부자연스러운 표현이 있지만 의사소통에 크게 지장을 초래할 정도는 아니다. 복잡한 상황이 아니라면 일본어에 의한 business도 가능하다.
C	460점↑	일상적인 회화 정도의 제한된 범위 내에서의 커뮤니케이션이 가능하다. 복잡한 대화를 하기에는 곤란하지만 일상적인 화제라면 자신의 생각 등을 꽤 상세하게 전달할 수 있다. 어휘나 표현이 아직 불충분하고 더듬거리는 경우가 있기는 하지만 기본적인 의사소통 정도라면 일본어에 의한 비지니스도 가능하다.

D	220점↑	일상 생활에 있어 최소한의 커뮤니케이션만이 가능하다. 기초적인 문법 지식이 있기는 하나 그것을 활용해 커뮤니케이션을 하기에는 아직 무리가 따른다. 상대가 사용 어휘에 유의하며 천천히 이야기한다면 이해가 가능하며 단문을 연결해 간단한 회화를 할 수는 있다. 일본어로 비지니스를 하기에는 다소 무리가 따른다.
E	220점↑	커뮤니케이션은 도저히 불가능한 수준이다. 상대가 쉬운 내용을 천천히 이야기해도 부분적으로 밖에 이해가 되지 않는다. 간단한 인사나 자기 소개 정도만 가능할 뿐 실질적인 의사소통은 어렵다.

3.3 JTRA(Japanese Test Research Advisor)

<표 5> JTRA의 문제 구성

구 분	구 성		1문항 배점	총 배점	제한시간
청 해	그림설명	10문항	6점	400점	50분
	질의	10문항			
	해설	20문항	7점		
	대화	20문항			
독 해	문자·어휘	40문항	6점	600점	50분
	문 법	30문항			
	작 문	10문항			
	장문독해	20문항			
합 계				1000점	100분

<표 6> JTRA의 평가 기준

jtra 점수	평 가 기 준	수준
830이상	한자 1,500자, 어휘 8,000단어 정도를 습득하여, 복잡 미묘한 어떤 실제 상황에도 유창하게 대응할 수 있으며 세련된 비즈니스업무를 능숙하게 완수할 수 있는 수준이다.	1급 수준

650이상	한자 1,000자, 어휘 6,000단어 정도를 습득하여, 일본인과의 통상적인 회화는 완벽하게 이해하고 구사하며, 다소 전문적인 내용도 한정된 범위 내에서는 대화할 수 수준이다.	2급 수준
460이상	한자 400자, 어휘 3,000단어 정도를 습득하여, 일본인과의 일상생활의 의사소통은 충분하게 소화해 내며, 기본적인 회화능력과 기본적인 문서작성이 가능하며 업무상 기술연수도 수행할 수 있는 수준이다.	3급 수준
320이상	한자 250자, 어휘 1,000단어 정도를 습득하여, 일본인과의 일상생활의 기초적인 회화가 가능하며 제한된 범위 내에서의 커뮤니케이션이 가능하다.	4급 수준

3.4 NPT(Nihongo Proficiency Test)일본어 능력 검정 시험

<표 7> NPT문제 구성 및 평가 기준

급 수		1급	2급	3급	4급
기 준	학습 기준	1000 시간 이상 집중학습 1년 이상, 일어관련 학과 3년 이상	600여 시간 이상 집중학습 6개월 이상 일어관련 학과 2년 이상	400여 시간 이상 집중학습 4개월 이상 일어관련 학과 1년 이상	150여 시간 이상, 집중학습 2개월 이상 초급 일본어 코스 전반부 수료 이상
	한자	2,000자 이상	1,000자 이상	300자 이상	100자 이상
	어휘	10,000어 이상	6,000어 이상	1,500어 이상	800어 이상
	문법	고급문법	중급문법	초급문법	기초문법
	일반 수준	일본에서 생활하는데 필요한 현지능력과 학습연구에 필요한 종합적인 일본어능력	일반회화가 가능하고 읽고 쓰는 것에 불편함이 없는 일본어 능력	제한된 상황의 일상회화가 가능하고 간단한 문장을 읽고 쓸 수 있는 일본어 능력	간단한 회화가 가능하고 평이한 문장이나 짧은 문장을 읽고 쓸 수 있는 일본어능력

3.5 매경 FLEX
(Foreign Language Efficiency Examination)

◈ 평가 방식

(1) 이해영역 시험 : 청취 및 독해능력의 객관식 평가
(2) 표현영역 시험 : 작문능력의 자필시험과 회화능력의 면담 및 녹취
평가

◈ 문항수 및 유형

(1) 이해영역 : 청취(60문항/300점)+독해(60문항300점)=120문항/600점
(2) 표현영역 : 작문(8문항/200점)+말하기(14문항/200점)=22문항/400점

◈ 대상 시행 외국어 :

영어, 프랑스어, 독일어, 러시아어, 스페인어, 중국어, 일본어

◈ Junior FLEX

전국 중·고등학교 외국어 경시대회로 7개 언어의 듣기, 읽기, 쓰기,
말하기의 능력평가

3.6 서울대학교 어학연구소 시험

서울대학교는 정부나 공공단체의 의뢰를 받아 일본어시험을 실시하며
그 측정 대상자는 다음과 같다.
 (1) 정부 각 부처에서 외국유학, 훈련 또는 시찰 등을 위하여 해외에
     파견하고자 하는 사람.

(2) 공공단체 및 기타기관에서 채용, 연수, 또는 특수한 목적을 위하여 언어능력측정을 의뢰하는 사람.

(3) 외국정부 또는 대학 및 기타 기관에서 언어능력측정을 의뢰하는 사람.

<표 8> 서울대학교 일본어시험 개요

등급	점수	등급 기준
1+	91~100	모든 분야의 업무를 교육받은 모국어 화자처럼 수행할 수 있다고 인정되는 자.
1	91~90	모든 전문 직업적 분야의 업무를 수행할 수 있다고 인정되는 자.
2+	71~80	특수전공분야의 업무수행을 할 수 있다고 인정되는 자.
2	61~70	단기간의 집중훈련을 실시함으로써 특수분야 업무수행을 할 수 있다고 인정되는 자.
3+	51~60	장기간의 훈련 없이는 업무수행이 불가능하다고 인정되는 자.
3	41~50	단편적인 지식밖에 없어서 문장을 사용하고 이용할 수 없다고 인정되는 자.

4. JAT開発의 意義와 그 特徵

일본에서도 영어의 능력시험은 프랑스어나 독일어 등의 평가에 비하여 상당히 다양한 시험이 소개되어 실시되고 있다. 우리나라에서도 상황은 매우 유사하다. TOEFL(Test of English as Foreign Language)이나 TOEIC(Test of English for International Communication)과 같이 미국에서 개발된 시험이 있다.[1]

---

1) EEPA(Elementary School English Proficiency Assessment)는 초등학생들의 영어능력 평가 시험이다. 문제의 구성은 학교생활을 중심으로 방과후 생활 등의 친근한 소개를 다루고 있으며 듣기, 읽기, 말하기, 쓰기 등의 전영역을 측정한다.

현재 한국 국내에서 개발된 시험으로는 서울대학교에서 주관하는 영어 능력검정시험 TEPS "Test of English Proficiency developed by Seoul National University"를 들 수 있다. 시험은 청해, 문법, 어휘, 독해에 걸쳐 200문항이며 990점을 만점으로 한다. 그러나 TEPS는 그 목적에 있어서 성인의 영어능력을 평가하는 시험이며, 주로 유학 또는 공무원의 해외파견, 기업체에서의 다양한 목적에 활용되고 있다.

그러나, 일본어의 능력을 측정하는 국내에서 시험은 현재 개발되어 있지 않다.

일본어 교과서는 1973년 제3차 교육과정의 기간에서부터 한국 국내에서 개발되어 있으나 이를 학습한 학생들이 어느 정도 종합적인 능력을 가지고 있느냐에 대한 테스트가 없이 각 학교단위로 실시되는 학교자체의 중간시험과 기말시험 등에 의존하고 있다. 즉, 각 학교단위의 난이도의 차이를 없애는 객관적인 테스트가 요구되고 있다. 그 밖에도

① 모어별화자의 외국어능력측정의 필요성

② 전국단위의 표준화된 기준에 의한 테스트의 필요성

③ 독자적인 교과운영에 의한 외국어능력측정의 필요성이 대두되고 있다.

JAT(Japanese Ability Test)는 한국인 연소자학습자를 그 대상으로 하는 일본어능력인증시험이다. 현재와 같이 고등학교의 교육과정에 정규과목으로서 일본어가 교육되어 온 것은 30여 년이 경과되었다. 그러나, 아직까지 평가의 부분은 미개발의 과제로 남아있다. 교수법과 교재의 분야에 있어서는 상당한 진전이 이루어졌다고 볼 수 있다. 일본어를 외국어로서 그 언어의 능력을 측정하는 평가는 마련되지 못하였다.

JAT는 전국의 6개 광역시와 각 시도에서 시행함으로써 2000여 개 교에 달하는 고등학교에서의 일본어 평가자료로 활용될 것을 기대한다.

<표 9> JAT(일본어능력인증시험)의 개요

분야	문항	점수	시간
문자, 표기, 한자, 어휘	40문항	150점	40분
의사소통, 문화, 독해, 문법	60문항	230점	60분
청해	30문항	120점	40분
계	100문항	500점	140분

JAT의 특징과 그 실용성은 구체적으로 다음과 같다.

4.1 대학 입시의 근거 자료로서의 활용

최근 대학의 입시제도가 다양화 되어가면서 일률적인 정시모집에서 다양한 수시모집의 형태로 바뀌어가고 있다. 2004년의 입시요강의 발표에서는 현재 정원의 35%까지에서 50%까지를 수시모집에서 선발하겠다고 발표한 대학도 있다. 앞으로는 더 많은 평가의 자료가 요구될 것이 분명하다. 그러나 현 단계에서는 일본에서 마련한 전세계의 일본어 학습자를 대상으로 하는 각종시험이 있을 뿐이다. 그렇다면 이 시점에서 한국의 일본어 학습자, 특히 연소자를 대상으로 하는 적절한 표준화된 능력인증시험은 필수적인 것이라고 말할 수 있다.

입시제도와 학생들의 외국어능력의 평가는 밀접한 관계를 가지고 있다. 현재 고등학교의 외국어 수업은 소수의 고등학교를 제외하고는 2학년에서 시작된다. 그리고, 주당 시수도 극히 적다. 뿐만 아니라 대학입시를 앞둔 고등학교 수업은 정상적으로 운영되지 않고 입시에서의 배당점수가 많은 국어, 영어, 수학 등의 주요과목을 보충하기 위하여 제2외국어 등의 수업시간이 파행적으로 운영되고 있는 실정이다.

JAT는 한국일어교육학회와 서울일본어교사연구회가 공동 개발하였고,

협찬사로는 일본어뱅크가 이를 지원한다. 2003년도 대학입시 자료를 보면 전국의 4년제 대학은 203교, 2년제 대학은 180교로 나와있다. 이들의 입시전형방법은 다양화 되어가는 추세에 있고, 수시입시의 근거자료가 매우 미흡한 상태에 있다. 더구나 일본어의 평가자료는 매우 빈곤한 상태이다. 몇몇 대학이 주도하는 일본어 경시대회와 일본어 스피치대회 등이 있다.

4.2 수행평가 자료로서의 활용

7차교육과정에 오면서 그 교육내용은 교사의 역할이 주도자의 역할에서 보조자의 역할로 바뀌기를 강조하고 있다. 즉, 학생들이 수업에 주도적으로 참여하는 것을 바람직한 것으로 여긴다. 그리고 교사는 필기시험 이외에 학생들의 수업활동의 참여도, 과제의 발표, 그룹별 활동 등을 통하여 학생을 수시로 평가하도록 그 방향이 바뀌어가고 있다. JAT의 시험결과가 이러한 다양한 평가의 자료의 일부분으로 활용될 수 있다는 가능성을 중·고등학교의 교사들은 기대하고 있다.

4.3 종래의 시험들의 부적절성을 보안하는 테스트로서의 활용

현재 일본어능력시험 등의 성격상 우리나라의 입시자료로서는 그 실지의 시기와 연간 횟수 등이 부합하지 못하는 실정이다. 고등학교 학생이 대학입시의 근거자료로서 그 시험결과를 활용하기에는 시험결과의 발표 시기인 2월이 입시자료가 필요한 11월과는 부합하지 못하므로 실제로 이를 활용하기 위해서는 1년 전에 결과를 얻어 가지고 있어야 한다. 그 밖의 시험들은 연간횟수가 1회 이상이나 입시자료로서는 부적합하다고 말할 수 있다.

종래의 여러 시험들은 그 대상을 전 세계의 학습자를 전제로 하고 있어서 한국인을 모국어로 하고 있는 학습자의 학습난이항목 또는 오용의 항목 등을 평가·진단하기에는 부적합하다. 그 밖의 수험자 집단이 연소자인 경우를 감안하여 그 장면과 소재가 학교생활 내지 청소년들의 관심 또는 청소년문화에 관련된 문제들과는 거리가 많다. 즉, 종래의 시험들은 성인 또는 비즈니스맨 또는 기술자 등을 대상으로 하고 있으나, 현재 실정으로는 고등학생들이 이러한 시험에 도전하여 자신의 일본어 능력을 진단하고 있다.

JAT의 과제로서는 ①문제의 신뢰성, ②실제기준, ③분석평가, ④구두 표현 능력의 평가와 측정을 어떻게 하는가의 문제가 남는다.

5. 맺는말

이상에서 일본어능력 인증시험의 개요와 그 활용에 대하여 검토하였다. 이 텍스트는 매년 실시될 예정이며 제1회인 금년도 시험에서는 응시자들이나 이를 추천하는 교사들이 경시대회와 혼동하여 우수한 학생들을 많이 추천한 것으로 나타났다. 그러나, 중학생과 고등학생이 초급수준에서부터 상급수준까지 누구나 부담없이 자신의 일본어능력을 진단하는 시험으로 자리잡게 될 것이 기대된다. 현재 시험결과를 분석 평가하며 좀더 과학적이고 객관화된 표준시험으로써 발전시키고자 한다. 평가채점의 능률화와 간편화를 위하여 컴퓨터 채점을 시행하였고, 이 자료들은 데이터 베이스화가 되어 문제의 질적 향상과 난이도를 안정시키는 근거자료로써 분석되고 있다.

Ⅳ.2 중등교사 임용시험에 대한
고찰과 분석[*]

1. 들어가기

한국의 교원양성 정책은 교원의 수를 보충해가는 데 중점을 두고 국가 수준의 질적 관리에 미흡하다는 비판을 받고 있다. 국립대학과 사립대학, 그리고 임시 중등교원 의 양성은 1954년 문교부령 제39호에 따라서 사범대학과 일반대학 교직과정의 2원체제로 되었다. 그 후 1962년에는 사범대학과 문리과대학의 학과가 중복되어 설치되어 있는 대학에게는 사범대학에 있는 학과를 폐지하도록 하였다. 그리고 1962년에는 서울대학교 사범대학에 「교원교육원」을 설치하여 1년간 교양교육을 실시한 후 중등교사 자격증을 주며 일반대학의 교직과정을 폐지한 적도 있다. 그 이듬해인 1963년에는 사범대학의 각 학과가 다시 부활되어 현재에는 일반대학의 교직과정과 사범대학에서 중등교사의 양성교육이 이루어지고 있다. 본 연구는 일반대학의 교직과정과 사범대학을 졸업하거나 졸업예정자들이 교원 임용을 위해 국가고사인 임용시험을 치루고 있는 점에 관심을 가지고 일본어과목의 시험문제를 분석해 보고자하는데서 출발하며 시험 문제는 최근 7년간의 전공시험문제를 분석해 본 것이다.

---

* 『日本語教育研究』第11輯, 韓国日語教育学会. 2006. 10

2. 중등교사 양성·임용의 역사

중등교사의 양성은 그 목적이 교육현장에서 필요한 교사를 수급하기위하여 이루어져 왔고 그 결과 1990년대 가지 교사의 전문성과 자질함양보다는 중등교사의 수급을 늘이는 방향으로 그 정책이 이루어져 왔다.

1927: 임시중등교원 양성소
해방 후: 사범대 중심으로 중등교사 양성(국립사범대, 사립사범대)
① 국립사범대:
　　1946 서울대학교 사범대학 설립(경성사범학교+경성여자사범학교)
　　1946 대구사범대학
　　1951 경북대학교 사범대학으로 개편
　　1948 도립공주사범대학(2년제)
　　1950 공주사범대학(국립)
　　1954 국립공주사범대학(4년제)으로 개편

② 사립사범대
　　1951 이화여자대학 사범대학 설립
　　1954 수도여자사범대학(2년제)
　　1961 수도여자사범대학(4년제)으로 개편
　　1956 서울문리사범대학(2년제)
　　1962 명지대학(4년제)으로 개편

　　1961년 9월 1일 「교육에관한임시특례법」(법률 제708호 문교부):
　　　　4년제 대학에서만 중등교사 양성하도록 제정

12월 9일 「학교정비기준령」(제283호 문교부):

문리과대학이 없는 학과만이 존재하게 됨

중등교사 수요에 대처하기 위해서 정규 및 비정규 단기 양성소 개설

1973년에 폐지되었다.

1946 사범대학, 실업계대학에 중등교원양성소 중등졸업자 교육시킨
   후(6개원~2년)

   1950년 말까지 운영되다가 1959년 폐지

 1960 : 교직인력이산업계로 이직현상

   중등교원 단기양성과정 부활시킴, 13개 기관에서 실시

현재 우리나라 중등교원 양성기관은 : 사범대학(41교 사립 28), 일반대학
의 교육과, 일반대학의 교직과정, 교육대학원이 있다.(123교)

한국교원대학교(초등 및 중등교사 양성)국립사대 : 강원대 경북대 경상대
공주대 부산대 서울대 순천대 안동대 전남대 전북대 제주대 충북대
교원대 충남대

 1954 11.11 문교부령 제39호 「교육공무원자격검정령시행세칙」을 제정
  일반학과의 교직과정은 수급 상 필요한 경우에 한하여 결정하도록 하
  였다.

 1955 23개 대학에 교지과 설치 승인

 1956 29개 학교에 교직과 설치 승인

 1962 군사 정권 하에 교직과정 제도는 일시 폐지

 1963 「국립학교설치령」을 개정(1963. 4. 12 문교부령 제 1268호)
   서울대학교 교육대학원설치: 교육이론과 내용 연구, 우수인제
   양성 목적

 1965 「교육공무원법」개정: 교육대학원 졸업자에게 교사자격증 부여
   교육대학원이 중등교원 양성기관이며 동시에 현직교원의 전문성

향상을 위한 양성 기관으로 자리 매김

3. 교원임용고사의 개요

임용고시는 서울특별시, 광역시, 각 시 도 육위원회 교육감이 실시 매 학년도교사 수급계획에 따라 각 시 도 교육 위원회 교육감이 시험에 관한 고사일시, 장소, 과목, 배점 비율, 응시 자격, 원서제출 절차 등 모든 것을 고사 시행 20일 전에 공고 시험 한 달 전에 그 지방신문에 공고한다.

중등은 해당 과목별로 모집 인원을 선발하며

(1) 응시자격

중등학교 준교사이상 교원자격증 소지자 및 부전공 교원자격증 소지자

선발교과 표시과목

교원자격증 : 사범대나 교육대,

일반대학에서 교직을 이수

교육대학원을 졸업

해당 교과목의 표시 과목의 준교사 이상 교사자격증을 소지한 자로,

① 공고일 현재 만 40세 미만인 자

② 교원 경력이 없는 자(경력이 있다 할지라도 임시 교원, 시간강사, 대학의 조교는 제외됨)

(2) 응시자격 제한 조건

① 국가 공무원법 제 33조 각 1호에 해당된 자

② 공고일 현재 교원으로 재직하였다가 퇴직한 후 3년이 경과되지 아

니한 자

③ 공고일 이후 교육법 75조에 정하는 교원경력이 있는 자

④ 선정 경쟁시험에 합격하여 공고일 현재 당해 시 도 임용후보자 명
부에 등재된 자

⑤ 현역 군복무 중인 자로서 최종 합격한 후 6개월 이후 전역 예정자

⑥ 기타 관계 법령에 의한 임용상의 결격 사유가 있는 자

(3) 응시구비 서류

시도 마다 약간은 차이가 있다.

① 응시원서(지원할 각 시 도 교육청 수입 증지 첨부) -1부

② 최근 6개월 이내 촬영한 반평함판 3×4cm 사진 - 2매

③ 교사 자격증 사본(원본 제시) - 1부

④ 졸업 예정 증명서(졸업예정자에 한함) - 1부

⑤ 전역 예정 증명서(현역 복무자에 한함, 부대장 발행) - 1부

⑥ 주민등록 초본(공고일 이후 발행) - 1부

⑦ 신원조사 서류 교부 및 접수(1차 합격자 한함) -1부

(4) 시험공고: 11월경

어느 지역에서 어떤 과목을 몇 명이나 선발하는지 모른다.

(5) 시험 시행 시기 : 매년 12월 중 (2005. 12월. 4일)

(6) 시험 실시: 시험은 2차

1차 합격자는 최종합격자의 1.2배 정도 발표

2차 시험을 통해 최종 합격자를 선발

1차 시험 준비 교육학: 이론반(2개월)과 문제풀이반

2차 시험: 논술과 면접(1차 합격자에 한함)

면접은 교직적성, 교직관, 인격 및 소양
지역마다 조금씩 다른 방식으로 면접을 실시
최근 전공이 주관식으로 바뀌면서 시험 준비 기간이 1년~3년

(7) 시험준비
　① 교육학 학습대책
　　교육학은 개론이 방대하고 전체 개론을 출제 난이도 조정상 쉬운
　　문제도 있다. 한번 정도 공부하고 나면 40~42문항 정도는 쉽게
　　풀 수 있다.
　　합격의 당락은
　　18~20 문항 정도에서 결정

　　각 개론들이 골고루 출제되고 각 개론을 연관시킨 복합적인 문제
　　들이 출제 비중이 높아지고 있다.
　　교육 심리, 교육 과정, 교육 사회학, 교수학습지도 및 교육 공학
　　개론들이 집중
　　교육사회학, 교육사 등은 절대적 밑바탕

　② 전공 학습대책
　　전공과목의 배점은 만점 80%에 해당
　　출제형태는 주관식 즉, 응답 제한 논술형
　　출제자가 의도하는 대로 논리적 정교화하게 문제의 답을 쓰면 된다.

　　실제 수험생들의 답안 작성을 보면 출제자가 의도하는 것과는 아
　　주 다른 자기나름의 답안을 작성함으로써 낮은 점수를 얻게 되는

현상도 있다.

전공은 기존의 기출문제 분석 내용 정리

문제와 함께 출제근거

채점기준,

정답

합격한 선배들에게 직접 문의

전공 준비: 스터디 그룹

후반직접 쓰는 연습을 해가면서 최종 정리　시간이 너무나 촉박

(8) 임용고사의 가산점

가산점은 지역마다 다름

경기도의 경우 워드프로세서 자격증의 가산점 큰 편(3급은 3점, 2급은 5점)

정보처리 기능사나 정보처리 기사 자격증도 5점

영어과의 경우 서울에서 TSE-P 성적을 가산점에 반영

가산점은 평균 4.5정도를 받았다고.

응시생의 75%

가산점은 1차 성적에 반영하며, 1차 합격에 한해서 2차 논술,

면접을 채점

(9) 면접대책

면접:

그 사람의 인품이나 언행을 직접 묻는 것으로 우선 교사 임용시험으로 교사로서의 자질 유무나 교직관 등을 심사하고 발표력이나 이해력, 용모나 말씨 등이 직접 반영된다. 주의해야 할 것은 면접관의 질문에 대해서는 간단 명료하게 핵심

매년 묻는 내용을 비교해 보면 꼭 시사적인 사회현상. 각 시 도별로
면접의 채점 방식, 질문수, 면접 위원 등에 조금씩 차이가 있으므로
이점

1961년 9월 1일 「교육에관한임시특례법」(법률 제708호 문교부):
　　4년제 대학에서만 중등교사 양성하도록 제정

12월 9일 「학교정비기준령」(제283호 문교부):
문리과대학이 없는 학과만이 존재하게 됨
중등교사 수요에 대처하기 위해서 정규 및 비정규 단기 양성소 개설
1973년에 폐지되었다.
1946 사범대학, 실업계대학에 중등교원양성소 중등졸업자 교육시킨
　　　후(6개원~2년)
　　　 1950년 말까지 운영되다가 1959년 폐지
1960 교직인력이산업계로 이직현상
　　　중등교원 단기양성과정 부활시킴, 13개 기관에서 실시

현재 우리나라 중등교원 양성기관은 : 사범대학(41교 사립 28), 일반
대학의 교육과, 일반대학의 교직과정, 교육대학원이 있다.(123교)
한국교원대학교(초등 및 중등교사 양성)국립사대 : 강원대 경북대 경
상대 공주대 부산대 서울대 순천대 안동대 전남대 전북대 제주대 충
북대 교원대 충남대

1954 11.11 문교부령 제39호 「교육공무원자격검정령시행세칙」을 제정
일반학과의 교직과정은 수급 상 필요한 경우에 한하여 결정하도록 하
였다.
1955 23개 대학에 교지과 설치 승인

1956 29개 학교에 교직과 설치 승인

1962 군사 정권 하에 교직과정 제도는 일시 폐지

1963 「국립학교설치령」을 개정(1963. 4. 12 문교부령 제 1268호)

　　　서울대학교 교육대학원설치: 교육이론과 내용 연구, 우수인제

　　　양성 목적

1965 「교육공무원법」개정: 교육대학원 졸업자에게 교사자격증 부여

　　　교육대학원이 중등교원 양성기관이며 동시에 현직교원의 전문

　　　성 향상을 위한 양성 기관으로 자리 매김

(1) 응시자격

　　중등학교 준교사이상 교원자격증 소지자 및 부전공 교원자격증 소지자

　　선발교과 표시과목

　　교원자격증: 사범대나 교육대,

　　　　　　　일반대에서 교직을 이수

　　　　　　　교육대학원을 졸업

　　해당 교과목의 표시 과목의 준교사 이상 교사자격증을 소지한 자로,

　　① 공고일 현재 만 40세 미만인 자

　　② 교원 경력이 없는 자(경력이 있다 할지라도 임시 교원, 시간강사,

　　　대학의 조교는 제외됨)

(2) 응시자격 제한 조건

　　① 국가 공무원법 제 33조 각 1호에 해당된 자

　　② 공고일 현재 교원으로 재직하였다가 퇴직한 후 3년이 경과되지 아

　　　니한 자

　　③ 공고일 이후 교육법 75조에 정하는 교원경력이 있는 자

　　④ 선정 경쟁시험에 합격하여 공고일 현재 당해 시 도 임용후보자 명

부에 등재된 자

⑤ 현역 군복무 중인 자로서 최종 합격한 후 6개월 이후 전역 예정자

⑥ 기타 관계 법령에 의한 임용상의 결격 사유가 있는 자

(3) 응시구비 서류

시도 마다 약간은 차이가 있다.

① 응시원서(지원할 각 시 도 교육청 수입 증지 첨부) -1부

② 최근 6개월 이내 촬영한 반평함판 3×4㎝ 사진 - 2매

③ 교사 자격증 사본(원본 제시) - 1부

④ 졸업 예정 증명서(졸업예정자에 한함) - 1부

⑤ 전역 예정 증명서(현역 복무자에 한함, 부대장 발행) - 1부

⑥ 주민등록 초본(공고일 이후 발행) - 1부

⑦ 신원조사 서류 교부 및 접수(1차 합격자 한함) -1부

(4) 시험공고: 11월경

어느 지역에서 어떤 과목을 몇 명이나 선발하는지 모른다

(5) 시험 시행 시기 : 매년 12월 중 (2005. 12월. 4일)

(6) 시험 실시: 시험은 2차

1차 합격자는 최종합격자의 1.2배 정도 발표

2차 시험을 통해 최종 합격자를 선발

1차 시험 준비 교육학: 이론반(2개월)과 문제풀이반

2차 시험: 논술과 면접(1차 합격자에 한함)

면접은 교직적성, 교직관, 인격 및 소양

지역마다 조금씩 다른 방식으로 면접을 실시

최근 전공이 주관식으로 바뀌면서 시험 준비 기간이 1년~3년

(7) 시험준비

① 교육학 학습대책

교육학은 개론이 방대하고 전체 개론을 출제 난이도 조정상 쉬운 문제도 있다. 한번 정도 공부하고 나면 40~42문항 정도는 쉽게 풀 수 있다.

합격의 당락은

18~20 문항 정도에서 결정

각 개론들이 골고루 출제되고 각 개론을 연관시킨 복합적인 문제들이 출제 비중이 높아지고 있다.

교육 심리, 교육 과정, 교육 사회학, 교수학습지도 및 교육 공학 개론들이 집중

교육사회학, 교육사 등은 절대적 밑바탕

② 전공 학습대책

전공과목의 배점은 만점 80%에 해당

출제형태는 주관식 즉, 응답 제한 논술형

출제자가 의도하는 대로 논리적 정교화하게 문제의 답을 쓰면 된다.

실제 수험생들의 답안 작성을 보면 출제자가 의도하는 것과는 아주 다른 자기나름의 답안을 작성함으로써 낮은 점수를 얻게 되는 현상도 있다.

전공은 기존의 기출문제 분석 내용 정리

문제와 함께 출제근거

채점기준,

정답

합격한 선배들에게 직접 문의

전공 준비: 스터디 그룹

후반직접 쓰는 연습을 해가면서 최종 정리 시간이 너무나 촉박

(8) 임용고사의 가산점

가산점은 지역마다 다름

경기도의 경우 워드프로세서 자격증의 가산점 큰 편(3급은 3점, 2급
은 5점)

정보처리 기능사나 정보처리 기사 자격증도 5점

영어과의 경우 서울에서 TSE-P 성적을 가산점에 반영

가산점은 평균 4.5정도를 받았다고.

응시생의 75%

가산점은 1차 성적에 반영하며, 1차 합격에 한해서 2차 논술,

면접을 채점

(9) 면접대책

면접:

그 사람의 인품이나 언행을 직접 묻는 것으로 우선 교사 임용시험으
로 교사로서의 자질 유무나 교직관 등을 심사하고 발표력이나 이해
력, 용모나 말씨 등이 직접 반영된다. 주의해야 할 것은 면접관의 질
문에 대해서는 간단 명료하게 핵심

매년 묻는 내용을 비교해 보면 꼭 시사적인 사회현상. 각 시 도별로
면접의 채점 방식, 질문수, 면접 위원 등에 조금씩 차이가 있으므로
이점

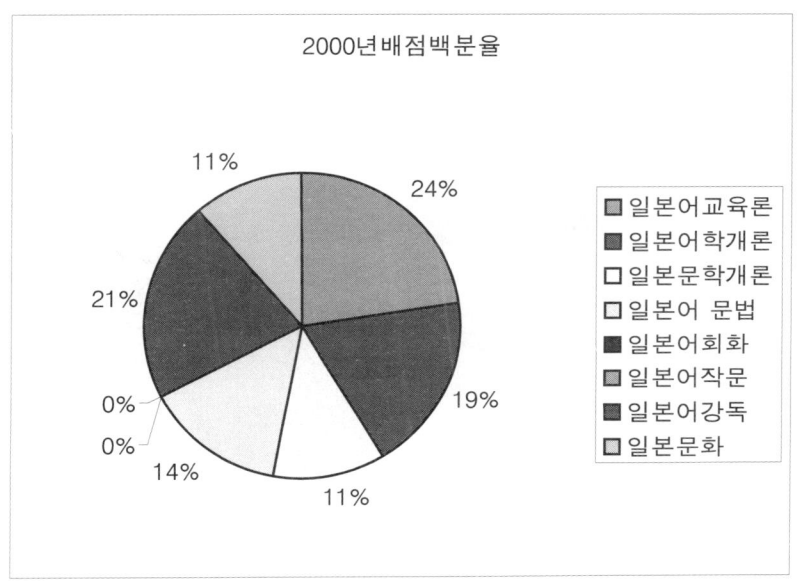

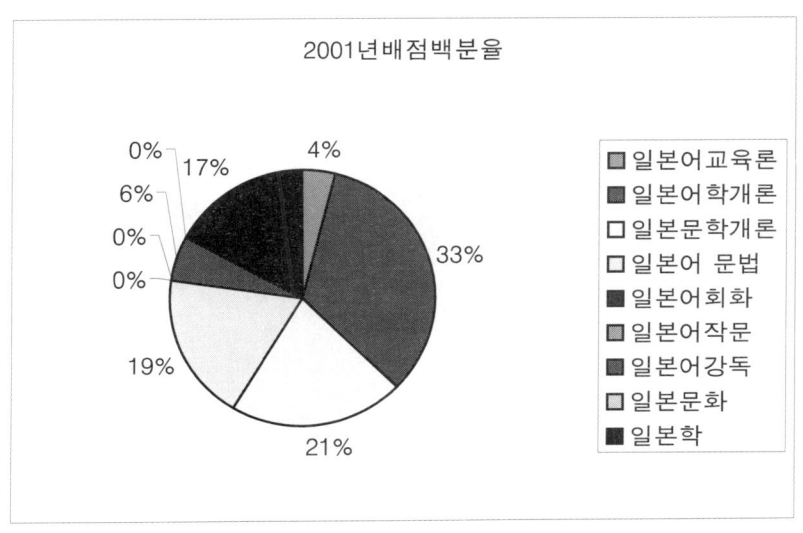

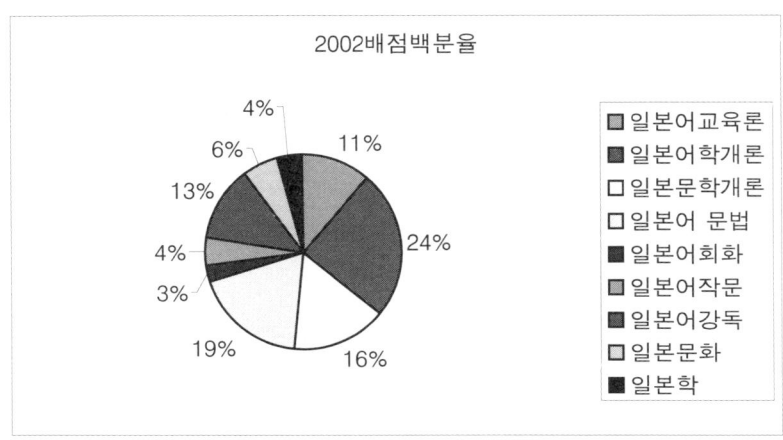

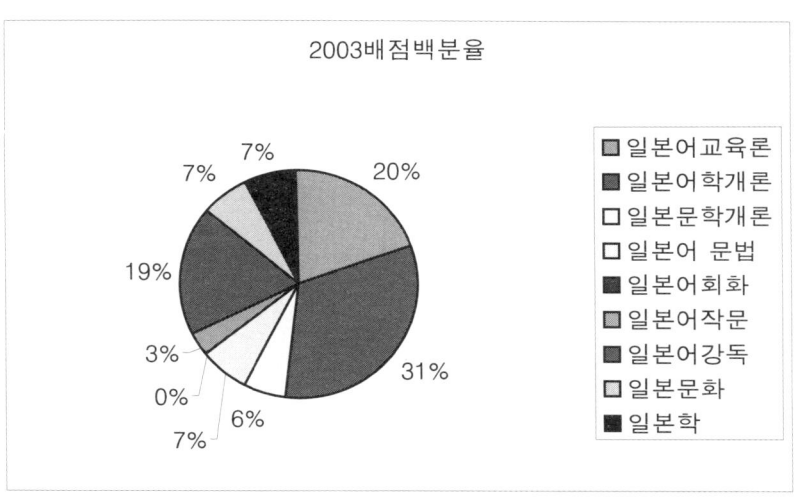

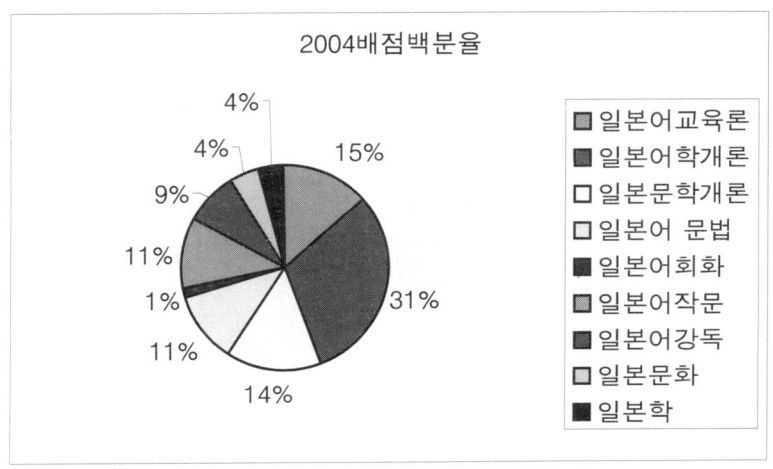

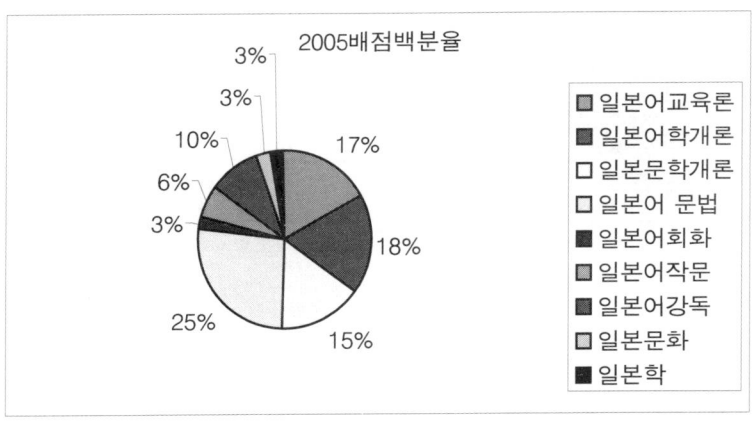

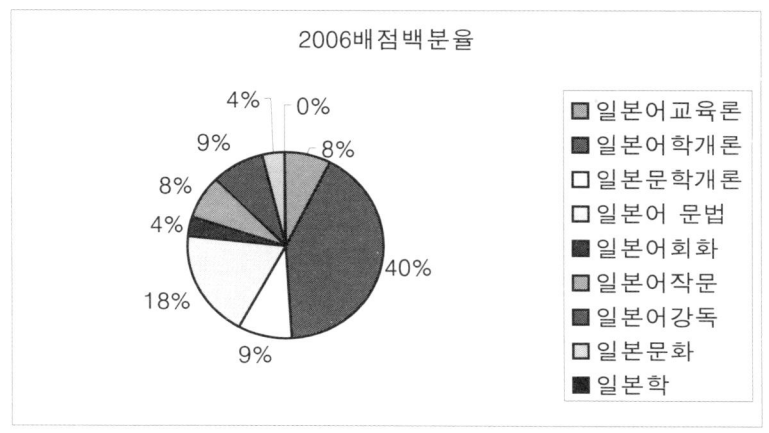

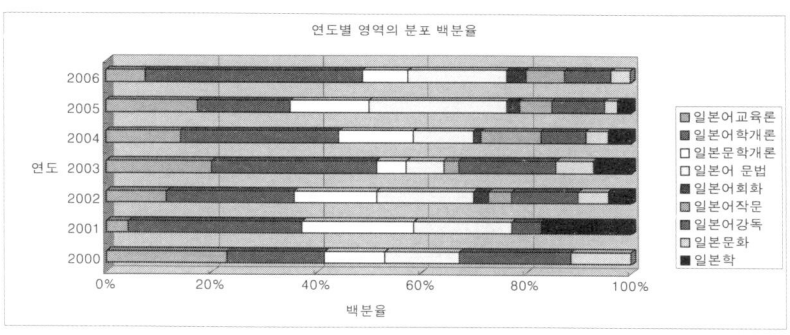

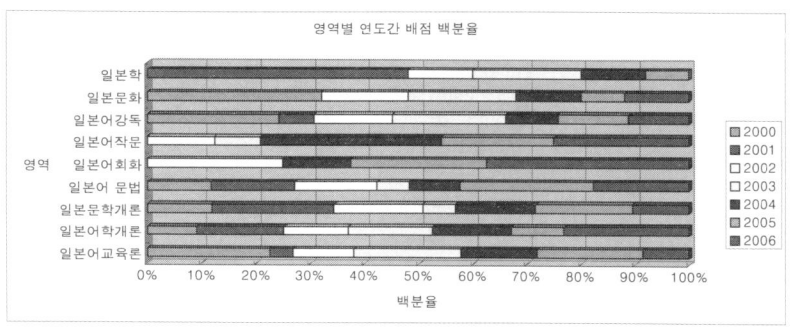

〈参考文献〉

제Ⅰ장 일본어교육사정

http://www.aiej.or.jp/examination/efjuafis.html

http://www3.asahi.com/opendoors/gaku/daigaku_value2003/index.html

関崎敏雄, 1989『日本語教授法』, アルク

韓国大学教育協議会『日語日文関連学科 教育プログラム開発研究』1991.12

吉川武時, 1983「日本語教育の国際化」,『日本語教育』50号, 日本教育学会, 1983, pp.65
　　　～67

教育部告示第1997-15号(別冊14), 第7次教育課程『外国語科教育課程(Ⅱ)』

金淑子, 1995 韓国における日本語教育1993-1994年『世界の日本語教育』日本語教育事
　　　情報告編, 第3号, pp.1～14

金淑子,「韓国の日本語教育の現況と課題」『日語日文学研究』第25輯, 韓国日語日文学
　　　会, 1994.11

金鍾学, 韓国の高校における日本語教育, 日本学報 第4輯, 韓国日本学会, 1976, pp.15
　　　1～160.

権万赫, 韓国における日本語教育の現状と課題, 日語日文学会誌 別冊, 1981, pp.29～54.

国際交流基金, 1985『世界の日本語教育機関一覧』, 1985.

国際交流基金, 1983 教師用 日本語教育ハンドブック『教科書解題』

国際交流基金 日本語国際センター(1995.11)『世界の日本語教育』「日本語教育事情報告
　　　編」第3号

国際交流基金 日本語国際センター(1996.11)『世界の日本語教育』「日本語教育事情報告
　　　編」第4号

斉藤修一, 1986. 7「教科書論」『日本語教育』59号, 日本教育学会, pp1-12

石井恵理子, 1997「国内の日本語教育の動向と今後の課題」『日本語教育』94号 p.2～

石田敏子, 1988『日本語教授法』, 大修館書店

大村宗男, 1982「日本語教授法」, -研究と実践- 凡人社

中西家栄子 芽野直子, 1991『実践日本語教授法』日本語を教える3ハバルプレス

日本語教育学会, 1983. 6「日本語教育」50号

日本語教育学会, 1985. 3「日本語教育」55号

日本語教育学会, 1992 日本語教材データファイル『日本語 教科書』, 凡人社.

日本語教育学会編, 1991『日本語教育機関における コース デザイン』凡人社

日本語教育事情報告編,『世界の日本語教育』国際交流基金 第3号, 第4号, 第5号

文和政, 日本語教育에 対한 小考, 청주대 논문집, 제11집(인문사회과학편), 청주대학,
　　　1978.7. pp. 247～259.

朴熙泰, 1994「韓国の日本語教育状況」『世界の日本語教育』日本語教育事情報告編, 第
　　　1号, pp.21～35. 国際交流基金 日本語国際センター

木村宗南, 1980「日本語教育の概観」, 講座日本語教育 第16分冊, 早稲田大学語学教育

　　　研究所, 1980, pp.1～19

木村宗南,「日本語教育の概観」 講座日本語教育 第16分冊, 早稲田大学語学教育研究
　　　所, 1980, pp.1～19.

李徳奉,「日本語教育課程の変遷過程と構成」『日本学報』第33輯, 韓国日本学会, 1994

李美淑, 産学関係로 본 日本語教育에 関한 一考察, 祥明教育大学院, 1994.

李鳳姫, 日本語教育에 関한 一考察(1)-韓国人의 立場에서-「日本学報」第13輯, 韓国日
　　　本学会, 1984, pp.21～48.

李鳳姫, 日本語教育에 関한 一考察(2)韓国人의 立場에서 発音에 관하여「日本学報」
　　　第15輯, 1985, pp.93～112.

이정식,「한국과 일본」교보문고, 1986. 한국대학교육협의회,「일어일문관련학과 교육프로그
　　　램 개발연구」1991.

제Ⅱ장 교재

2002 『일본어Ⅰ』교학사

2002 『일본어Ⅰ』민중서림

2002 『일본어Ⅰ』성안당

2002 『일본어Ⅰ』지학사

7차 교육과정 제 교육부 고시 제 1997-15호[별책14]『외국어과 교육과정(Ⅱ)』1998 대한교
　　　과서

Chae Mi Kyung, 2002「高等学校日本語教科書の挿画分析：第7次教育課程日本語Ⅰ
　　　を中心に」釜山外国語大教育大学院

Hwang EunJoo, 2002「日本語の基本語彙に関する考察:第7次教育課程を中心に」忠南
　　　大教育大学院

Hyun ChoonSoon, 2001「高等学校日本語教育課程の語彙分析：第7次教育課程の基本
　　　語彙を中心に」済州大教育大学院

Jung IlKeun, 2002「日本語教育課程とその運用の実際：7次教育課程を中心に」慶南大
　　　教育大学院

Kim JinSuk, 2002「高等学校第7次教育課程の日本語Iの語彙分析に関する研究」慶尚
　　　大教育大学院

Kim Kyesook, 2001「第7次教育課程に対応した中学校日本語学習者の学習傾向に関
　　　する調査分析：現在の学習実態と学習者のニーズを中心に」韓西大

Kim Kyung, 2002「日本語教育における挨拶言葉に関する研究：第7次教育課程日本
　　　語教科書の分析を中心に」釜山外国語大学教育大学院

k는 교학사(이), 1은 민중서림, m은 성안당, n은 천재교육, o는 지학사에서 발행한『일본어
　　　Ⅰ』을 약호로 표시하였다.

Lee JungSook, 2002「第7次教育課程による日本文化教育に関する研究」東亜大教育大
　　　学院

Lee KkotNim, 2002「第7次教育課程の高等学校日本語教科書の挨拶表現に関する考
　　　察」韓南大教育大学院

Park JinA, 2002「第7次教育課程の高等学校日本語教科書の内容分析：文化内容を中

心に」韓南大教育大学院

Stephen D. Krashen & Tracy D. Terell, 「The Natural Approach」,The Alemany Press, 1983.

「日本語教育実態調査」, 1981 韓国日語日文学会.

「日本語教育通信」, 1995 第22号, 国際交流基金, 日本語国際センター.

간노 히로미(管野裕臣), 1988 「일본에서의 한국어 교육 현황 및 연구현황」, 한글 제201, 202호, 한글학회.

간노 히로미(管野裕臣), 1991 「일본에서의 한국어 교육」, 새국어생활, 제1권 2호, 국립국어연구원.

강미정, 2001 「고등학교 일본어 교과서의 문화관련 어휘 고찰」 단국대학교 교육대학원

강성순 2001 「고등학교 일본어 교과서에 나타난 문화요소 분석」계명대학교 국제학대학원

檢校裕朗, 2000 「韓国高等学校日本語教科書を通した日本事情内容の分析」고려대 교육대학원

고려대학교 교육대학원 「한국 일본어 및 일본어교육 관계 단행본 일람」, 1994.

고려대학교 교육대학원 일본어교육전공, 1994, 한국 일본어 및 일본어교육 관계 단행본 일람

고려대학교 교육대학원, 1994 「한국 일본어 및 일본어교육 관계 단행본 일람」.

関崎敏雄, 「日本語教授法」, アルク, 1989.

교육부, 2001 『실무 일본어』

교육부, 2001 『외국어과 교육 과정(Ⅱ)』대한교과서주식회사

교육부, 2001 『일본 문화』

교육부, 2001 『일본어 독해Ⅰ』, 『일본어 독해Ⅱ』,

교육부, 2001 『일본어 문법』

교육부, 2001 『일본어 작문Ⅰ』, 『일본어 작문Ⅱ』

교육부, 2001 『일본어 청해』

교육부, 2001 『일본어 회화Ⅰ』, 『일본어 회화Ⅱ』

교육부, 2001『외국어과 교육 과정(Ⅱ)』대한교과서주식회사

国際交流基金,『日本語能力試験出題基準』

国際交流基金, 「世界の日本語教育機関一覧」, 1985.

国際交流基金, 教師用 日本語教育ハンドブック「教科書解題」1983.

金淑子, 日本語教育과 敬語指導内容 分析, 「教育研究」, 6輯, pp.45-70, 祥明大学教, 1985

金泰昊, 1996 「第6次教育課程の日本語教科書に現れた問題点とその改善方向」月刊『日本語』時事日本語社

金　換, 1988 「일본에 있어서의 한국어 교육－오늘과 내일－」二重言語学会誌 第4号, 二重言語学会.

김숙자, 2003 「第7次教育課程高等学校日本語教科書の検討と提案」『日本語教育研究』第5輯 韓国日語教育学会

_____, 1985 일본어교육과 경어 지도 내용 분석(한국인 학습자를 위한 경어교재 시안 교육연구 6집, 상명대학교 교육문제 연구소

_____, 1994. 11 일본어교육의 교재에 대하여 ―한국인 학습자의 경우―, 일본학보, 제33

집, 한국일본학회

_____, 1994. 11 한국의 일본어교육의 현황과 과제 ―대학의 실태를 중심으로―, 일어일
　　　문학연구 제25집, 한국일어일문학회

_____, 1994a 「日本語教育의 教材에 대하여」日本学報 第33輯, 韓国日本学会.

_____, 1994b 「韓国의 日本語教育의 現況과 課題」, 日語日文学研究 第25輯, 韓国日
　　　語日文学会.

_____, 1995 韓国における日本語教育―1993～1994年―, 世界の日本語教育 3집, 国際
　　　交流基金

_____, 1995 韓国におはる日本語教育, 1993～1994 世界の日本語教育 第3号 Vol.3, 国
　　　際交流基金 日本語 国際センター.

_____, 1996. 11 한·일어의 바람직한 교재를 위하여, 일본학보 제37집, 한국일본학회

_____, 2003 「第7次 教育課程 高等学校 日本語教科書の検討と提案」『日本語教育研
　　　究』第5輯 韓国日語教育学会

_____, 이경수, 어기룡, 사이토 아사코 2002 『일본어Ⅰ』, 『일본어Ⅱ』 대한교과서유길동,
　　　조문희, 가이자와 도시코 2002 『일본어Ⅰ』, 『일본어Ⅱ』 진명출판사

_____, 2002 「고등학교 제7차 교육과정 일본어Ⅰ의 어휘분석에 관한연구」경상대학교 교육
　　　대학원

김태호, 1996 「제6차 교육과정의 일어나교과서에 나타난 문제점과 개선방향」月刊『日本
　　　語』時事日本語社

노마 히데키(野間秀樹), 1996 「1980년대 이후 일본에서의 한국어학― 言語事実主義의 전
　　　개」경기대학교 주최 심포지움.

노미, 2002 「고등학교 일본어 교과서의 문화내용에 관한 연구」고려대학교 교육대학원

大村宗男,「日本語教授法」, ―研究と実践 凡人社, 1982.

박재환, 이효자, 2002 『일본어Ⅰ』학문출판

박진아, 2002 「「제7차 교육과정 고등학교 일본어교과서의 내용분석 : 문화내용을 중심으로」
　　　한남대학교 교육대학원

山下秀雄, 新教科書体系について,「日本語教育」59号 日本教育学会, pp.115-125, 1986.

石田敏子,「日本語教授法」, 大修館書店, 1988

송선자, 2003 「제7차 일본어 교재에 있어서 어휘를 효과적으로 가르치는 방법: 문화적 언
　　　어를 중심으로」부산외국어대 교육대학원

양순혜, 위혜숙, 2002 『일본어Ⅰ』천재교육

오고시 나오키(生越直樹),「일본에 있어서의 Korean Language 교육의 실태조사」, 1994,
　　　한국말교육 Vol.5, 국제한국어 교육학회.

오에 가즈오(大江孝男), 1991 「日本におはる韓国語(朝鮮語)教育」東京外大アジア・ア
　　　フリカ言語文化研究 42.

우메다 히로유키(梅田博之), 1988 「일본에서의 한국어 교육」二重言語学会誌 第4号, 二
　　　重言語学会.

유용규, 2002 『일본어Ⅰ』교학사

이덕봉, 1994 「21세기를 위한 일본어교육의 방향」, 教科書研究 第18호, 한글2종 교과서협
　　　의회.

李徳奉, 1997 「일본어과 제7차 교육과정 개발의 현황과 과제」한국외국어 교육학회학술대

회 자료집

이덕봉, 김태호, 모리야마 2001 중학교 생활 일본어『こんにちは』, 교육부

李敦柱, 1994「日本대학에서의 한국어 교육과 연구」, 국어국문학의 세계화, 삼지원.

이정숙, 2002「제7차 교육과정의 일본문화교육에 관한 연구」동아대학교 교육대학원

이한섭, 민광준, 한중선 2002『일본어Ⅰ』진명출판사

李惠栄, 2001「聴解授業의 教室活動」『日本語教育研究』創刊号 日語教育学会

일본어Ⅰ 12책 대한교과서, 블랙박스, 진명 1,2, 교학사 1,2, 민중서림, 성안당, 지학사, 천재
　　　교육, 학문출판

日本語教育学会, 1982 日本語教育事典

日本語教育学会,「日本語教育辞典」, pp.776-777, 大修館書店.

日本語教育学会, 日本語教材データファイル「日本語 教科書」1992, 凡人社.

日本語教育学会編,「日本語教育機関における コース デザイン」凡人社, 1991

日本語教材テータファイル日本語教科書, 1992, 日本語教育学会 教材委員会

일어교육학회, 1999 한국의 일본어교육 이렇게 변한다 제1회 학술 심포지엄

子堀口純子, 1987「コミュニケーションにおける聞き手の言語行動」『日本語教育』64号
　　　日本語教育学会

장남호, 2002『일본어Ⅰ』시사영어사

斎藤脩一, 1986.7 教科書論, 日本語教育, 59号, 日本語教育学会

제7차 교육과정 교육부 고시 제 1997-15호 [별책27]『외국어계열 고등학교 전문교과과정』
　　　1998 대한교과서

第7次教育課程　教育部告示第1997-15号[別冊14](1998)、『外国語科教育課程(Ⅱ)』大韓
　　　教科書

第7次教育課程　教育部告示第1997-15号[別冊27](1998)、『外国語系列高等学校専門教
　　　科教育課程』(Ⅱ) 大韓教科書

斉藤修一,　教科書論「日本語教育」59号, 日本教育学会, pp1-12, 1986. 7.

中西家栄子, 芽野直子「実践日本語教授法」日本語を教える 3 ハバルプレス 1991.

池田摩那子, 1980. 3 母語別教材について, 日本語教育, 40호 일본어교육학회

太田淑子외4人　共著　1995『毎日の聞きとり50日』上下　凡人社川口さち子외4人　共著
　　　2003『上級の力をつける聴解ストラテジー』上下 凡人社

土岐哲, 1999『聞き方の教育』アルク

한국교육과정평가원, 2001『2종교과용-도서의 질, 어떻게 개선할 것인가?』

韓国教育課程評価院, 2001『2種教科書の質, どう改善するか』

한국일어일문학회, 1994 한국의 일본어교육실태

한국일어일문학회, 1998 한국의 일본어교육실태

韓国日語日文学会,「日本語教育実態調査」, 1981.

韓国日語日文学会,「韓国의 日本語教育実態」, 1994.

한미경, 조성범, 2002『일본어Ⅰ』,『일본어Ⅱ』블랙박스

海外の日本語教育現状, 1995. 5 日本語教育通信, 第22号 国際交流基金, 日本語国際セ
　　　ンター

허지선, 2000「교육과정별 고등학교 일본어 교과서의 비교고찰」전북대 교육대학원

戸田貴子, 2004『コミュニケーションのための日本語発音レッスン』スリーエーネット

ワーク

후지모토 유키오(藤本幸夫), 1996 「일본에서의 한국어연구 현황」, 제5회 국제한국어 학술
　　　대회 발표요지, 한글학회.

제Ⅲ장 이문화지도

岡益 己, 2001 「留学生相談室・年次つレポート(1999年 10月~2000年 9月)」『岡山大学
　　　留学生センター紀要』岡山大学留学生センター

大西晴彦, 1976 「留学生と日本語--東南アジアからの私費留学生を中心に」『日本語教育
　　　29号』日本語教育学会

木村宗男, 1973 「留学生に対する日本語教育の最終目標について」『日本語教育 22号』日
　　　本語教育学会

미즈타니 오사무 외 3명, 『日本事情 ハンドブック』1995, 大修館書店

山代昌希, 1976 「留学生についての断片的感想--現状と問題にふれて」『日本語教育 29
　　　号』日本語教育学会

오쿠야마요오코, 『일본인은 이상해 한국사람 못 말려』1995, 시사일본어사

寅野滋, 2001「留学生相談室の活動報告-1999年と2000年-」『東京大学留学生センター紀
　　　要1』東京大学留学生センター

田中望, 2000『日本語教育のかなたに-異領域対話-』アルク

千葉晰子, 1976 「外国人留学生の諸問題-私費および国費留学生に対する全国調査から」
　　　『日本語教育 29号』日本語教育学会

제Ⅳ장 평가

JTRA일본어능력시험 www.jtra.co.kr

YBM 시사 영어사 www.ybmsisa.com

강환국, "교원양성체제 개혁의 방향과 방안." 『교육개발』(132호). 서울: 한국교육개발원,
　　　2002. 98-101.

강환국, 『교사교육의 발전과 사범대학의 과제』. 서울: 성원사, 1998.

고임영, 1998 Communicative Approach의 평가방안 고찰, 경상대교육대학원

교육부, 『교육50년사』. 서울: 교육부, 1998.

교육인적 자원부 www.moe.co.kr

국제교류기금, 「일본어 능력시험의 개요」

김영우, 『교사의 자질과 교사교육의 개혁방향』. 서울: 하우, 2001.

김영우, 『교원교육』. 한국교육학회교육사연구회 발행. 서울: 하우, 1996.

박남기, "신규교원 임용고사의 합리성 제고 방안." 『교육개발』(132호). 서울: 한국교육개발원,
　　　2002. 26-33.

서울대학교 language.snu.ac.kr

송광용, "교사양성 및 임용체제의 현주소와 개선과제." 『교육개발』(132호). 서울: 한국교육개

심우엽, "우수교사확보 방안…개방형은 부적절." 『새교육』(566호). 서울: 한국교육신문사,

2001. 22-24.
유길동, 「일본어 평가의 현황과 과제」 일본학보 33, 한국일본학회
이칭찬, "교원임용 체제와 양성과정."『교육개발』(132호). 서울: 한국교육개발원, 2002.
일본어 능력시험 www.jlpt.or.kr
일본어 뱅크 www.nihongobank.co.kr
한국교육개발원. 『교사 신규채용 및 전보제도 개선연구』. 연구보고(RR92-32), 1992.
한국대학교육 협의회 www.kcue.or.kr
한국외국어 대학교 www.hufs.ac.ke/flex

〈찾아보기〉

저자약력

김숙자(金淑子)

서울대학교 언어학과 졸업(학사, 석사, 박사)
도쿄대학교 언어학과 연구과정 수료
건국대학교 대학원 일어일문학과 졸업(석사)
상명대학교 사범대학 일어교육과 교수(1982~2006)
현재 상명대학교 명예교수

한국의 일본어교육

초판인쇄 2007年 5月 25日 | 초판발행 2007年 5月 30日

저 자   김숙자
발행처   제이앤씨
등 록   제7-220호

132-031 서울시 도봉구 창동 624-1 현대홈시티 102-1206
TEL (02)992-3224(代)   FAX (02)991-1285
e-mail, jncbook@hanmail.net | URL http://www.jncbook.co.kr

ISBN 978-89-5668-512-0 93830   / 정가 17,000원